中公文庫

トランク

林芙美子大陸小説集

林芙美子

中央公論新社

目次

付録

トランク

林芙美子大陸小説集

泉

国子は子供を産むのを厭《いや》がって、泰祐がはらはらする程、産みづき近くになっても、自動車へ乗ったり汽車へ乗ったりする事が平気だった。泰祐が銀行の用事で飛行機で大阪へ行くと、二三日してすぐ、国子も飛行機で、泰祐を追って大阪へ行った。流石《さすが》呑気《のんき》な泰祐も、国子の大胆なのには呆《あ》きれ果てて、そのまま自動車で京都へ連れて行き、鞍馬口《くらまぐち》にある友人の産婦人科の病院へ、厭がる国子を無理矢理に入院させてしまった。鞍馬口でも、上善寺《じょうぜんじ》近くのひっそりした小さい病院なので、昼も夜も、水の底のように森閑《しんかん》としていて、国子は東京の騒々《そうぞう》しい病院にいるよりはいいと、泰祐が東京へ帰ったら、当分の入用品を送ってくれるようにと頼んだ。泰祐は二三日京都の宿屋に寝泊りして大阪に通っていたが、銀行の用事が片づくと、国子を入院させたまま東京へ帰って行った。東京から間もなく大きな荷箱が届いた。京都で傭《やと》い入《い》れた派出看護婦は、「色々とよう気のつくお方どすなア」と、一つ一つ品物を部屋の隅に並べて感心していた。——国子は入院して、丁度十四日目に、いまの小夜子を産んだ。秋の初めで、月のいい晩だったので、国子は産気づくと医者と口争いをしてまで燈火を暗くして子供を産んだ。随分乱暴に軀《からだ》をあつかったのだけれども、生れた赤ん坊は普通より重量があって、泣き声も大きかった。看護婦が産湯《うぶゆ》をつかわせながら、「おお怖わ……そんなに力まんでもよろしおすがな、先生、どう？まア、このお手々、金時《きんとき》そッくりどすえ」といって、医者に赤ん坊の手首を見せたりしている。後産が済んで、国子は派出看護婦に額の膏汗《あぶらあせ》を拭いて貰っていたが、はじめて、何か熱い咽喉《のど》の乾きようを覚え、泣きたいような孤独な気持ちになった。泰祐と高等学校が同じだったと云《い》う医者は、泰祐より三つ四つ老け込んだ皺《しわ》の深い顔で、国子が水薬を飲み終ると、「東京へ電報打ちませんか？」と尋ねた。国子は瞳孔の開いたような眼を暗い燈火へ向けていたが、「まだ待って下さい。あとで、私が、このひとに打って貰いますから……」と産湯をつかわせられている赤ん坊の方をじっと見ていた。産室は畳敷きなので、厚い「たとう」を敷き、その上に油紙を何枚か敷いて、その上に匙型《スプーン》になった白塗りの大きな金の盥《たらい》が置いてあった。「大丈夫ですか？」国子が声をかけると、赤ん坊はもう、ガーゼのゆるやかな襦袢《じゅばん》を着せられ、東京から送って来た白フランネルの産着《うぶぎ》に包まれて、「大丈夫も何にも、こんな大きな赤ちゃん、わたし初めてですわ」と、看護婦が、国子の寝床へ赤ん坊を持って来た。国子は頭を持ちあげて、赤ん坊の顔を覗いていたが、心ひそかに心配していた程、似た顔ではなかった。巾着《きんちゃく》を絞ったような、不様《ぶざま》な泣きかたで、歯茎《はぐき》ばかりの大きな口の中には、小さい舌が、固く力を張っていて、泣声ばかりが強く国子の耳に響いて来る。案外な安産なので、医者も、こんな産婦は面白くないと、却《かえ》って、国子をからかう位だった。「幾時位だったでしょう？」医者は腕時計を燈火の下へ持って行って、「そう、九時十五分頃だったでしょう、――まア、静かにしておやすみなさい」と、国子の左の腕に注射を一本打って、看護婦と廊下へ出て行った。派出看護婦は、盥を廊下に出して、四囲を片づけ終わると、エプロンをぬぎ、白い看護服をぬいで、着物姿になり、国子の寝床の裾へ自分用の蒲団を敷いた。廊下の遠い洗面所で氷を割る音がきこえている。派出看護婦は、体温計を国子の腋《わき》の下に差し入れて、「奥さま、あの、電報は打たないでも、ええのんどすか？」と訊いた。「そうね。どうしよう……」「どうしよう云うて、旦那さん、およろこびどすえ、わたし、ひとはしりいって、電報打って来ましょう」「打って来てくれる？　明日でもいいンだけど」「明日打つのと、今晩打つのとでは、きもちが違いますわ。どない打ちます？」「じゃア、ヲンナノコ、クニコゲンキと打って貰おうかしら……」派出看護婦は医局から電報用紙を貰って来て、国子の枕もとで、国子の万年筆を借りて書いた。派出看護婦が書き終えて、国子から金を貰い立ちあがると、「あなた、出て行く時にね、その燈火を消して、カアテンもいっぱい広げて行って頂戴」

と、国子は頼んだ。燈火を消して看護婦が出て行くと、硝子窓には月がさえて星がたくさん光っていた。みずうみに船の灯が写っているような、広い紺色の空だった。虫が啼いて、よく晴れて澄んでいた。秋の空気が朽葉の香ばしい匂いをただよわせていて、国子が畳へ手を出すと、季節の冷たさが、四囲に罩めて感じられた。茶色の暗い壁には、月影が真白く射して、風呂敷をかぶった電燈が、ゆるぎもせずに、くっきりと壁に写っている。産室は階下で庭に面していたので、国子は寝たまま夜の庭を眺めることが出来た。二三十坪ばかりの狭い庭だったが、雌松や高野槇などを植え込んであった。昼間は向うの築地のかげに、木犀《もくせい》の花が咲いているのであったが、明るい月夜なので、庭の樹木は色彩をみんな一様にひそめてしまっている。

　国子はふらふらする軀を起して、赤ん坊の手首や足指を握ってみた。満足にみんな揃っている。赤ん坊の肌に鼻を持って行くと、杏《あんず》のように酢っぱい匂いがする。すこしばかりの髪の毛はたとえようもない程やわらかだった。誰にも似てくれないように、願う気持ちだった。一ケ月、二ケ月と日を経るにしたがって、赤ん坊の顔が、楢夫に似て来たら、自分は生きていられないかも知れない……。あんなにむごいあつかい方をしても、赤ん坊はこんなに元気で生れて来てしまった。電報を見たら、泰祐は急いでやって来るだろう。赤ん坊の小さい鼻や、眼や唇は、月影に、まるで猿か何かのように、こせついて見える。

翌日の昼すぎ、泰祐は飛行機でやって来た。大阪の銀行へ電話もせずに、すぐ、自動車で病院へ駆けつけて来た。

時雨《しぐれ》のような、こまやかな雨が日向《ひなた》にさっと来て、庭さきを濡らして行った。時雨がすぎると、すぐ、また、乾いた風が吹いて、縁側へ、前よりも爽やかな薄陽が射し込んで来る。型ばかりの浅い床《とこ》の間《ま》には葛《かずら》や尾花が竹の籠《かご》に活《い》けてあった。赤ん坊は固い拳をつくって、泣きながら産湯をつかわせられていた。泰祐は白い盥で湯をつかわせられている赤ん坊を珍らしそうに眺めて、「これは、なんだねえ、大きくなったら、両国ものだよ。着物も下駄も両国の先で注文するンじゃ、いまから思いやられるよ」そういいながらも、表情は如何《いか》にもうれしそうだった。医者は産湯をつかって床に寝かされた赤ん坊の胸に、聴診器をあてて、「中々優良児だよ。君のような小さい痩せっぽちで、よく、こんな太った嬢ちゃんが出来たもンだ」と、色艶《いろつや》の悪いむくんだ顔で笑っている。泰祐は不図《ふと》、赤ん坊に顔を差し寄せて、「どっちに似てるだろう？」と、誰にともなく訊いた。空を見ていた国子の眼は、愕《おどろ》いたように泰祐の方へ転《うつ》り、医者の顔の方へ転っていった。アルコールで赤ん坊の耳を拭《ふ》いていた派出看護婦は、眉の薄い顔を挙げて、「そりゃア旦那さまに似ていらっしゃいますよ」といった。すると、泰祐は笑って、「そうかねえ、そりゃどうも、愕いたねえ、僕はこんなに不細工な顔かねえ」「いや、少しは似てるよ、——どうして、嬢ちゃんは中々の美人だよ、この位の時はあんまり判らないが、一二週間もすると、段々両親のどこかを摂取して来ているのが判って来るものだよ……」医者は、そういって、長閑《のどか》そうに笑っている。――泰祐は三日ばかり病院の近くの下総町《しもふさちょう》に宿をとって通って来たが、大事をとって、国子達を病院に暫《しばら》く置くことにして、東京へあわただしく帰って行った。泰祐が帰京してしまうと、国子は吻《ほ》っとした気持ちだった。光って降る木の葉や、湿って厚い苔《こけ》の色なども、一日一日秋深くなって来て、国子には何か緩かな休息の気持ちであった。東京の泰祐からは間もなく手紙が来て、赤ん坊の名前を小夜子とするようにと云って来た。――乳は赤ん坊に飲ませても、なおかつ金盥に絞りとるほど沢山あった。小豆色《あずきいろ》の大きな乳首から、乳を絞るたび、膝も袖も濡れる程、すばらしい量で、同じ棟の産室にいる乳の足りない赤ん坊が、時々看護婦に抱かれて国子に乳を貰いに来た。

二週間ほど病院で静養をすると、国子は小夜子を白いマントにくるんで、大きな荷物と一緒に東京へ帰って来た。東京は京都の朝夕よりは温かではあったが、毎日砂まじりの荒《す》さんだ風が吹いた。赤ん坊は一枚一枚、皮を剝《は》ぐように肌が白くなって、明るい方へ眼が向くようになった。泰祐の父親が、この健康な孫を何よりよろこんでくれて、「小夜子か、お母さん似だな、中々元気そうでいいぞ」と、不器用な抱き方をして、女中達を笑わせたりする。国子は赤ん坊を抱いている舅《しゅうと》の柔らかな眼差《まなざ》しを眺め、胸の冷たくなるような寂しいものを感じた。

十一月にはいった或《ある》夜、泰祐は銀行の友人が倫敦《ロンドン》へ赴任するので、その送別会で外出していなかった。舅は風邪気で早くから床に就いていたし、霜のおりるような静かな晩だった。国子は寝室で、湯たんぽを入れた赤ん坊の寝床に足を差し入れて、ラジオを一人で聴いていた。女中のぬいが、「お客様がお見えでございます」と、長い廊下を走って知らせて来た。「どなた？　お名刺は……」「あの、奥さまにお目にかかりたいっておっしゃってでございますけど……」「私に？　お名前うかがった？」「いいえ、お逢いすれば、判りますとかおっしゃって」「厭ねえ、何でしょう、――旦那様もいらっしゃらないし……」心当りがないので、胸元をつくろい、羽織をひっかけて国子が玄関へ出て行くと、楢夫が頬《ほお》髯《ひげ》を生やして老けた和服姿で立っていた。国子は暫く口が利けなかった。脚が震えて、腹の底だけが熱くなる様な顚倒《てんとう》した気持ちだった。「いらっしゃい」といい出す前に、メテルモンタンのホテルの思い出が、一条の虹のなかに浮んで来る。楢夫を応接間に通して、「そふぁ」に対坐したけれども、国子は何を話してよいのか表情が歪んで、まともに挨拶をする事が出来なかった。「十月の初めに浦塩《ウラジオストク》から帰って来ました」「まア、すこしも知らないものですから」「巴里にいらっしゃした時よりも痩せましたねえ」「そうですかしら」国子は子供を産んだ事は云わなかった。女中が茶を運んで来た。楢夫は四囲の一つ一つのものに熱情のこもった眼差しを送っている。じっと、坐っていると、いまにも泰祐が帰って来そうだった。女中が廊下へ出て行くと、楢夫は立って来て、国子の両手をとった。国子はあわてて立ちあがると、楢夫を部屋へのこして、居間へ去って行き、女中を呼んだ。

「お友達が家出なすったンだって、――あの方、御主人なのよ。一寸《ちょっと》心あたりにお供しないじゃならないンで、お前、旦那様お帰りになったら、そう云って頂戴、判って？　なるべく早く帰りますけど、――赤ちゃんも、たいてい、私の帰るまでは大丈夫でしょう……」国子がそういい置いて、女中と一緒に玄関へ出て来ると、国子は応接間の扉をあけて、一緒に戸外へ出て下さいと云った眼差しを送った。楢夫も察したのか、白い緒のすがった僧侶のはきそうな下駄をはいて、国子の後から戸外へ出て行った。戸外は浸みるような寒さで、暗い晩だった。

国子が泰祐と結婚したのは丁度七年前だ。国子が二十二の秋である。泰祐とは九ッ違っていた。国子が結婚して三年目に、泰祐は東京の本社から、巴里の正金銀行に転任になって、一人で巴里へ旅立って行った。――泰祐は女を考えるのに、妻より他には浮んで来ないと云った男で、俗衆を嫌い叡智の勝《まさ》った性格であった。帝大出の法学士である。一年目に泰祐は国子を巴里へ呼んだ。巴里へ行くことになっても、国子は世の常の女のように浮々《うきうき》した気持ちもなく、悠々と旅の支度をした。泰祐の父と、弁護士の家へ片づいている泰祐の妹に、神戸まで送って貰い、新緑の六甲を三人で見物したりして、国子は一人で巴里へ発って行った。——上海《シャンハイ》へ着き、香港へ着いても国子は船旅を愉しまなかった。二十六七と云う年齢から来る物憂さなのか、心のうちは無風状態で、人生のあらゆるものは既にもう解決してしまったような、独断的な処《ところ》があり、国子はデッキを散歩している男達にも、あまり興味を持たなかった。夢中ですごした処女《むすめ》の頃には、焼きつくような空想でだけの愛情もあったが、それは心のうちだけで勝手に燃えて、勝手に灰になってしまったもので、数多くの恋物語のような狩猟的なエピソードは国子には一つもなかった。そうして、国子は処女で泰祐と結婚をした。結婚と云うものは、国子がおもい描いていた程、面白げで、幸福で、愉しいものではなかった。舅と良人《おっと》と、良人の妹とのこれだけの家庭に這入って行って、およそ女の感じる温かな愉しさは、泰祐からは何一つ与えられず、平凡に女となってしまった。男には何の期待すらも持たず、正確で、そして経済観念の強い泰祐のふところに、国子は若い軀を不足もなく置いていた。

香港《ホンコン》を出て、支那海に出ると、度々驟雨《しゅうう》に出会った。この驟雨は船の誰からにも待ち遠しがられた。全く暑い。驟雨が来ないと、むし暑さで息がつまりそうだった。この暑さの為には、夜も更けるまで眠られないので、誰も彼もデッキの椅子に凭《もた》れている。——国子はこの支那海の航海で、神西楢夫と云う男を事務長《パーサー》から紹介された。志望は建築の方で、独逸《ドイツ》の方へ行くのだと云っていたが、青年らしい幸福さはみじんも持たない、絶望に潰《つい》えて底光りのした眼差しは、退屈だった国子の眼に、何か勃然《ぼつぜん》と湧きあがらせるものがあった。神西は独逸へ行く前に、マルセイユからグルノーブルへ出て、ここの大学へ一年ほど這入ってみたいのだとも話していた。四日の支那海を終えて、船がシンガポール港に着いた時、国子は神西と二人で、貯水池やゴム園を観に行った。国子はあまり暑いので、ここで始めて洋服姿になり、ヘルメット帽子の神西と肩を並べて歩いた。——シンガポールの街に住む種族の大別は、日本人、支那人、印度《インド》人、英国人たちで、此《この》植民地には英国の官僚気分が、どの建物にも判然と現われていた。どの庭、どの公園にも、四季衰えを知らない背の高いカンナの花が咲きほこっている。自動車を走らせていても、汗で軀の濡れて来る暑さには、このカンナの花は、暑くるしくて仕方のない感じだった。ゴム園に働いている労働者は、日本人や、支那人や、印度人達ばかりである。植物園では素晴らしいフェニクスの森蔭を見た。二人は貯水池の岸のほとりへ出て、そこの小さな亭屋風なヴィラで昼食をとり、いまのゴム園に働いている労働者達に就《つ》いて暫く話しあった。そうして、神西は、ほんの一寸でも、国子が労働者達の事を考えたことがあるかと微笑して尋ねた。十万人位なのか百万人位なのか、国子は労働者と云う言葉の連想から、黒い河のような流れを頭にかすめていた。――ヴィラで休んでいる時、素晴しいスコールに出会った。白く歯をむいて草の根はゆすぶれる。樹もゆすぶれている。鳥たちは矢のように西方へ飛び散って行き、見る見るコンクリートの路は、河のように水が溢《あふ》れ、雨霧は二人だけを残して、景色をさらってしまったように乳色に煙った。

　古倫母《コロンボ》へ着いてからも、国子は神西を誘って歩いた。たびびとの旅愁を越えた、強く、相寄るものが、二人を近づけていった。神西は呼吸器が悪く、少し猫背だったが、容姿に精悍《せいかん》なところがあつて、頭髪は太くて、国子より黒く房々していた。――印度洋へ這入ったのは六月二日である。海の色は紫色に重なりあい、人達は暑さの為に、この海の色には眩暈《めまい》がしそうだと云った。夜は眠れない暑さなので、一等甲板ではシネマがあったり、二等ではダンス会を開いたりしている。三等船客達は一二等に反逆する気色か、円陣をつくって、食堂ですきやきの宴を張ったりしていた。国子は神西と二人で、暗い後甲板のプールへ泳ぎに行った。ズックの四角い袋にたたえられた海水は、湯のようになまぬるかった。ケビンの陰になっているので、暗くて森としている。二人だけで泳いでいるのは、爽やかな気持ちだった。月はなかったが、大きい星が低く光っていて、暗い水平線の向うで、火を焚くような稲妻が走っていた。「巴里にいらっしゃったら、かならず、手紙を下さい。なるべく早くですよ」神西がプールのふちに腰をかけて、泳いでいる国子に声をかけた。国子は黙って、泳ぎながら、消えては燃えあがる遠くの稲妻を見ていた。「あれは何かしら？　稲妻でしょう？　怖い光ねえ……」暗さの底に光る火の色は、段々広がって来て、船がその方へぐんぐん進んで行っている。「あの辺は、どっち？　エジプトですか？」「エジプト？　まさか、アデン近くじゃない？」神西はにぶい水音をたてて、プールへもぐった。なまぬるい水の底の方から揺れ動く。国子はプールのふちの太い綱に両手でぶらさがって、暗い水面に神西の出て来るのを待った。すると神西は矢庭に国子の後に白く浮びあがって、二三度ふわふわと身を浮べると…………。……国子のいままでの潔癖さを叩き落しでもするかのように……綱から手を離した国子は、…………………。機関士が肌ぬぎになったままランプをとぼしてプールの向う甲板へやって来た。二人は離れて、水沫をあげてプールの中を泳ぎまわった。表情がお互いに見えない遠さに離れると、国子はプールのふちへ上って、タオルのガウンを肩に巻いて、明るい甲板に濡れた軀のまま走って行った。

　ポートサイド、ナポリ、それからマルセイユと、段々日数が迫って来るにつれ、劇《はげ》しく国子の気持ちはゆすぶれていた。女の終りが、こんなにも派手に燃えあがれるものかと、自分の肉体のなかに、人跡未到な耕地を発見したような、そんな愕きようだった。——マルセイユでは泰祐が迎いに来ていた。一年も見ない良人の姿であったが、昨日今日別れたような感じだった。泰祐は鼻下に髭《ひげ》を貯えていた。銀行家らしいたしなみのいい姿で、船会社の男と波止場を歩いて来ている。国子は地味な着物姿で、迎えに来た良人に逢った。税関の出口で神西は、人ごみの中から、国子へ目礼を送ったが、国子は耐えられない気持ちで、最早《もはや》、これは虚空の彼方《かなた》のことだと、泰祐の軀の陰から、合掌する気持ちだった。初めての仏蘭西《フランス》の景色も国子には味気ないものだった。清潔な良人の身だしなみさえも、田舎者らしく見えて、厭な気持ちだった。マルセイユから夜汽車へ乗った。——巴里では、ジャンドマールの駅近くの、クルネルと云う街に落ちついた。アメリカ式な新しいアパルトマンで、鈎型《かぎがた》に建った、窓ばかり多い建物だった。昼間は陽が強いので、窓は鎧戸《よろいど》をおろして暗くしておかなければならない。セイヌの河風が、時々鎧戸の隙間から吹いて来る。部屋へ落ちつくと、泰祐はぎごちない手つきで国子を抱きに来た。「疲れてるのよ……」「船は暑かっただろう？」「ええとても暑くって、本当に死にそうだったわ、でも、流石《さすが》にマルセイユに着いた時は涼しくて吻《ほ》っとしたの」国子は浴衣《ゆかた》姿になって、次の部屋にある小さなバスルームに這入ってしまった。鍵をおろして一人になると、扉に額を押しあてて子供のように国子は泣いた。——巴里の夏の昼間は陽は強かったが湿気がないので爽やかだった。夕方の九時十時になっても暮れてしまわない、白暮の窓を開けると、犬の吠える声や、晩鐘の音色まで澄んできこえる。鎧戸をあけると、国子の部屋の窓から、士官学校の屋根が見えた。窓さき近くの壁には泰祐が倫敦から買って来たと云う、古風な四ツ脚箪笥《だんす》の鏡台が置いてあった。ベッドにはレースのおおいがかかり、狭いながらも厨房には空気抜きもあり、一法投げ入れると、すぐ燃やす事の出来るガス台もあった。バスルームも清潔な壁だったし、青い絨緞《じゅうたん》も、かなり厚手なものが敷いてあった。――銀行に出かけた後、国子が淋しくないようにと、オルゴールのついた金鍍金《めっき》の鳥籠《とりかご》を奏祐はどこかから探して来た。国子は留守番をしていると愉しかった。むしろ退屈で困るのは、泰祐と差し向いでいる時で、泰祐が気づかうほど、国子は口数もすくなくなった。泰祐が朝出て行くと、グルネエルの橋のへんまで散歩をしてみたりした。歩きながら考える事は、巴里で逢える日の楢夫との事である。住居を知らせてやれば、すぐ尋ねて来るだろう、しかも大学はいま夏の休暇なのだから。――国子は泰祐が出て行くと、橋のあたりや、士官学校の方へ散歩に行った。広い庭の、樺《かば》や栗などの植え込みの向うから喇叭《ラッパ》が響いて来る。国子は散歩道の終りにある廃兵院の灰色の建物の前まで来ると、きまって郵便局へ這入ってみたりした。南仏蘭西へ出す郵便受けは、緑色の3と云う番号だと教わったりした。虚空の彼方に消えたおもいでなのに、郵便受けを見ると、また活々《いきいき》と船の生活が蘇生して来る。

国子が、思いきって神西へ手紙を出したのは秋の初めであった。神西はすぐ巴里へやって来て、国子へ電話をかけてよこした。月曜日の朝で、しかも泰祐は午後の三時までは銀行だと云って出て行った。酒市場の近くの、スウリイー橋に面したベルヴィルと云うホテルを探して、国子は質素な黒い外套姿で出て行った。並樹の葉は黄ばみかけ、石炭屋の車輪の大きな馬車が国子には珍らしかった。自動車がソルボヌ大学の裏手へ出て行った。やっとベルヴィルのホテルを探しあてて神西の部屋をノックすると、神西は暫く逢わないうちにとげとげした容貌に変っていた。黒い革のスートケース一つの、身軽な旅装で、此部屋へ着いてからも、まだ幾時間も経っていないのだろう、神西は旅から来た服装のままで国子に凭《もた》れていた。国子はベッドのはしに腰をおろして、グルノーブルではどんな暮しをしていたのかと訊いたりしたが、神西はもうじっとしていられないと云う風に、窓辺へ行ったり、煙草を嚙んだり、部屋をあっちこっち歩きまわって、少しも落ついていなかった。猫背はひどくなっていたが、顔の血色は少年のようにうすあかい。「何故、早く手紙をくれなかったンです。考える余地をのこしている女なんて心細い、——手紙が来た時は、僕は暫く口も利けない位だった。逢ったら本当に殴りつけてやるつもりだったンですよ」「殴って下すっていいわ」国子は立って窓のそばへ行った。酒市場の鉄屋根には、色々な酒の広告が出ている。神西も並んで窓のそばへ立ったが、背の高い国子と、肩の高さがいくらも違わなかった。「今日まで、私は随分苦しんで来たンですけど、それは、こうしてあなたに逢うまでどうにもならなかったンですもの、——あなたに逢ったら急に醗酵して来るような、何か愉しい気持ちで……」

「どう云う意味？」「ううん、私だけの気持ちよ。——自分で自分に判断がついたから……」「後悔？」「いいえ、そんなことと違うの、まだ、あなたと、何も後悔するようなことないじゃないの」「それはそうと、いよいよ二三日後には日本も戦争がありそうですね……」「支那に？」「遠く離れていると、色んな事を考えて仕方がない。僕の弟は上海の陸戦隊へやられてるンですが、此間も手紙をよこして、もう逢えないかも知れないと云って来てましたがねえ……」「まア、弟さんがおありになるの……」「こいつは丈夫な奴で、小さい時から運動をやっていたものだから、僕と違って、実に立派な軀をしているンですよ」神西は、そろそろ手持ちのすくない金もポンドに替えておかなければならないと、そんな事も不安そうに云っていた、——昼すぎから雨になった。二人は濡れながら戸外へ出て行き、バスに乗ってメテルモンタンの露西亜《ロシア》料理店へ飯を食べに行った。ベエルラセーズの墓地は二三丁位の処で、静かな、並樹の古い通りだった。そこで昼食を済まして、すこしばかり雨の墓地を歩き、秋の明るい黄昏を神西に別れて帰って来ると、泰祐はもう帰っていて、ベッドの上で夕刊を熱心に読んでいたが、「おい国子、いよいよ日本も戦争だよ」といった。

一週間ほどすると、神西はグルノーブルへ帰って行った。かえりしな、リヨン駅の汽車の窓から、送って行った国子の手へ、神西は小さな紙ぎれをよこして、「お返事が出来ますか？」と笑った。一人ホームにとりのこされて、国子がその紙ぎれを開いてみると、――つくった感情の彼岸に遊ぶ者の、浅薄《せんぱく》なる理性に示唆されたる、あわれなる、あわれなる国子さん――と書いてあった。国子は神西に足蹴《あしげ》にされたような憤りを感じた。こんな言葉を平気で置いてゆく神西がうらめしかった。そして、国子はアパルトマンへ帰ると、すぐ神西へ絶交状を書き送った。

ノエルが過ぎ、正月は泰祐とニースへ行った。旅をしても泰祐は日本の金輸出禁止に就いてばかり論じて、景色などは眼にはいらぬ風である。いまに、何々が起るだろうとか、国子には、うっとうしい事ばかりだった。ニースの冬は暖かで、熱海ようなところだった。一ケ月ほどいて、寒い巴里へ帰って来たが、巴里は昼間から暗くて、すべてが陰気だった。――国子は時々ベルヴィルホテルの事を思い浮べていた。只、くちづけだけで別れて来た自分の潔癖を、国子は大切な落しものをしたように考える時もある。あれはあれでよかったのだと吻《ほ》っとするのだが、吻っとする気持ちは、只、泰祐への気兼ねだけではないのかと、国子は悲しい気持ちだった。夜になって、良人と同じベッドに横になっていても、急にむっくり起きあがって、寝ている泰祐をゆり起し、蒲団を初めから敷きなおすのだと、ひどい無理を云いつづける。それかと思うと、夜更けの舗道を行く撒水車を見るのだと、寒いのに窓を開けさせていたりした。泰祐はこれを国子の旅愁だと考えていた。

　国子にとって、耐えられない二年の月日がたった。戦いは終わったが、日本では次々に色々な政治家達が暗殺された。日本の金の価値は段々安くなり、泰祐は昔の為替相場でぱっぱっと買い物をしている国子を叱りつけた。ガスも電気も浪費をしないように、細かな事にまで泰祐は気をつかった。国子は国子で、日々昂《たか》ぶって送り、日本へかえりたい気持ちだった。――夏にはいった月の美しい或晩だった。国子の処へ、神西から思いがけず電話がかかって来た。「僕です。判りますか。お元気でしたか……もう、そのホテルにはいらっしゃらないだろうと思っていました。これからすぐ来て戴けませんか、何時か雨の日に、メテルモンタン街で御飯を食べたでしょう、墓場に近い、あの通りのバビヨン・ド・フロオルと云うホテルにいます。小さい家だけれど、戸口にサランボの煙草の広告の出ているのを目標にしていらっして下さい」「ええ」受話機を置くと国子はすぐ紙片をやぶって、メテルモンタンのバビヨン・ド・フロオルと書きつけた。泰祐はベッドに寝転んでラジオを聴いていたが、「誰からだい？」と起きなおって訊いた。「ううん、洋服屋なの……

かりぬいが出来たから来てみないかって云うのよ……」「また、洋服つくったのかい？　おさかんな事だねえ……」「だって、皆、古いものばかりですものね、やめてもいいのよ」「やめなくてもいいさ、月がいいし、一緒につきあってもいいよ」「そう」国子は素直にうなずいて、支度をした泰祐と戸外へ出た。士官学校まで月を浴びて歩くと、停留所からバスをひろい、モンパルナスの広場へ出た。燕通りのメトロの入口に、玉転《たまころが》しの店が出ているのを、泰祐はひょいと覗きこんだが、不図、国子は泰祐のその後姿から離れると、そっと自動車をひろって乗った。辻々のカフェのテラスには派手な海岸傘をたてて白夜の中にパステルの絵のようだった。——ホテルの前には、血色の悪い、痩《や》せた神西が迎えに出ていた。「随分御無沙汰してましたが、お元気だった？　あなたは栄養がいいとみえて若くなりましたねえ……」「まア、あんなこと云って、あなたこそ、病気なさらなかった？」「ええ、ありがとう、去年ベルギイでひどい風邪にやられて、あやうくぽっくりなりそうだったンですよ」「まア、ベルギイへ行ってらっしゃったの」二人はホテルの階下のテラスへ出て、隅の椅子へ腰を降ろした。国子は、あまり健康そうでない痩せた神西の肩つきを眺めて、このひとも、あまり幸福そうではないのだとおもい、「もう、すっかり、お躯はいいのですか？」と尋ねた。「ありがとう、此頃は元気になって、このとおり……」神西は世間馴れた物いいをしている。月が明るいので、白い卓布の上の茶碗や皿が、一つ一つくっきりと影をつくって、浮いているようだった。「私は、来年の春までには日本へ帰りますのよ。あなたはまだいらっしゃるの？」「僕はいまの処、どうにもかえれません。色々やりたい事もあるし、それに第一過分な金がないから、当分駄目でしょう。だが、日本へかえるのも悪くはないですね」「弟さん、どうなさいまして？」「弟ですか、いま艦で北海道の厚岸と云う処へ行っています……」「そう、お元気でよかったンですね」茶を飲み終ると、国子は神西の部屋へ行って見た。屋根裏の、天窓一つしかない陰気な部屋だった。床にも台の上にも、沢山の書籍がちらかって、ベッドが一つで、椅子もない殺風景な処だ。

「ずっと巴里にいらっしゃったンでしょう？」

「そう、四ケ月ばかりですかねえ……」「まアひどい、云って下さらないなンて……」「だって、あなたは僕に絶交状をくれたじゃありませんか」「ううん、あの時は腹がたったの、もう、何でもないのよ……会いたかったンですもの」部屋じゅうが月光で濡れている。

（一行削）――国子は夜更けて家へかえった。泰祐は服もぬがずにベッドの上にうたたねをしていた。「まア、風邪をひくじゃありませんか、お起きなさいな……」国子がスイッチを捻《ひね》って燈火をつけると、泰祐は素直に起きあがって、「随分探したンだよ、どこで迷子になったのかねえ……」と申し訳《わ》けない眼つきでいる。国子は、その夜、非常に落ちついて眠《ね》むれた。翌朝、眼がさめてからも、健康な満足した睡眠に、何時になく早く眼が覚めて、横に眠っている泰祐の横顔を、国子はじっと眺めていた。そうして、不図、国子は、神西と歩いたシンガポールの英国風な建物をおもい出して、…………歯《は》刷子《ブラシ》と、時計と、簿記帳とだけ与えておけばいいのだと、…………泰祐の大きな耳穴をのぞきこんで、そんな事を考えてみた。耳だけを見ていると、大きくて大仏様の耳朶《みみたぶ》のようだった。

――国子は、泰祐の留守の散歩を、時々メテルモンタンまで長駆して、神西に逢いに行った。

　日本へかえって、半年の歳月はすぎていた。いまは子供を産んでいる自分を、国子は神西の横で自動車にゆすぶられながら呆んやり考えていた。「御主人はお元気ですか？」神西が国子の手をとっていった。国子は愕いたような顔をして、「厭な方ねえ……」と、走る窓外へ顔を向けてしまった。広い東京なのに、二人は巴里のように落ちつく処もない。上野の公園下で、自動車を捨てると、二人は東照宮下の暗い石崖の横を寄り添って歩いた。明るい市内電車が時々二人の前を走って行く。「いま、どこに住まっていらっしゃいますの？」「僕ですか、当分住所不定ですよ……」「住所不定だなんて？　だけど、いったいどうなすったンですの？」「どうもしないですよ、どうもしやしない……」神西は急に石崖に蹲踞《しゃが》みこんで黙ってしまった。借物のような着物も、楢夫には妙にそぐわない。日本へ帰って来てからでも幸福そうではないのだと、神西の生活が判らないなりに、国子は不安な気持ちだった。山下で蕎麦屋《そばや》へ這入ると、神西はうまそうに音をたてて熱い蕎麦を食べた。「あなたは、本当にどう云うお暮しなのかしら？　私に云えない？」「別に、どう云う暮しでもありませんよ。だが、住み辛くなったら、また、どこかへ遠く行ってみるつもりです。そんなに心細そうに見えますかな」「ええ、お逢いする度に変っているンですもの……弟さんはどうなさいました？　まだお艦ですか？」「いま、佐世保にいますよ」国子は別れしなに、財布を出して、ありたけのお金を掌にあけて、「あげましょうか？」といった、そうして、神西の掌に握《に》ぎらせると、その手の冷たさは、もう、このひとも、あまり長くはないと云った感触だった。神西に別れて国子が青山の家へかえって来ると、泰祐はほんのいまかえって、風呂に這入った処だと云って、ぬいが泰祐の部屋へ蒲団を敷いていた。ラクダの厚い毛布を重ねて、華かな羽根蒲団をかけてあるのを見ると、国子は、神西の貧しげな朝夕をすまないと思うのだった。あの眼は何時も何かおろおろした眼だ。癖のある猫背の姿が国子の眼に浮んで来る。泰祐は風呂からあがって来ると、すぐ国子の寝部屋の鏡台の前に坐って顔に化粧水をつけながら、「君の友達が家出をしたンだって？」と訊いた。「居たのかい？」「いいえ……いないのよ」「主人と云うのは何をしている人なの？」「知らないわ……」国子は本当に神西の生活を知らないのだ。――子供はよく眠っていた。見ていると、額の白さや、唇もとが楢夫にそっくりだった。蒲団の外にはみ出た手の指を視つめると指の形まで楢夫にそっくりだ。この子供が大きくなるまで隠しおおせることだろうか、せめて、自分が死ぬるまでも……。その夜、国子は転々として眠れなかった。夜中にうつうつとしていると、国子はうなされる気持ちだった。「あなた、あなた……」国子は良人の寝床へ転って行った。泰祐は健康そうな寝息をたてていたが、国子が自分の寝床へ這入って来ると、泰祐は擽《くすぐ》ったい顔つきで、「何だ、ああ吃驚《びっくり》するじゃないか、どうしたのです……」国子は初めて安心して甘えられる気持ちだった。そうして、後から後から涙が溢《あ》ふれた。「いけないのよ。国子はいけないのよ……いけないの」「何がいけないの？」「みんな、いけないのよ」「さアさ、お休みよ、莫迦だねえ、夜中じゃないか……」泰祐は汗ばんでいる国子の額をさすって、「少し熱があるよ。戸外へ薄着で出たンじゃないの」とたずねた。

　赤ん坊は非常に元気だった。その冬は家じゅうで、誰かが風邪をひいて寝込んでしまうのに、一度も風邪にかからないで、人手がいらなかった。泰祐は銀行から帰って来ると、すぐ赤ん坊の枕元に来て柔《やわ》い手を握った。国子は、それが妙に心にとがめたが、努めて色々なことは、忘れようとしていた。泰祐とは三四年も子供が出来ないでいて、…………、国子には不思議でたまらなかった。女の軀の中には、色々な不思議な部屋があるのかも知れない。わざと、梯子段の途中から転んでみたりした古い記憶を呼びもどしている。――檜夫とは晩秋の、あの夜、別れて以来何《な》んの音沙汰もなかったが、正月も越して、二月に這入った或雪の朝、国子はA区の警察から呼出状を貰った。泰祐が銀行へ出た後なので、国子は暫く棒立ちになって震えていた。直感で、神西との事だと思った。A区の警察へ行くと、陰気な廊下の、木の椅子に二時間も待たされた。その二時間の間は、国子にとっては耐えがたい苦しみの時間だった。長い時間を国子は、摑むことも出来ない暗い不安に囲まれて過した。――国子は金沢の士族の娘で、親から続いた土地の古い医者だった。いまは兄が代を受けて医者をしている。両親とも健在だったが、国子はこの兄夫婦をあまり好かなかったので、帰郷することはめったになかった。兄二人姉一人の兄妹で、国子は末子だった。寺へ嫁づいている長姉は、「国さんは兄妹じゅうで一番幸福だわ」といって、国子の東京住いを何よりうらやましがっていた。軀が大柄で、骨格ががっしりしていたが、国子は肌が白くて、声がよかった。泰祐とは蚤《のみ》の夫婦だったが、今日の日まで、風波もなくすぎて来ている。暮《くれ》に上京して来た姉が、「あなたが偉いンじゃなく、泰祐さんが立派だからよ。あんな紳士ってないわ……」と讃《ほ》めて行った。――雪は激しく降り始めていた。風がないので、よく積っている。国子は一度刑事部屋に呼ばれたが、住所経歴を訊かれただけで、若い受附《うけつけ》の巡査に連れられて、細長い部屋へ連れて行かれた。雪の降るのがよく見える明るい窓を見ていた眼には、これはいったい何と云う処なのかと、暗い壁へ押されて、国子は初めて驚きの声をあげた。看守から青い袋を出された。「帯の腰帯も解くんだ」国子は立っていられなかった。「主人に電話をかけて下さい！」「電話？留置場には電話はないよ」看守はぶっきら棒だった。帯も腰紐も足袋《たび》のこはぜも破り取った。三畳ばかりの陰気な寒い部屋に、女達が四人坐っている。廊下をへだてて向い側にも、同じような部屋が三つほど並んでいて、坐っている男達の頭だけが見えていた。国子は縁のない女達の横に固く坐って、じっと手をあわせる気持ちだった。神西が、あの向う側へ這入っているのかしら……。四囲が暗くなって、やがて廊下に裸の電燈がついた。壁の外はすぐ往来なのか、自動車の音、電車の音がする。国子は何時までたっても動悸が静まらなかった。夕食も運ばれたが、てんで手につかない。男の古下駄《ふるげた》のような弁当箱に、はげちょろけた青竹色の箸《はし》がついて来る。「あなた、召しあがらなければ、男の方におあげなさいな」茶色のジャケツを着た太った女が、国子の弁当を、板戸の下の穴から廊下へ出した。国子がかつて見たこともないような色々な男達が、一人一人便所へ立たされている。――夜更けて国子は一度刑事部屋へ出されたが、刑事部屋の火鉢のそばに泰祐が来ているのを見ると、おかしいほど、涙が溢れ出た。「いいよ、いいよ、明日の朝お迎えに来ますからね、今晩は仕方がない、心配しない方がいい、あんまり心配すると乳が止まりますよ。

ええ」国子の好きな林檎と寿司を泰祐は国子の前へ開いてやった。一時間ほどして泰祐はかえって行った。留置場へかえると、国子は保護室に移され、九州から家出をして来たと云う色の黒い娘と横になった。雪はかなり積ったのだろう、二時間おきに交替して来る看守の長靴にも、時々深い雪の跡があった。息の根も止りそうな寒さの中に、国子は乳首の痛くなって来るのを感じた。ハンカチも手拭《てぬぐい》もないので、国子は袖の中へ乳を絞った。泣き腫れた眼をした娘は、暗い壁の方から、薄眼をあけて国子を見ている。これは自分に与えられた罰なのだ。国子はそう思った。乳を絞りながら、国子はさきほど別れた泰祐の事よりも、また、神西のことよりも、子供の事ばかりがおもい出されていた。子供の事を考えると、あの子供には何の罪もないのだと思った。可愛いと思った。私は死ぬるまで、あの子供のそばにいてやらなくてはならないのだと、袖の中へ乳を絞りながら、国子は赤ん坊に語りかける気持ちだった。

　翌朝はよく晴れていた。国子は刑事部屋へ呼ばれて特高主任から、神西のことを訊かれた。印度洋の船で写している西洋人の子供を入れた三人の写真を見せて、「これに就いて云って下さい」と問われた。「船でお友達だったのです。事務長から建築をやる方だと紹介されました。これは、たしか印度洋で、私の自動写真機で撮ったと思います。船で焼きつけて貰って、さしあげた記憶がございます」その写真を、神西はいちばん貴女らしいと云って、讃めてくれていた。——神西は別に国子の事に就いては何も云わなかったのだろう、国子は正午頃、迎えに来た泰祐と帰ることが出来た。自動車の中から、溶けた雪道を眺めて、神西が、シンガポールで、ゴム園に働いている労働者の事を話したのを思い出していた。「神西って云うのは、大した者だってねえ、一時巴里にいて、ベルギイに追放されていた事もあるンだそうだ。——家は中々いいんだそうだがねえ……」国子はメテルモンタンの貧しいホテルを心に浮べた。神西はこの雪空を、どんな処に閉じこめられているのかと思い、舗道をのんびりと歩いている人達に、眼の覚めた時のような驚きをもつのであった。

（「改造」昭和一一年九月）

運命

雨が降っていた。俥へ乗ってからも、雨はますます勢《いきおい》をまして、俥の幌を叩きつけている。汚れた雲母の窓から、雨に煙った町並が見えた。俥が激しくゆすぶれるたびに、雨の滴が顔や肩へ霧のように降りかかって来る。膝に立てかけてあるトランクが革臭く幌の中でしめっていた。

船は十時に出帆するのだ。

光子は俥の中から雲母の窓に頬をつけて、走り去ってゆく暗い町を見ていた。市場の前では、雨に叩かれて、弾けそうに新鮮な野菜が並んでいた。人参だの、ずいき、トマト、赤大根に葱《ねぎ》、牛蒡《ごぼう》、そんな野菜の色彩をみていると、光子は故郷のなごやかな景色をなつかしくおもい出すのである。何やら、訛《なまり》のある言葉で市場の人たちは叫びあっていた。

光子は昨夜、長崎に着いて、野菜市場の近くの旅人宿に泊った。——自分の生涯のなかに、こんな不安なさすらいの日のあることを、光子はいままで一度だって考えたことはなかったのだ。何かのはずみで女の一生には、度々死にたいと思うことはあっても、一人で海を渡って、人を追ってゆこうと云《い》った激しい気持ちの実行は、中々出来がたいものであるのに……。

むかしみたモロッコと云う映画の中に、こんな風な一場面があった。外人部隊の兵隊が、沙漠の入口まで女に送って来ないかとたずねると、女は呆《ぼ》んやりした表情で、「ええ気が《メイ・ビー》向いたらね」と云って笑っていた。

いま、光子は俥の中で、こんな古ぼけた映画の一場面をおもい出しているのである。

東京を去った二三日前のことが、いまでは、もう随分むかしのことのように思えて来た。雨の降っている長崎の町は、どんな町裏でもひっそりしていて妙に活気がなかった。雨のせいかともおもいながら、たぷたぷと幌の前ひだが風にはためくのを、光子は呆んやり眺めている。

やがて俥は船着場の税関の前にとまった。

自分と同じような沢山の渡航者が、列をなして税関の前に並んでいた。その沢山の人のなかには、光子のような若い女たちも幾人か混っていた。一目みて、ダンサーのような女だの、酌婦だののような女もいる。

雨はこやみなくよく降っていた。

波の音だの、汽船のぽお――だのがきこえる。

光子は自分の順番が来ると、二つのトランクの蓋《ふた》を開けた。トランクには色のさめたジャケツや、古い写真帳や、化粧道具がごちゃごちゃはいっている。光子のこうした貧しい鞄を、若い税官吏は興味もなさそうに眺めて、トランクの蓋に白いチョークで印をつけてくれた。

光子たちのような若い女の渡航には、もう馴れきっていると云ったような表情であり、一目みれば、その女が怪しいものか、怪しいものでないかは、この若い税官吏には直観でみぬけそうな、そんな鋭い自信が見えている。

税関の調べがすむと、光子は改札口から、沢山の渡航者とともに波止場の方へ行った。税関の建物を抜けると、急に大きい船の姿が眼の前にむっくり浮き出ていた。ガラガラと金属の重たい音をたてて起重機が沢山の荷物を次々に船の上へ吊りあげていた。光子は俥屋にたのんで重い方のトランクを船のなかへ運んでもらった。三等はもう満員のありさまで、船底の広い部屋のなかいっぱいに毛布が敷きつめてある。自分の寝場所だけを城壁のように、トランクや行李でかこっているお内儀《かみ》さんもいた。光子は窓際のところに少しばかり空いている畳をみつけて、ボーイに毛布を借りてそこへ敷いた。

いよいよ自分は海のそとへ出てゆくのだ。荷物を片よせてレインコートをぬいでいると、デッキで身分証明書の調べがあると云うので、光子はみんなと一緒に三等の図書室へあがって行った。

上海《シャンハイ》に叔母さんがいるとか、事変前まで支那に住んでいたのだとか、若い女たちには色々な理由がある。光子も親類がいて、タイピストで働くために行くのだと係には報告した。

船は碇《いかり》を巻いた。雨の中を船はゆるく動きはじめている。雨の降りこめているデッキでは、どうしたことなのか、二人三人と、若い女たちが離れてゆく長崎の港を呆んやり眺めている。別に、この女たちを送ってきていると云う風な見送人もみかけなかったはずだのに、雨の中に消えてゆく港の景色を、女たちはデッキの上からじっと眺めているのだ。光子も、物蔭に雨を除けながら、遠く消えてゆく港を眺めていた。もうよほど陸地が遠くなっているはずだのに、何処《どこ》かで鶏の啼く声がしているような錯覚を感じる。急に、海の上を走って帰りたいような、そんな狂わしいものを光子は感じていた。眼にも鼻にも雨が霧のように降りかかって来る。

どうして、上海になんか行く気持ちになったのだろう……。青黒いような海の色を眺めて、光子は、東京での暗くて淋しかった生活を順々におもい出していた。かならずしも、水上がこいしいばかりで上海へ行くのだとは云えないような気持ちでもある。――若い時の貧しさや、生活の忙しさは、光子にとって耐えがたいものではなかったけれど、自分の職業に何の希望も持ってなかった上に、光子は、一人ぼっちな単調な生活がだんだん苦しくなっていたのであろう。

水の面をかすめて、大きい鳥が雨の中を飛んでいる。

やがて、船艙の三等室へ降りてゆくと、黒いレザーを張った食卓には、茶碗や汁椀が沢山並んでいた。あたりには、干大根を煮《に》〆《し》めているような匂いがしている。暗い廊下には渡航者の荷物がうずたかく積みかさねてあった。

光子が座席へ落ちつくと、光子の隣りには派手なパーマネントをかけて、爪を紅くした女が、荷物に凭《もた》れて煙草を喫っていた。指には大きい青い石のはいった指輪が目立っているし、腕にも銀の輪が光っていた。

「一寸《ちょっと》、あんた、上海へ行くの？」

女がふっと光子に尋ねた。光子が上海へ行くのだと云うと、その女は急に親しそうな眼をむけて、

「そうね、上海ももう人でいっぱいね。まるで人ごみに埋まりそうだわ。アパートも満員だし……あんたは支那は始めて？」

「ええ始めてなンですけど……」

光子は乾いたような女の顔を眺めていた。

眼の下がうすぐろくなっているけれど、大きな眼は、円窓から来る光線で、獣の眼のようにキラキラ光っていた。濁っている皮膚の色は、けわしかったこの女の生涯をさまざまに物語っているようでもある。

「私は漢口へ行くンだけど、あんたもいかが？　漢口っていい処よ、上海よりずっと明るくって、人間がもっと自由で、とても暮しいい処だわ」

「まア、漢口へいらっしゃるンですか、随分遠い処なのでしょう？」

「ええ、そりゃア遠い処よ、だけど、とてもいい処だわ。――上海には三日位いて、すぐ汽車で南京まで行くの、それから、ずっと揚子江《ようすこう》を船で行くンだわ」

「怖くないかしら……」

「あらア、怖くなんかないわよ。莫迦《ばか》ね、何がいったい怖いのよ。――私、今度は妹と二人で行くンだけど、妹も何だかびくびくしているのよ。どうして、内地の女って支那って処を怖がるのかしら。一度、支那の土地へ来たものは誰も帰りたがらないのにね……」

「妹さんは御一緒なのですか？」

「え、まだ甲板にいるでしょ、あの年頃はいやにセンチだから……甲板で、淋しいって港の方でも見ているンだわ」

そう云って、にやにや笑いながら、銀のシガーレットケースを光子の方へさしだした。

「一寸、どう、喫わない？」

光子は気軽に煙草を一本もらった。

疲れているので、両の足を投げ出して壁に凭れて眼をつぶっていた。船の動揺で、軀《からだ》がぶるぶる震えていたし、エンジンの音が、まるで、船の呼吸のように、光子には神経的に響いてくる。

「あんたは、上海へ何しにゆくのさ？」

「働きにゆくんですけど……」

「そう、だって、働くっても色々あるじゃないの？　事務員でもするの……」

親しい気持ちで光子はその女と話が出来た。そして煙草にも火をつけて喫ってみた。こうして、船へ乗ることも始めてだったし、煙草を喫うことも生れて始めてである。

「私は二三日、ここにいるンだけど、御縁があったらいらっしゃらない？」

そう云って、女は光子へ名刺の裏にアドレスを書いてくれた。

――北四川路、吟桂路、二〇七号、柳方、堀内眞子。

夜になって、雨も霽《は》れ、海上には月さえのぼっていた。

眞子の妹の利子は、四国の今治の女学校を今年出たばかりだそうで、姉の眞子のように美人ではなかったけれど、いかにも初々しい可愛い娘だった。

光子は眞子姉妹とすっかり仲良しになって、デッキをそぞろ歩きしながら、支那でのお互いの生活を話しあった。

「あなたの知った方って、恋人なんでしょう？　でも、そのひとは、いまごろ、可愛い女の子でも抱いて、ダンスでもしているかも知れなくてよ。――内地での気持ちと、上海での気持ちは、男でも、女でも、何だかすっかり違ってしまうものだわ。あンただって、遅いか早いか、そんな経験をするだろうって思うけど、音信なんかくれない、そんな男のひとのことなんか忘れて、私たちと一緒に漢口までいらっしゃいよ……」

海上をかすめてくる風は、はや何となく肌寒い大陸的な匂いが感じられてくる。月がよく光っていた。

利子は二等へ上ってゆく梯子段の下へ腰をおろして、さっきから小声で唄っている。

「私は二十八年も生きていたンですもの、何も彼もひととおりは知っているつもりだわ。――いろんな苦しいこともあったけれど、誰も私なんかのめんどうをみてくれる人はなかったし、よしあったにした処で、その人たちには何かしらお釣りをさしあげなければならなかったのよ、――誰一人、この世の中には信用の出来るひとはいないと思うわ。みんな誰だって自分勝手なのよ、だから、私も自分勝手にするンだわ……ひとりで気ままにね」

眞子は感情が昂ぶって来たのか、腕組みをして時々立ちどまっては昏《くら》い海の上をみつめていた。

その翌日の昼すぎに、船は上海の匯山碼頭《カイサンマトウ》へ着いた。

光子は出迎えてくれるべき水上の姿を、碼頭にむらがっている群集の中に求めたけれど、水上の姿は、船が碼頭へ横づけになってからもみつからなかった。

すっかり下船の用意をととのえた眞子が、不安気に立ってる光子の肩を叩いて、

「どうしたのよ、迎えに来てないンじゃないの？　こんな手違いってよくあるものなンだわ。——もし、何だったら送ってあげてもいいけど……」

眞子は自動車をやとって、光子を乍浦路《チャッポロ》の水上のアパートまで案内していってくれた。上海土産《みやげ》だの古道具なんかを売っている家の裏口に、アパートの入口があって、暗いアパートの中はまるで、芝居の楽屋の中を歩いているようだった。

水上は会社に出ているとかで、水上の部屋には、若い女がひとりで留守番をしていた。水上とどんな関係にあるのか、一目で、光子にはすぐわかってしまったし、水上の長い間の音信不通が、ここまでたずねて来て、はっきり知らされたおもいでもあった。

「夜は、いつも遅いンですけれど……」

若い小柄な女は、敵意をこめた表情で光子を睨んでいた。

　光子は階下の出口へ降りてゆくと、眞子は何も彼も察してしまったらしく、支那人の運転手に何か命じている。――光子は、走りゆく街のすがたを呆んやり眺めていたが、いつか、眼尻に涙が溢れていた。胸の芯は焼けつくように苦しく切なかった。あんなに深い誓いを交わしておきながら、男の半面には、こんな無慚なことも平気で出来る気持ちもあるのかしら……上海へ来ると、男も女もいつか気持ちが植民地的に変化してくると云った眞子の言葉が、光子には何となくわかってくるようだった。

　植民地に来ている人たちは何かしら淋しくて、その淋しさを慰められたい為に常に慰めを求め悩んでいるかたむきがある、と眞子が云っていたけれど……。

「女のひとがいたのよ……」

「そう、若いひと？」

「ええ」

「仕方がないわね……」

「私、ところで、何処へ泊ったらいいのかしら？」

「あら、宿屋へ泊ればいいじゃないの、私がいま案内してあげるわ、――始めて上海へ来た時に、私もその宿屋へ泊ったのよ。割合に親切よ。二三日泊って、散歩でもして、大きな気持ちになるのよ。上海って処は不思議な処で、二三日位すると、すぐ苦しさなんか忘れてしまうわよ」

眞子は何も彼ものみこんでいる様子で、閔口路《ビンコウロ》の小さいホテルへ光子を連れて行ってくれた。そのホテルも、旅客で満員だったけれど、小さい畳敷きの部屋を光子の為にホテルではやっと都合をしてくれた。

眞子が去ってゆくと、光子は支那人のボーイに部屋を案内されたけれど、天窓からほのぐらいあかりの射している二階や、熱帯樹の植木鉢なんかの置いてある狭い廊下を幾まがりかして、三階の屋根裏部屋のような処へ案内をされた。

此《こ》のホテルには大陸視察団や、少数の軍人なんかが泊っていた。

部屋の入口には鷓鴣《しゃこ》の飼ってある円い鳥籠《とりかご》がおいてある。光子はドアをあけて中へ這入《はい》っても、しめった畳へ膝をつく気持ちになれなかった。明日、長崎へ向けてかえる船に乗って内地へ戻りたい気持ちもしきりであったけれど、水上に対する反逆や憎しみのおもいもあって、もうどんな風になってもかまわないと云うおちぶれた気持ちも湧いてくるのであった。

光子が水上を知ったのはまだ二年位にしかならない。光子が始めて、丸の内の或《あ》る綿布貿易商会に勤めはじめた頃、水上もそこで働いていたのである。英語と支那語がうまくて、会社でも水上の存在は群を抜いて目立っていた。風采も立派だったし、油ッ気のない髪を無造作にかきあげて、水上はいつも新しいネクタイをしているような綺麗好きな男であった。

　水上と光子が親しく口をききはじめたのは、会社の祝賀記念会のあった夜だった。道が一緒だったので、水上が光子のアパートまでおくってきてくれた時から始まる。水上は光子の眼が好きだとよく云っていた。右の眼が左のより少しばかり小さくて、笑うと眉をしかめる癖があった。

二人は長いあいだ友人以上の分を越えたつきあいはしなかった。何と云うのか、お互いは気安い異性の友人であり、同じ会社に勤めているので、お互いの性格や、およその収入も判っていて、二人は固ぐるしいポーズをつくる必要もなかったのだ。光子のアパートで、水上はたまに食事をよばれることもあったり、酔っぱらっている時なんかは、無遠慮に仮睡をして帰る時もあった。

二人が思慕のおもいをほんとうに告白しあったのは、四月であった。水上が上海の本社勤めになった時、光子も水上も、いままでのように、坦々とした友人だけの気持でいられなくなってしまっていた。

上海まで水上を追って来て、いまごろになって腹をたてるのには、何かしら大きな距離がつきすぎているように光子には思えた。

自分はほんとうに水上を好きで追っかけて来たのだろうかとも、光子は自問自答してみるのであったけれど、水上と別れた当時の、あの清純な悲哀は、現在の自分の心のなかにはたずねうべくもない。光子は、このあきらめのよさは、ながいあいだ職業婦人をしていたせいかもしれない、ともおもってみた。——自分の意志表示については何等の熱力もなく、独立した自分だけの責任なんかは持ちたくない気持ち、衆をたのんでものを云い馴らされているずるさ、そして、なおかつ、自分の生活と云えば、ひどく物憂くて退屈至極なのである。自分の同輩のなかにも、こうした生活のなかで、段々結婚を遅らせているものも幾人かあるのを光子は知っているのだった。

こうした職業婦人は、年をとるほど不思議に美しくなっていった。その美しさは、都会的な気取りや、教養から来るプライドのまじった妙なものであったけれど、兎《と》に角《かく》、不思議に美しく磨かれては来るのだ。

一つの流行が迎えられてくると、その女たちはひととおりはその流行の型を身にこなしてしまうし、髪のかたち、服の色、眼の表情に至るまで、まるで風の日の小波のように、どの職業婦人も一律に似通うてきはじめる。そうした流行のこのみが板につけばつくほど、あの女はながいあいだ会社勤めをしていて、まだ何処かのアパートで独住《ひとりずま》いをしているのだと云うことがわかった。ふっと肩さきに雲埃《ふけ》のちりかかるような侘《わび》しさを相手にみすかされる場合も時にはある。

男にとっては、このような職業婦人の美しさは少しも魅力ではなかったし、豪奢な火鉢に火も鉄瓶もないような寒々としたものを感じさせもするであろう。

会社へはいった当時の、自分へそそがれた男の社員のあたたかい眼を、光子は忘れることが出来ない。どんな不器用さにもおもいやりやいたわりが感じられたけれど、現在の自分の位置は、その頃からくらべてみて、何と云う激しい変化なのだろうとも驚くのであった。——同輩や、男の社員の意地の悪い眼が空中で、小魚のように飛びまわっていた。

「美しいわたしたちが、あの男のたちの眼のさきでちらちらしていることは、とても気がもめて憤《おこ》りっぽくなってしまうのよ……」

そう云って、男の社員たちをわらい、自らを慰めている気取った女もいた。

光子は、水上のアパートにいた女の顔をおもい出している。あの女のどこがいったい美しいのだろう。小柄で、皮膚がうすぐろくて、人を見すえてのびあがってもの云う下品さ、どこにいったい魅力があるのだろうと、光子はじっと考えてみる。

誓いあった、あの愉しい夜の二人の言葉も、水上はいつの間に吹きとばして忘れ去ったのか、不思議で仕方がなかった。

　翌朝、光子はやっぱり水上に逢いたかった。一度だけでも逢って話しておきたかった。二人の関係と云うものが、案外はかないものであったと云うことがわかって来ると、何故ともなく激しく未練が湧いて来る気持ちもいなめない。

　光子は、おもいきって会社へ電話をかけてみた。

　水上はすぐホテルへ逢いに来てくれた。東京での水上とは、様子がだいぶ違っていて、逞《たくま》しく太々しい表情が光子をとまどいさせている。

「丁度、留守をしていたんで……アパートへ来たンだってね」

「ええ」

「よく来られたねえ」

「明日の船で帰ろうかと思ってるの」

「どうして？」

「どうしてでも……」

「見物して行ったらいいじゃないの、――折角来たンだもの……」

「見物なんかどうでもいいわ！」

じろりと水上が光子を睨んだ。その表情には女の心をえぐるような冷いものがひそんでいた。秋らしく晴れて爽やかな日である。

やがて二人はホテルを出て街を歩いた。

四川路のところでは沢山の水兵に会った。陸戦隊の建物が青い空に軍艦のようにみえた。

「結婚をなすったのね？」

光子が不意にこんなことをたずねた。水上は靴を引きずるように歩いていたが、急に立ちどまって煙草に火をつけている。

光子は合いの外套の襟《えり》をたてて、

「男のひとって怖いわ……」

と始めて本当のことを云った。

煙草を一息ふうっと喫いこんだ水上は、

「まア、すべてはメイファーズさ……君がまさか、来てくれるとは考えないじゃないか。――あの時、一緒に行かないかと云ったら、君は何って云ったかねえ、上海なんて真ッ平だと云ったはずだけど……僕だってそうそうプラトニックなんか云っていられる年齢じゃないからねえ」

水上は肩をすくめてふふと笑った。

「だから、思いどおり、結婚なすったからいいじゃありませんか、……」

「そうだ。まア、分相応のね、——君のようなひとは、僕の女房には何とも偉すぎるからね」

偉すぎると云われて光子はぞっとしてしまった。女らしさのない、ぎすぎすした処しか水上もみていてくれなかったのかと、光子は口惜しい気持ちである。

「偉くなんかないことよ……」

「いや、偉いよ。——僕のとこの、君に逢ったのなんか、九州から来たばかりの喫茶店の女だけれど、まるで犬ころみたいなんだぜ。いままでよく独りで生活出来ていたとおもう位、すべてにおいて駄目なんだ。一寸みていないと何をするかしれない。自分の身の始末さえ出来ないンだから……」

「いくつになる方?」

「まだ、はたちかな……」

まだはたちと云われて、「まだ」と云う言葉が、光子の自尊心をきずつけた。光子は二十六歳だったから……。

南京路へ出て、チョコレート・ショップと云う独逸人経営の喫茶店へ光子は案内されていった。外国人の客が大半だった。荒《すさ》んだ姿の外国婦人もいる。光子はさまざまの国のおちぶれた女たちの様子をみていると、自分も遠からずあんな風に身をもち崩すのではないかと思えるのであった。

すると急に激しい哀しみがおそってきて、いまにも涙が溢れそうであったけれど、光子はじっとそれに耐えていた。

白い壁、レモン色の卓布、銀のスプーン、朱い花のついた西洋婦人の帽子、沢山の鏡、英語をしゃべるボーイのざわめき、光子にとってはすべてが夢のようだった。水上は、時々知った顔に出逢うと、卓子《たくし》越しに微笑をおくっていた。

ごく自然に、何一つ口争いをするでもなく、光子は水上と別れたかたちになってしまっていた。泣いたり哀訴したりするには、光子は、あまりに自分の気持ちが冷くなりすぎている。考えてみれば、二人のあいだのつながりは、淋しいもの同士のふとしたあやまちとでも云いたいようなものであったかも知れない。

こうして、一日じゅう、二人きりで歩いてみれば、光子には水上の真意もわかり、いまではごくつまらない友達位の程度しか光子には感じられなかった。

お互いに云いようもなく、味気ない気持ちを感じあっている。何か云えば、それがみんなつくりものの感傷にもおもえてくるのは、植民地へ来たせいなのだろうかと、光子は落莫としたおもいであった。

その翌朝、光子はパジャマのままで鏡をのぞいていた。化粧をしない顔には、もう疲れが見えている。自分のみずみずしい「量感」と云うものが、まるで水が滴りおちるように消えかけていっているのだ。自分の若い生涯は、晴れた日に、城の天主で喇叭《らっぱ》を吹いているような自信に満ちたものであったとおもいながら、いまはもうすでに喇叭の音もすでに消えかけている。

昼近くなって眞子がぶらりとたずねて来てくれた。

「どう、少しは見物して？」

「ええ、何だか賑やかな支那人街を歩いたわ」

「一人で……」

「ううん……」

「そう、逢ったの？　どうでした？」

「ええ、何でもなかったわ、莫迦々々しい位だったの、上海へなんか来なければよかったと思ってるのよ」

「そうね。でも、莫迦々々しいってことも、一生に一度や二度位あってもいいじゃないの、メイファーズよ」

「あら、そのひとも、そんな風なことを云ったわよ」

「私、明日の汽車で南京へ発つンだけど、どう、いっそ一緒に行ってみない？」

「漢口までですか？」

「ええよかったら……」

「だって随分遠いンじゃないかしら、漢口までどの位かかるのかしら」

「ここから十日位はかかるでしょう……これから冬にかけて揚子江の旅はいいわよ」

眞子が買物に行くと云うので、光子は一緒に戸外へ出た。眞子がものなれた様子で東洋俥《ヤンチョウ》を二台やとってくれた。ゆるゆると俥にゆられていると、昨日まであまり興味のなかった四囲《しい》の景色も光子にはもの珍しい感じである。

バンドの処で俥を降りて、二人は二階バスに乗って静安寺路の方へ行った。賑やかな街通りは、戦争のあった都とも思えないほど人がひしめきあっていた。

光子は呆んやり街の流れを見ていたけれど、何故ともなく、だんだんなごやかな気持ちをとり戻していた。すべては仕方のないと云ったあきらめが強く心へ沁みて来ていたし、いっそ眞子と一緒に漢口までででも行ってみたいと云う気持ちも湧いてきていた。

「私は、そんな遠くへ行くほどのお金がないのよ……」

光子がふっとそんなことを云った。眞子は驚いたように光子をふりかえったが、お金のないと云う意味がわかったのか、

「莫迦ねえ、お金なんかどうでもいいじゃないの。あんたが来てくれるンだったら、私の店で働いてほしいのよ。花を飾って、綺麗な店をつくるンだわ、私は上海から紅茶だけでも千円近く買ってゆくのよ。妹とあンたが店で働いてくれたら、店は繁昌して困ってしまうわね、そしたら兵隊さんに繃帯《ほうたい》の一つも献納出来るじゃないの……」

眞子は笑いながら、煙草を出して唇に咥《くわ》えた。

二三日して、光子は眞子姉妹と三人で、漢口行きの小さい輸送船のなかに乗っていた。雨あがりのせいか、揚子江の流れは渦をなして悠々と流れている。船の中には、馬や兵隊や新聞記者や、大陸視察団や、演芸慰問団、畳屋、料理屋の家族、色々な人たちが乗っていた。一ぱん乗客は船底の荷物置場に莫蓙や毛布を敷いて横になった。

腹をこわして青い顔をしている女学生のような娘もいた。光子は、どんな場合でも悠々としている眞子の太々しさに驚いていた。眞子は、

「大陸へ来たら、ちょこまかとあわてては駄目なのよ、ゆっくりしていればいいのよ、急がば廻れってこともあるでしょう。怪我をするのはあわてたりするからなのよ。早くお金

をもうけようとして無理をしたりするから、兵隊さんに怒られてしまうの。私はおもうンだけどねえ、日本の大きな商人が沢山こっちへ来てくれて、世界の人を相手の商売をしてくれるといいと思うのよ。日本人が、日本人を食って生きるのだから何もなりゃしないわねえ、私は、そのうち、支那人相手の雑貨屋でも始めたいと思うンだけど、どうかしら……」

眞子はぽつりぽつりとそんなことを云った。

この航路は、眞子は何度か往復しているとみえて、船員たちは、眞子とはみんな顔見知りらしく、夜になると、船員たちが、サイダーを持って来てくれたり、ビスケットを持って来てくれたりした。

夜になれば江上は肌寒かったけれど、船底はむしむしして暑かった。荷物や石炭の置場だったせいか、肥料臭い匂いがして、光子は始めの一日は落ちつかなかった。

船が安慶と云う処に着いた夕方、食事がすむとすぐ眞子は甲板へ上って行った。安慶の町には、ちらほら燈火がついていた。後からあがって行った光子も利子も、いかにも支那らしい末枯れたような安慶の町に、何かしらロマンチックなものを感じないではいられなかった。

「私は昔、この町で結婚をしたのよ。最初の結婚だったンだけど、いまそのひとは南洋通いの船へ乗っているけど、ここを通るたびなつかしくて仕方がないの……」

「どの位前なの？」

「十年かしら。船へ乗るひとで、そのひとも此町が好きでね、漢口通いの船長だったものだから、始めての世帯をここで持ったのよ。始めての結婚って忘れられないのね、――別れて五年位になるンだけど、ここを通るたびなつかしいのよ」

町の左側に高い塔が見えた。眞子は呆んやり町の燈火を見ている。

月がキラキラ江上に光っていて、明るい黄昏《たそがれ》である。

「あんたもとうとうここまで来たわね。若い時って面白いもンだとおもわない？」

「ええ、だって、面白いも何も、まだ夢中なンだけど、揚子江ってまるで海みたいじゃありませんか。いったい、この流れはどこまで続いているンだろう……」

「インドまで続いているんだって……」

「まア、インドまでですか？――ここから、私、電報でも打ってみようかしら……」

「誰に？」

「上海へ……」

「どうして？」

「だって、心配させてみるだけでも愉しいと思うわ。自分のためにやけな気持ちになって漢口までゆくなンて……」

「莫迦ねえ……そんなことをしたって電信料をそんなするばかりよ。心配するのも一日か二日だけだわ。ただほんの一寸、男の心をシゲキしてやるだけの事だったら、めんどうなことはやめた方がいいわよ。このまま何処へ行ったンだかわからない方が一番利巧だとおもうわ、――まだ、あんた、そのひとのことを考えていたのかしら？」

「だって、貴女《あなた》だってこの町をなつかしがっているじゃないの？」

「あら、私のは違うわよ……」

眞子はそう云ってくすくす笑った。

利子が事務長から借りて来たと云う望遠鏡で光子は港の方をのぞいてみた。六階建ての古い塔の姿が近々と墨絵のように見える。みぎわの商家の白壁には、扶善改悪と云う大きな文字も見えた。柔らかいそりをみせて屋根々々が丘の方へ重なりあっている。眞子は珍しく小声で歌をうたいはじめていた。光子は、ここまで来てはじめて、可哀相な自分を感じ、黄昏の甲板をいつまでも行ったり来たりして、渦のようなものを頭に描いていた。

（「婦人公論」昭和一四年一一月）

黄鶴

冷たい雨が降っていた。甲板の上は暗くて、時々波除けの天幕に吹きつける激しい北風が波より物凄い音をたてて吹きつけていた。暗い甲板の上を歩きながら、重子はいまにも五官が停止してしまうようなそんな息苦しいものを感じている。図書室の明るい部屋ではたった一人でピアノを弾いている外国人の女がいた。時々そのにぶいピアノの音色が風のなかに聴えてくる。

お前の考えていることはすべて、何も彼も間違いだらけだと誰かに責められているような息苦しいものが、重子の胸に鉛のようによどんでいた。（私は何のために、こんな船に乗っているのだろう……）重子は自分で旅をすすめて行きながら、この旅の目的が自分にすこしもわからないのだ。

昨日の朝、神戸を発ったけれど、街の小さな郵便局の窓口で、重子は為替の金を受取ると、そこへげろを吐きそうな胸の悪さを感じていた。いっとき固い椅子に腰をかけて呆《ぼ》んやりしていたけれど、その放念の状態は、何も彼も抽象の彼方へ消えつつある、恰《あたか》もエア・ポケットへ墜《お》ちこんだような一瞬だった。

この船は明日の昼過ぎには上海《シャンハイ》へ着くのだそうだ。

冷たい風は重子の一箇の思想なんか吹き飛ばしてしまいそうな凄まじさだった。四囲は風の吹く深い闇ばかりで、どの窓をみてもみんな深くカアテンをおろして眠っている。——済州島はもう過ぎたのだろう。重子は波間を眺めながら、襟巻《えりまき》で鼻をおおって息の停まりそうな激しい風のなかを歩いていた。霧雨の降りこめている甲板の上を二三十分も歩いていたが、時々動物園のなかの水禽のような自分を感じて、重子は心のなかで苦笑する気持ちだった。全く、とりとめもない杳渺《ようびょう》とした回顧だけがこの冷たい散歩についてまわっている。（どうして考えることはみな苦しいことなのだろう）この苦しみの心のなかには何の豊富さもないのだ。つめたい雨のなかを歩いていると、重子は憂々として、軀《からだ》も魂も恨み疲れたようになって来ている。つまらない淋しさなのだ。その淋しさの汐《しお》が、日々自分の周囲に激しい洪水となって流れつつあるのだと、重子は昨日まで生活していた東京の生活《くらし》を怖しく考えるのだった。

暗い空から黄いろい鶴が何千羽となく舞い降りて来るような錯覚で、重子は甲板の上をこつこつ歩きながら、誰に気兼《きがね》もなく、歴史的なこのごろの様々を考えつづけてみる。

部屋へ戻ってみると、下のベッドの奥さんは青い葉のついた小さい蜜柑《みかん》をむいて食べていた。

「雨が降っていますの？」

「とてもひどい風で、霧みたいな雨ですよ」

「まア、そうですか、でも珍しくおだやかな航海だとおもってましたのに……」

奥さんは膝の上の蜜柑を行儀よく食べながら、そんなことを云《い》った。重子は外套をぬいで、湿った赤いジャケツをぬぐと、すぐタオルの寝巻に着かえて、二階のベッドへ上って行った。耳も頬も熱くほてって仕方がない。シーツも毛布も柔かくて清潔で、暫《しばら》くは幸福な思いだったけれど、その幸福な気持ちは重子には一時間とつづかなかった。右の耳に涙がぬるくたまっていった。生きていなくてもいいのだと云った凝結した気持ちだった。鋭く深く、心の底に凝《じ》っとみつめている考えが、やがてこのようなかたちになって波立って来るのかと、重子は濡れた耳を寝巻の袖で拭きながら、枕元の燈を消して眼をとじた。そとは風が強くなったのか、船はゆるく大きくゆれはじめている。

重子の良人《おっと》の信太郎が応召していったのは、十月のなかごろだった。お互いに黙りあって、戦争のことは何も云いあわなかったけれど、戦いが激しくなるにつれ、重子の心にも信太郎の心にも、何か無形なものだけれど覚悟のようなものは出来ていた。赤い召集の紙が来た時には、二人とも来るべきものが来た感じで、重子も信太郎も吻《ほ》っとした気持ちでささやきあった。——重子は信太郎と信州の田舎へ挨拶に行った。山に囲まれた小さい駅で、信太郎達は歓呼の声におくられて東京へ戻って来た。そうして、東京に近い町の師団に、重子は信太郎を送って行った。兵営では身体検査が済むまで、重子は広い練兵場の桜の並木の下を歩いていたけれど、あっちこっち歩いている、兵を送ってきた人達の、素朴な旗の流れをみていると、重子は自分も日の丸の旗を一本ぐらい良人に用意して来てやればよかったとおもった。やがて兵営から、信太郎を先頭にした応召の一団が、各々《おのおの》トランクや風呂敷包をさげて出て来ると、そのまま自動車でどこかの町へまた運ばれて行ってしまった。若い兵隊が、つきそいの人達もその町まで行って下さいと知らせて来たので、重子も沢山《たくさん》の見送りの人達と一緒に、銀色の新しいバスに乗ってその町へ行った。昔からの旧家ででもあるのだろう、味噌をつくっていると云う古めかしい家の広い土間で、信太郎達は煙草を吸って休んでいた。町のあっちこっちに、新しく出来た部隊の事務所があって、勇ましい戦闘帽の兵士達が狭い往来を行ったり来たりしている。信太郎は重子を見ると、

「まるでモロッコみたいだね」

と云って笑った。応召兵のつきそいの人のなかには、おなかの大きい細君もいた。みんな現役の時の顔馴染《かおなじみ》ばかりとみえて、信太郎は田舎言葉で村の誰彼のあんぴを訊いている。

やがて倉の前に信太郎達はならばせられて、服や帽子のサイズを計って貰った。倉の前の広場には戦地へ持って行かれるのだろう、赤や黄いろの箱にはいった様々の薬品が商人達によって荷造りされていた。信太郎達は看護兵だったので、重子はこの薬品の山が何か温かい気持ちで眺められた。ワクチンとか固パンとか、商人や兵隊が忙《せ》わしく品数を読みあげて、薄陽の射す倉の前で新しい木箱の荷造りが何個となく出来ている。

夕方近くになって、やっと戦地へ行く人員がきまったけれど、信太郎は十六人ばかりの人達といっしょに留守隊に残ることになって、各々町内の民家に分宿することになった。――重子は夜になって、信太郎の帽子や衣類を入れたトランクを自動車に乗せて駅へ一人で戻っていったけれど、駅は見送りの人達で溢れるようだった。どのひとも疲れたような顔をしている。

重子は、瞼のなかにこんな色々な夢をつくって眺めながら、潮の底から響いて来るような軍歌の声を耳の芯に感じていた。――明日は上海だ。重子は何年か前に欧州の帰りに寄った上海の街の景色がおぼろな色で胸に浮んで来た。

＊

重子は上海へ着くと、北海甯路のHと云う日本旅館に落ちついた。（とうとうここまで来てしまった）と云う吻《ほ》っとした気持ちだった。部屋はスチームも通っていない寒い小さい日本座敷だった。北と西に背の高い洋風な窓があったけれど、窓のそとは物干しや、倉庫の壁のような建物が向きあって、寝ていると辛うじて狭い空のみえる寒い部屋である。重子は医務室のような白い壁を眺めながら、この部屋では手紙一つ書けないと思った。

重子は上海へ着いた翌朝、一人で虹口《こうこう》の街々を歩いてみた。信太郎が応召して行った町で見たような戦闘帽の兵士達が、虹口のどの街々にも溢れていた。四川路の或《あ》る街角では鯛の看板を出した魚屋が家を修繕していたし、リンデンというハイカラな名前の喫茶店も出来ていたりした。まだ虹口一帯は、仮象の街の姿だったけれども、重子が単純に考えていたほどなまぐさいものは何も感じられなかった。散歩から帰って来ると、重子は東京で紹介されたD新聞社の支局を北海甯路の銀行の二階へ尋ねて行った。如何《いか》にも戦時らしく石造りの建物の入口は、泥まみれになっている自動車が、泥を白く乾かしたまま歩道の上へ二三台並んでいた。重子はここで海軍武官室詰の若いYという記者に紹介された。ばらばらと冷雨の降っているなかを、重子はこのY君と二人で海軍武官室に、新聞班のS大尉を尋ねて行った。

軍服姿を想像して行った重子の眼には、背広姿の会社員のような気軽な大尉の服装を見ると、何と云うことなく安心した親しい気持ちを感じたのだ。

広い石畳の部屋は陰気で暗かったけれど、部屋の中央にある粗末な卓子には、駄菓子を盛った皿や、チェリイの桜の模様のついた缶が置いてあったりした。Ｓ大尉は少年のようなかげの深い眼をしていて、始終立っていて記者達と話をしている。

重子はこの武官室で海軍の従軍章を貰った。

新しい従軍の腕章を腕に巻きつけると、重子は自分の背景が大きくひとまわりしたような生々したものを感じ、一九五号の腕章のナンバアも重子の眼には珍しく嬉しかった。生がわきの文字を眺めながら、一九五と云う数字の向うの沢山の人達が、まるで叙情の鋲《びょう》をとめたように、一つ一つの数字が瞼の底に光ってみえる。

＊

重子は上海へ着いてすぐ、閘北《こうほく》一帯をＳ大尉の案内で見てまわると、そのまま一時《ひととき》も落ちついていられないあわただしい気持ちで、間もなくＤ新聞社のトラックで南京へ向った。

南京へ出発の朝は、小春日のいい天気だった。トラックは幌も車体も緑色に染められている。乾いた往来にはガソリンの新しい缶が十二三個も並べられていて、重子の眼にすがすがしかった。——油公司のがらんとした壁に鳴弓檈甲羽林児と落書があったけれど、その敗兵の落書の文字に簡単に涙ぐんでいた重子の心は、もうこのガソリンの新しい缶を見ただけで、何も彼も強く振りすてて頭を前へ進める気持ちであった。往来にはよく陽があたっている。トラックの上には毛布を敷いてみんな広い場所をとった。新聞だのガソリンだの食料だのを積み込んでも重子達は広々と座を取ることが出来た。トラックの同行者はカメラマンの木田氏、仙台の販売所の主人だと云う森井氏、兵站部の加藤氏、それに若い運転手の倉内君、非常にのんびりした道連れである。

重子はトラックの上へあがると、運転台の近くへ毛布を敷き、よく陽のあたっている往来を眺めていた。床屋の鏡をみているように、向うから来ている人達だけが、幌の向うに明るく見える。道を通っている人達はどのひとも殆んど兵隊だった。重子は、視点のさだまらない眼で呆んやり往来のひとを見ていたが、やがて、どこから出て来たのか、幌の中の重子の方へ狐の襟巻をした若い和服の女が走って来た。

「このトラックは何処へ行くの？」

「南京だ」

森井氏が飯盒《はんごう》をぶらさげて、トラックの上へつっ立ったなりそう云った。

「あら南京なの……私も乗せて行ってよ」

「乗せて行ってって、君、何しに行くの？」

写真機をいじっていた木田氏が驚いたような表情で女を見ている。

「商売に行くのよ。——南京には沢山兵隊さんが行っているかしら？」

「さア、そりゃア、入城式の済んだあとだから沢山兵隊もいるだろうけど、君、一人で南京へ行くの？」

「ええ、どんな風か視察して来たいのよ。商売になるようだったら、五六人の女を連れて行きたいの……」

「そりゃア、まアいいことだけれども、君、南京に行ったって第一宿屋もないし、まだ、当分駄目じゃないかなア……」

「そう、そうかしら、でも、私、どうしても南京まで行きたいのよ。駄目かしら……」

「乗せて乗せられないこともないけれど、君、南京なんかより蘇州の方はどうだね、あすこならもう随分復興しているし、第一上海から近いしねえ……」

「蘇州もいいって聞くわねえ、——何しろ、二千円位しか資本がないのよ。何とか軍でしてくれないかしら？」

「さア、そりゃア判らないよ……その道のくわしい人に君よく相談してみたらいいじゃない？　君達みたいな人が行けばそりゃア繁昌するだろうし、よろこぶだろうさ……」

「誰に相談したらいいの、貴方知ってるなら連れて行ってよ」

「冗談じゃない、僕はそんなところは知らないよ……」

「だって、あの人も商売に行くんじゃないの？」

若い女は、毛布にくるまって新聞を読んでいる重子の方を向いて指差した。重子は赤くなって毛布を頭から外したが、その女はくるくるした負けない眼をして、

「貴女はどこまで行くのよ？」

と重子に尋ねた。

「南京まで……」

「あら、南京まで？　いいわねぇ……」

重子は、悪びれないその女の率直さに、段々好意を持つ気持ちでいた。背の高いトラックだったけれど、長身のその女はふくよかな半身をトラックの台へ凭《もた》れさせて、如何《いか》にも羨《うらや》ましそうに重子を見上げている。

「ねえ、二千円で、女がどれだけ連れて行けるかしら、軍で何とか相談に乗ってくれるといいわねえ……」

木田氏はこの逞《たく》ましい女に閉口したのか、そりゃア君の腕次第だと応えていた。

トラックのエンジンがごとごと音をさせはじめると、女はあきらめたのか、トラックから軀をはなした。トラックはやがて動き始め、立って呆んやりしている女を段々小さくして行った。

「兎《と》に角《かく》偉い女ですよ……」

木田氏が助手台から感心している。小さくなりながら、幌の中を、何時までも見送っていたくりくりした女の眼を、重子は忘れることが出来なかった。伸々《のびのび》とした姿に妙に狐の襟巻があくどかったけれど、眼や唇は割合に品のいい表情だった。この強さには絶対に追《つい》躡《じょう》することは出来ないなと、重子は自分の弱々しい生活をふりかえってみるのであった。ああ云う型の女を生む国々の歴史を考え、重子はパイプオルガンの音色のようなものを、その女のかすれた声から連想していた。どんなひとに向っても連れて行ってくれと率直に云える、あの女の階級の強さを重子は心の底で羨ましく考えていた。

北停車場を出はずれ真茹への道へかかる沿道の家々は、まるで齲《むしば》のように敗戦の跡だった。野も畑も、冬枯れていて、黄いろく焼けたような草道には、陽にきらきら光っている空缶が、重子の眼には夏の塩田のように反射して来た。鉄骨ばかりになったトラックや自動車の残骸が、段々数多くなって来る。茫漠とした原野なので、太陽がどこから出ているのかわからないほど卵色に空がよどんでみえた。時々、汚れたぼろのように馬の死骸が畝《うね》に横わっている。重子はその馬の死骸を眺めると、沈潜していた様々の思いが重子の心に激しく波うって来た。（南の風よ　薊《あざみ》のかどに　痩せさらばえて　辺馬はつながれぬ　山晴れの渓間に降りかかる　朝のひかりよ　哀しみの馬の背に　雨と降りかかれ）重子は馬の死骸をみてそんな詩をつくった。

*

夕方、トラックは江陰《キャンイン》と云う部落で停まった。上海から五十里ばかり来た処だと重子は運転手の倉内に聞いた。四囲はもう仄昏《ほのぐら》くて、判然《はっきり》と町の様子もわからない。昏い広場には牛や馬がつないであったし、酒保のような貧しい露天の店が往来の荷箱の上に出ている。ここも沢山の兵隊だった。古くから守備している部隊だとか、新しく来たばかりの部隊なんかがいるせいか、広場のような江陰の町には、飯盒をさげた兵隊や、馬をつないでいる兵隊などで、まるで市場のようだった。重子はトラックから降りると、トラックの連中と一緒に露営地を探して歩いた。――五十里の道々、どの部落も皇軍に占拠されている廃墟のような町々を見て、重子はいったいあの沢山の支那人は何処へ逃げたのかと不思議な気持ちだった。

倉内が百姓の家を一軒みつけて来た。収穫を済ませて逃げて行ったのだろう、納屋のなかには新しい籾《もみ》がいっぱい床に積まれて、床の真中には焚火の跡があった。倉内が壁ぎわの台の上に蠟燭《ろうそく》をとぼした。狭い納屋だったけれど、高い天井には叺のような大きな籠がぶらさげてあったし、納屋のなかには下男でも寝ていたのか二畳ばかりの床の高い部屋もあった。

　重子は納屋の隣りにある居間のような部屋へ懐中電燈を持って行った。ここは夫婦の寝室ででもあったのか、螺鈿《らでん》の模様のある朱塗りの寝台があった。柱へ懐中電燈の燈《ひ》を持ってゆくと、がっしりした寝台の柱には螺鈿の牡丹の模様が燈の底ににぶく光っていた。足もとは踏み場もないほどに散らかり、まるで棺桶のような紅い桶のなかには、小切れや糸巻や、化粧品の瓶が乱雑に投げこんであった。

　焚火のそばでは森井氏や、加藤氏や木田氏達がぐったり疲れて煙草を吸ったり、飯盒をあたためたりしている。

「ほら、こんな青い瓶がありましたよ」

　重子が化粧クリームの青い瓶を焚火のそばへ持って行った。焚火の火はすさまじく弾《は》ぜる音をたてて天井高く燃えている。青い瓶は焚火のかげを受けると、沁みるようなエメラルドに光った。

「綺麗だなア……」

木田氏が、緑色の将校服の膝にその瓶を取って眺めた。飯盒が温まると、みんな可愛い瓶を眺めながら夕飯を食べた。籾の敷かれている床へ重子達は足を投げ出していた。倉内が重子の為に小さい籐椅子を探して来てくれた。重子はいままで知りもしなかった倉内からそんな親切を受けると何か愉しい気持ちだった。小さい椅子に腰をかけて、熱い飯盒を抱きかかえて暖をとっていると、砲台警備の兵隊達が二三人で重子達の納屋の火をみて遊びにやって来た。

「新聞社の人達だって云うンで一寸《ちょっと》お邪魔に来ました……」

兵隊達は横浜や小田原の人達で××部隊と云った。みんな焚火を囲んでまるくなった。戸外は雨になったのか、雨滴の音がしている。肌を刺すような冷たい風が吹いて背中は凍えるように冷たかった。重子は焚火から離れると、壁一重裏の下男部屋へ這入って外套のまま横になった。船の中での清潔な寝具が不図《ふと》重子の心をかすめたけれど、この行路はあの清潔な寝具もものかはと云った激しい気持ちで、重子は煙にむせながら度々鼻をかんだ。

「随分、今度は戦争しましたよ。よく生きていられると思うほどですよ。——私達の部隊は二百人ばかりいましたが、もう四十人ばかりしか残っていません……」

木田氏が明日は写真を撮ってあげましょうと云っている。兵隊達は嬉しいと云って、お礼に水牛の味噌汁を御馳走しようと云っていた。重子は一人で寝ながら色々な話を聞いていた。何時か自分の話に感激して泣いている兵隊もいた。重子もその話声をきいて息をひそめて泣いた。果ては外套の襟を唇で噛まなければ声が出そうで苦しかった。

やがて兵隊が声高くおやすみなさいと雨のなかを帰ってゆくと、みんなその辺へごろ寝をしたのか、急に四囲が森閑としてきて、焚火の火もそろそろ弱まって来た。床の下を鼠《ねずみ》が騒いで走っている。

*

翌《あく》る朝、重子が眼を覚ましたのは五時頃だった。焚火に木片をくべてどんどん燃やしながら、戸口にかけた莫蓙《ござ》の扉を開けると、まだ、四囲は真暗《まっくら》だった。まるで大陸が鯨《くじら》のように寝そべっている茫漠とした夜明けである。その闇のなかを、出発する兵隊もあるのか、冷雨のむこうに馬の支度をしている兵隊の口笛がきこえる。重子は小さい椅子に腰をおろして焚火の前で髪を結った。倉内と森井は籾の寝床の上によく眠っている。重子は髪を梳きつけながら、また苦しい気持ちに責められるのであった。この束縛されている気持ちは、いったい自分のような人種はどんな風に感じて仕事をして行っていいのかと思い、国を愛している為の苦しさなのだと、嘗《かつ》てなかった悲哀が、重子の心を重たくした。

夜が明けると、雨はひどい降りになった。

往来の泥濘は、まるで餡《あん》のなかを行くようだった。足首を深く取られると、中々泥のなかから足が抜けない。この、餡のような泥濘のなかを、馬を連れた兵隊が重い荷を背負って冷雨のなかを夏港の方へ向って行軍して行っている。

重子達は昨夜の兵隊の世話で、砲台の兵站部で熱い朝食の馳走にあずかった。——冷雨のなかで守備兵全員の記念写真を撮ると、重子はまたトラックに乗った。夕方までには南京へ着く予定だった。

重子はカメラマンの木田氏と代って助手台へ乗った。

雨のなかをトラックはすさまじい勢《いきおい》で走っている。沿道の眺めは昨日と同じように、馬や敗残兵の死骸が点々としていた。重子はそれらの沿道の景色を眺めながら、不図《ふと》、ガルシンの「四日間」と云う短い小説を憶い出していた。——俺達は森のなかを走っている。弾丸がシュッシュッと鳴った。そいつに払われて小枝がばらばら降って来た……敵の土耳古《トルコ》兵はわっと一こえ悲鳴をあげると、山査子《さんざし》の繁みのなかへ背中を押しつけてもがいている。——重子はいままでに読んだ戦争文学のうちで、ガルシンのこの小説が妙に忘れられなかった。山査子の繁みや、大森林なんかはないけれど、ガルシンの作品のなかの景色が、重子の眼の前に現在展《ひら》けているのだ。凍えて小さく固まってしまっている敗残兵の死骸を見ていると、この死体の男は何日か呻《うめ》き疲れていたのだろうと、呻き声が走っている重子の耳に地虫の声ように響いて来る気持ちだった。だけど、こんな臆病な気持ちも何時か硬化してしまい、かえって大きな勝利感のようなものが重子の心にはっきりと峻別したものを教える。――時々は皇軍の戦死者の墓標も重子の眼に這入ってきた。昏い雨の野末に立っているいくつかの木片《きぎれ》の墓標を眼にすると、重子は尊い人間の純粋な死を感じ、何かしら強い飽和力を覚えるのだった。重子はその皇軍戦死の墓標を眺めると、まるで子供のように涙が溢れて仕方がないのだ。この戦場は大きな詩劇を観ているような厳粛なものを重子の心に残した。

常州《じょうしゅう》、金壇《きんだん》、句容《くよう》と過ぎて行くと、景色は沙漠のように展け、点々と散在している建物や竹藪《たけやぶ》は、まるで南画でも眺めているような風趣で、沙漠の中の真一文字の軍用道路は、遠く空へ続いているような杳々《ようよう》とした景色だった。重子は何時《いつ》尽きると云うこともない長い平凡な道中の退屈さに参ってしまっていた。

「ほら、随分綺麗な夕焼ですね。――顔まで赤くみえる……」

倉内が重子を振りかえった。重子は助手台の中にまで赤く反射して来る夕焼に、何と云うこともなく、日本の或る古い作家の小説の筋を憶い出していた。

重子がその孤独な作家の孤高さをなつかしく考えている時、倉内のハンドルを握った手の甲に、いっぱいひげの生えているのが重子の眼にとまった。ごつごつとして、素朴な手だった。（すべてを、神々は無限のものは、愛する人々に全く与う、すべての喜びを、無限のものは、すべての悲しみを、無限のものは……）重子は昔覚えたそんな一章をくちずさみながら倉内に、

「あなたは、お腹は空いていない？」

と尋ねた。

「だいぶ空いてますけど、南京まで我慢します……もうじきですよ」

「だって、倉内さんは、朝、たべたきりだったンでしょう？」

「大丈夫ですよ。――これで戦争の最中には南京から飲まず食わずで上海まで飛ばすんですよ。――しかも、今度は昼間ですけど、何時も夜中で、こんな明るい景色なんか見たことはないのですからね……」

「あら、何時も夜中にここを通るの？」

「ええ、私は何時も夜中です」

「眠くなったら、どうするンです？」

「眠くなったら、一寸停めて十分でも五分でもとろとろとしてまた走らせるンです……」

重子は自分の飯盒や焼海苔の缶をリュックサックから出して、海苔で包んだ小さいむすびをつくり倉内の手に持たせてやった。倉内は一寸吃驚《びっくり》したような顔でいたが、急に眼の

ふちに涙をためて、その海苔で包んだむすびを一口に頰ばってしまった。重子は美味そうにむすびを食べている倉内に、同じむすびを三つも四つもつくってやった。

＊

南京へは夕方着いた。

南京は乾いたような退屈な街に思えた。重子は疲れきっていたので、南京の新開地のような広い道路を見ると、（どれが本当の南京なのかしら）と、がっかりした気持ちだった。トラックは中山路をつっきると、細い登り坂を上って鉄の門のある邸宅のなかへ這入って行った。前庭にはすくすくとしたポプラが石径の両側に植わっている。石の段々になった玄関のわきには白い野薔薇《のばら》が蕾《つぼみ》を凍らしたままちぢれて咲いていた。後庭は広いテニスコートになっていて、ここにもポプラが伸々と空につき出ていた。

「ここがＤ新聞社の支局ですか？」

「随分立派な建物でしょう……これは財政部次長の家なんですよ」

木田氏が重子に教えてくれた。白い玄関を上ると、支局の人達がどやどやと迎えに出てくれた。応接間には、神戸の船から一緒だったＫ氏も、背中に大きな日の丸のついたチョッキを着てソファに腰をかけていた。Ｋ氏達は軍用列車で昨日南京へ着いたと云うことだった。——どの部屋、どの廊下にも紫模様の莫蓙が敷きつめてあり、重子が厨房に顔を洗いに行くと、木綿の服をぶくぶくと着込んだ支那人が二三人で、ポプラの梢《こずえ》を眺めて何か話しあっていた。四囲は黄昏のあの昏くなりかける前のほんの一瞬の明るさで、ポプラの枯れた梢には、糸でも巻きつけたようなかささぎの巣が出来つつあった。かささぎの家族でもあるのか、梢の枝々には五六羽もかささぎが啼きたてて寄りあつまっている。

電気仕掛けだと云う白い台所は、いまは電気も通じていないので、物置の前の狭い庭先でどんどん火を焚いて煮焚きをするのだそうだ。その二三人の支那人を使って煮焚きをしている大阪生れの小使《こづかい》もいた。

「ようまあ、女子《おなご》はんで、ここまで来やはりましたンやね」

小使はすぐ支那人の下男に熱い湯を持ってくるように云った。どの支那人も腕に日の丸の腕章をつけている。重子はポプラの樹の下で顔を洗ったが、湯はぎしぎし油ぎっていて、少しも石鹸が溶けてこない。

「ねえ、小使さん、こんな支那人《ニイヤン》達は何処から来たの?」

「さア、どこから来たンでっしゃろ。その若いのは、何でも清水さんについて無錫《むしゃく》から来たンや云うてまン」

「まア、無錫から……故郷も何もみんな遠くなってしまっているのね。中々元気そうじゃないの……」

どの支那人も色艶のいい顔をしていた。一人、敗残兵だったと云う一番背の高い二十二三の男は、狡《ずる》くて働かないと云うので始終小使がこぼしていた。――やがて部屋々々には洋燈がとぼったのか、仄暗い台所にもすずろな燈がとぼった。漁船にでもあるような吊洋燈で、白い弱い光は、洋燈を置いた処だけ、円く呆んやり照している。白い台所では夕食の支度が出来て、重子もトラックで一緒だった人達とともに卓子についた。記者連中の話は重子には中々愉しかった。内地で考えていた一種の概念は吹き飛んでしまい、適確な戦争の見透しもここまで来てみると、始めて嚙みしめて判る気持ちだった。洋燈を囲んだ仄暗い食堂だったけれど、どの記者の顔にも仕事をしたあとの生々しさがあり、卓上は賑やかだった。

「いや、お互いにまア、ここにいる公司《こんす》達は死ななかったのがどうかと思う位だね……」

「大場鎮以来、実際よく働いたからなア」

卓上には酒も出た。ハイカラな硝子のコップに並々と酒がつがれ、洒落や冗談も出た。

重子は食事が済むと、昨夜の露営で疲れていたので、小使から懐中電燈を借りると、二階へ寝室をみつけに上って行った。どの部屋もどの部屋も寝台が二つ三つ置いてあった。がらんとした部屋に寝台ばかり並べてあるのを見ると、如何にも忙わしい感じだった。梯子段を上って右側の隅に小さい綺麗な女の寝室があり、その部屋には水色の蒲団をかぶった寝台が一台置いてあった。重子が懐中電燈で、壁だの椅子だの寝台などを照して眺めていると包頭《パウト》から来た清水と云う若い記者が上って来て、

「ここは僕の部屋ですけど……」

と云った。

「おや、どうも失礼しました」

重子が廊下へ出て行こうとすると、清水君は、

「いや、ここがお気にいったのなら？　お寝《やす》みになってもかまいませんよ。——だけど、僕は昔から此部屋が好きなもんですから……」

部屋の卓上には、清水氏の田舎からでも送って来たのだろう、新しい下帯だとか、チェリイの缶だとか、羊羹《ようかん》なんかが並べてあった。重子は折角《せっかく》落着いている清水君のベッドを侵略するにしのびず、そのまま廊下へ出て、幾つかある部屋々々を探しまわり、結局、サン・ルームのようになった広い廊下のベッドへ寝ることにした。蒲団も何もないので、トラックから毛布を倉内に持って来て貰った。ガソリンの缶が漏れてガソリンが毛布に浸みたのか、寝床をつくっていると、鼻を刺すような匂いが重子には一寸寝苦しい感じに思われた。寝床をつくって階下へ降りてゆくと、兵隊が新聞を貰いに来ている。ストーブはよ

く燃えていた、その部屋だけは明るく賑やかだった。運転手の連中は擦りきれたようなレコードをかけて聴いている。

「南京と云う街は、一寸裏切られた感じだったよ……」

　清水君が云った。

「岡山って街に似てるような気がするけど、商売と云うものがちっともふるわなくって、官吏ばかりのようでしょう？」

「そうですかねえ、僕は岡山人ですけど、似てるとは思わないなア……」

「いや、とても似てるわ、街の様子が……何だかだだっ広くて風通しの寒い感じが……」

「そうですかねえ、――いや、南京と云うところは全くくだらん街ですね、支那自身を見失っている都会ですよ。まるで舞台みたいで、楽屋と云うものを持たないンですからね」

　重子は包頭から来た清水君と、各自の南京感を話しあった。兵隊達は入りかわり立ちかわり新聞を貰いに来る。

　重子はやがて、小使に洋燈をつけて貰うと、一人で二階へあがって行った。廊下の窓にはカアテンがないので、夜の水族館を見ているように、星もポプラも寝ながら眺めることが出来た。

＊

枕元に小さい卓子があって、それに洋燈を置くと、白い燈の下に赤い造花や、巾着や、棒紅が重子の眼に写った。この家には女の子がいたのかしら……重子は造花や巾着を手にとってみた。南京の兵隊が敗ける日まで、このサン・ルームで遊んでいた少女達の服装が眼に浮んで来る。ガソリンの匂いが鼻に激しかった。清潔な毛布や、清潔な寝巻が重子の頭のなかを霞のように白く走ってゆく。時々固い銃声の音が遠くで石を打つように聴えた。埴輪《はにわ》のように小さくなった人間の死体や、白い肋骨を露出した馬の死骸が、重子の瞼のなかに浮んで来た。——あの広い沙漠のような大地を遍歴した幾日かの憶い出が、重子には夢のように考えられて仕方がない。眼をあけると、洋燈の光線は面白い屈折をなして、天井へ円い燈の反射を写していた。白い壁には重子のベッドが写っている。

背嚢《はいのう》を枕にしているように、寝台の背中は固かった。物凄く光っている無数の星屑《ほしくず》、窓いっぱい広がっているポプラの梢、寝ている重子の眼に、この窓の星色は何か運命的な気持ちを感じさせる。一種の放念の状態なのだ。どう云う風にして生きていいのかと、重子は内地へ戻ってからの生活を思い、人事の小説を書いてたつきとなす暮しむきが何か遣り切れないように思えた。顔にも手にも浮腫が出来たような息苦しさだ。

夜明けは葡萄色《ぶどういろ》の空で、昏いうちからかささぎがよく啼《な》いた。露営の時は焚火があったけれど、ここは空家のようなサン・ルームなので、軀が凍りそうに冷えこんで足のさきは何時までも痺れていた。暗藍色に夜が仄々《ほのぼの》と明けてゆくと、近所の藪《やぶ》のなかから舌打ちのような雀《すずめ》の鳴き声もする。ポプラの枝が白く光って来る。星の光が消えると、すぐ乾いた薄い雲が遠くに流れてゆく。

(ああ今日は元旦だったのだ)

重子は雀の声や、遠くの道をゆく自動車のサイレンを聴いていると、連想は遠く飛んで、雲にそびゆる高千穂《たかちほ》の……と云う紀元節の歌声が、何となく耳の底に響いて来るようだった。日本と云う国はどう云う国なのだろう、地図の上の小さな弓なりの土地が、重子の眼に光り輝やいて浮んで来る。

起きて髪を結び赤いジャケツに着替えたが、二三日風呂へ這入らないので皮膚に糸屑がついているようで気色が悪かった。重子は階下へ洋燈を持って降りると、敗残兵だったと云う支那人に顔を洗う真似をしてみせた。庭の台所では陣中料理とでも云いたい程、華やかに焚火が燃えていて、大きな二つの鉄釜にスープや飯が煮えていた。素晴らしくよく晴れた元日である。ポプラの梢のかささぎの巣は段々円く出来ていた。羽根に白い斑《はん》のあるようなかささぎが、誰もいないテニスコートに降りて何か啄《つい》ばんでいる。

　やがて一人々々起きて顔を洗うと、みんな玄関の前の庭先に集り、焼鯛やするめをついて東へ向って乾杯するのだった。乾杯が済んで食事が終ると、もう休むひまもなく、記者連中は写真を写しに行く者、部隊本部へ行く者、とても忙がしいのだ。重子はカメラマンの木田氏の自動車に便乗させて貰って、玄武門のそばの××部隊へついて行った。廃都と云ったようながらんとした街だったけれど、どの街角でも激しい爆竹の音がしていた。着ぶくれた青い綿服の支那人たちが、三々五々日の丸の旗を持って難民区域から出て来ている。トラックに溢れるように乗った兵隊が、万歳万歳と叫びながら遠くに走って行く。重子も街を行く沢山の兵隊の姿を見ると、あれだけの戦場を見て来ただけに胸の熱くなる思いだった。

（これこそ一種の自覚だ、心の底から燃えあがる国を愛する愛情なのだ……）

　だが、国を愛するとは……祖先の土地に長い間しがみついていたその愛情かしら……重子へ手を振ってゆく兵隊があると、重子も振りかえって挙手の礼を返した。

玄武門のそばの××部隊では、お神酒《みき》のまわった顔の赤い兵隊が、慰問品で送られて来たのだろう、小さい羽子板をついて遊んでいた。学校のような建物の入口には門松が打ちつけてある。紫金山《いきんざん》あたりの松かもしれない。如何にも大陸的な黒い松だった。

「おい、日本の姑娘《くにゃん》がいるよ」

重子達の自動車をみつけて、兵隊はおめでとうと云って走って来た。自動車につけてある社旗を見ると、兵隊は大きい声で戦友を呼びあい、写真を写してくれと云って、重子の自動車を囲んではしゃいでいる。

玄武門では歩哨が立っていて、門の向うには煙ったような湖が展けていた。木田氏は重い映写機をかかえて玄武門の方へ行った。写真班の杉戸君と重子も、そのあとから玄武門の外へ出て行った。

「兵隊さん、ここへならんで下さい。長閑《のどか》なところを一つ撮りますよ……」

木田氏が大きい声で呼ぶと、沢山の兵隊がにこにこして走って来た。

「一九五号さん、どうです、一人ずつ撮って貰えませんかねえ、国へ送ってやりたいンだが……」

一九五号？　重子は不図自分の腕章をみて、一九五号と書いてある自分の従軍章に微笑する気持ちだった。重子の腕章はまだ白く文字も鮮やかだったが、木田氏や杉戸君、連絡員諸君の腕章は、辛うじて、日の丸の紅色が見える位で、どれもどろどろに汚れていた。あの百二十里の戦場を泥にまみれて来た腕章かと思うと、重子は自分の新しい従軍章が、この人達の足手まといになっているような気のひける気持ちだった。

靄の深い湖である。五州公園の石畳を来る兵隊が、靄のなかからあぶり出しのように走って来る。高い城壁の上にも歩哨が立っている。杉戸君は紙風船を兵隊に突いて貰った。兵隊は紙風船を怪しげな手つきで突きながらはしゃいでいる。重子も自分の写真機で、長閑な玄武門外のスナップを二三枚撮った。昨日までの道々の屍臭はもう遠い舞台のように薄れ、知識人の、ひとかどの憂慮も、重子には何か大げさなものが感じられ始め、兵隊の姿を見ていると、南京の復興も、こんな生々した兵隊にまかしたらいいのではないかと思えた。

かささぎが実によく啼いている。

水の面は城壁を写して小波一つ立っていない。楊柳の並木のつづいた遠い道が、玄武門から真《ま》っ直《すぐ》に湖面をつっ切っている。そこを写し終ると、重子の自動車は脇坂部隊の激戦地だったと云う光華門へ向って行った。

*

重子が、明日は蘇州へ出発すると云う日の夕方だった。食堂で茶を喫《の》んでいると、清水君が這入って来て、

「あの寝室を、貴女《あなた》に提供しなかったことを変にお思いじゃありませんか、――だけど、

僕にはどうしても、あの部屋に心が残って……僕は南京はこれで二度目ですが、あの部屋の為にわざわざここへ来たようなものですよ。――一種の神経衰弱なんですね。新聞記者の神経衰弱ですよ。人にこんな話をしても、一笑に付して莫迦《ばか》にするだろうから誰にも話をしないンですがね、僕は始め、蒙古境の包頭へやられて、そこで三ケ月間働いていましたが、何だか、砂の波のような茫漠とした処にほうり出されていると、胃袋まで乾いて来るような、淋しい気持ちになって来るンです。――やっと三ケ月経って、北支から上海へ行くように社命を受けたンですけど、上海からまた南京に来て、僕が始めて兵隊について南京へ入城した時、この家のあの部屋を私はみつけたンですよ。笑わないで下さい……あの部屋を発見した時はまだ、あそこの部屋の押入れのなかには、美しい女の衣裳が沢山かけてあったし、壁には素晴らしく美しい女の写真が飾ってあったもンです……僕の乾いたような気持ちは、この女の写真で急に蘇生するような愉しさになり、僕はもっとその女の写真はないかと、部屋のなかを探してみたンですよ……。すると、押入れの床の上に、海水浴場で撮った写真が二三枚落ちていたンです。僕はもうそれからと云うもの、何処を歩いてもその女が居やアしないかと、その女を探し求めるような気持ちでいっぱいでした。……」

「その方、この家のお嬢さんかしら？」

「娘だろうと思うンですがねえ……兎《と》に角《かく》珍しい美人ですよ……」

「その写真を見せて下さいナ」

「ええ見て下さい——他の奴にこんな話をしたって笑われるから黙っているンですが、貴女だったら判って貰えると思うンです……。南京の仕事もひとかたづきしたので、一応上海へ戻ったのですが、どうも、この家が忘れられなくて、僕はK氏と一緒にまた南京へ来てしまったのです。——ところが、僕が折角しまっていった写真も誰かに発見されてしまってストーブのそばに半焼けになっているンですからね……」

清水君は洋燈をとぼすと、重子へ写真を見てくれと云って二階へ上って行った。重子も懐中電燈を持って昏くなりかけた二階へ上って行った。

清水君がリュックサックの中から写真を出している。北に向いた昏い窓には、隣家の家の藪《やぶ》のような垣根が硝子越しに見えて、窓には花模様のカアテンがさがっていた。

「ほら、こんな娘ですよ……」

重子は明るい窓ぎわへ写真を持って行った。キャビネ型の二枚の写真は白い海水着をつけたふくよかな立姿だった。乳房が大きく盛り上っていて、胴はくびれるほど細く、腰が莫迦に逞ましく乳房といい対照をしていた。白い海水着なので、裸で立っているように見えた。髪は肩の辺で切り下げてパアマネントがしてある。大きい方の写真は点々と焦げ跡があったけれども、支那人には珍しいボリュムのある顔だちで、眼には薄荷《はっか》をつけたような涼しさがあった。唇は厚く、眉は細いけれど、仏像の眉宇《びう》のように暗い愁いがある。顎《あご》は四角だったけれど、その四角さは聡明な線を現わしていた。

「寝られなくなると、僕はこの庭を歩くんですよ。星のさえかえっている夜更けの庭を歩いて来るンです。――ポプラの木の下をぶらぶら歩いてこの部屋へ戻って寝るのがとても愉しいンです……」

「いま、ここの家の人達はいったい何処へ逃げているンでしょうねえ？」

「さア、香港《ホンコン》あたりじゃないでしょうかねえ……」

「難民区域なんかにはいないでしょうか？」

「勿論いやアしませんよ、それでも、僕はあの辺を歩くと、写真の女のことを考えていてうろうろ探してる気持ちですね……」

重子は誰にも云ってくれるなと云われると、清水君の恋情はよくよくのものだと可憐な気持ちだった。

その翌《あく》る朝、重子の乗って来たトラックは蘇州へ出発して行った。同乗者は上海へ戻る小使の爺さんと、写真班の杉戸君二人が殖《ふ》えただけ。重子は倉内と並んでまた助手台へ乗った。

「また、お世話になります」

「ほんとうに、このあいだは有難うございました……」

「また、おむすびつくって上げるわ……」

「いや、本当に済みません。あの握り飯を貰った時僕はとても嬉しかったンですよ……」

空はよく晴れていた。中山門を出て紫金山を左に眺めると、兵站部の加藤氏達と行った中山陵が青い空の向うにくっきりと見えた。背の高い門も、白い塀も防空設備でカムフラージュしてあるのが灰色に見える。

句容《くよう》へ行く道では、自分の隊を追って行くのだと云う重い荷物を背負った兵隊を一人トラックへ乗せた。七八里の道を歩く予定だったのだそうで、トラックをみつけて如何にも嬉しそうだった。重子は南京の街を歩いている時、兵隊からハガキを出してくれるようにことづかっていた。宛名は東京滝野川だった。

（しばらく同じ土地に滞在していましたので、自然と兵達の間にいろんな噂が飛んでいましたが、愈々《いよいよ》五日の命令が下りました。そうでなくても、上海から郵便使役が戻って来るのを胸を躍らせて便りを待つ僕等ですから、こんどの使役が戻ってくれば当分手紙は手に渡らぬものと思います。何度も同じことを云うようですが、戦地で待つものは郵便と写真です。これ以上有頂天にうれしいものはありません。私はいままでの班を離れ、中隊長付を命ぜられました。夜はとても冷えます。厩《うまや》に凍えそうな友達の為に、本部から冷酒を持ち出して持って行ってやりました。大喜びです。××地までは二日ばかりの行軍予定です。これが愈々最後の御奉公となるやもしれません。御一家様お大切に祈りあげます）

重子は兵隊のハガキを読むと自然に涙がにじみ出て来た。此様な美しい魂があるだろうか……細かく書かれたハガキの文字を、重子は暫く眺めていた。

金壇で兵隊は降りて行った。

何時かの露営地だった江陰《キャンイン》の町を二時頃通った。重子のトラックを見ると、歩哨が走って来て助手台の重子へ手紙をことづけに来た。宛名のところは甲府と書いてある。――重子は腹が空いたので、飯盒を開けてまた焼海苔で包んだむすびを幾つかつくった。それを一つずつ倉内の手に持たせてやると、倉内は、まるで姉さんみたいだと云った。（姉さん）と云う言葉が何となく鄙《ひな》びていたので、

「貴方はお国はどこなの？」

と訊いてみた。

「姫路の田舎です……」

上海には二年近くいるのだと云っていた。

トラックは北風を真向うに受けて進むので、後の幌は少しずつ破けている。破けた隙間から風が容赦もなく吹き込むので、どの人もありたけの毛布を頭から被っていた。重子も頬が紫色に腫《むく》んで、寒さでが歯ガチガチ震えている。寒い風のなかを、隊商のように馬を引いて来る軍隊の群に度々出逢ったが、兵隊達はみんな重そうな荷物を背負っていた。馬の背には洗面器や、薬缶《やかん》などをぶらさげているのがいた。重子はこれらの軍隊に出逢うたび、上海で買い求めておいたルビークインの煙草を何十個となく窓から出して兵隊へ分けた。兵隊は重子から煙草を貰うと、「わっ」と声を挙げて、ありがとうと口々に手を振っている。

「戦地では何よりも煙草と新聞ですよ……」

倉内がそう云って遠い列の兵隊には、わざわざルビークインを持って行ってやっている。

――常熟に着いた時はもう真暗だった。風が激しく吹いていて、夜の大地は寒さに背中を凍らしているようだ。フットライトの青い光が時々馬の屍を照している。あんまり寒いので宿場のような廃墟の常熟にトラックを停めて、みんなで焚火をして温まった。南京へ行く部隊なのか新しい服を着た兵隊が、井戸はないのかと暗い町を水を探して歩いている。重子達の焚火の処へも寄って来て兵隊は固形アルコールで飯盒の飯を焚いていた。襟には空色の裂《きれ》がついていた。

その夜、トラックが蘇州へ着いたのは十時近くだった。どの辺へ露営をしていいのか暗くて見当がつかない。駅へ行けば兵隊がいるかも知れぬと、蘇州の駅へ行ってみたが、駅は家のなかまで星空を写してがらんとしている。倉内が懐中電燈をつけて構内をあっちこっち歩哨を探していた。

「兎に角、ここは駄目だよ。もすこし探してみよう……城内の方かも知れンよ……」

木田氏が毛布のなかから呼んでいる。暗くて寒い町だ。兵営のある方はどっちなのかと倉内が青いフットライトをつけてハンドルを切ると、どこかから兵隊が走って来て、「燈火を消して下さいッ」と厳しい声で云った。蘇州の町は南京から非常警報が来たのだと云って、燈火は全部消されていた。暗い中をやっとのことで本部の兵舎のそばまで来ると、一軒の民家をみつけて重子達はそこを露営の宿ときめた。

トラックから各自が毛布をかかえて、手さぐりで塀をつたいながら耳門《くぐり》のようなところをくぐるのだけれど、そのだんまりのような各々の姿が、どのひとも可笑しく考えられるのか、暗がりで皆くすくすと笑い合っている。

重子は写真機と毛布だけをかかえて耳門を這入ると、石の段々を踏んだのだが、そこは崖になっていたと見えて、暗い闇の底に毛布をかかえたまま尻滑りして墜ちて行った。柔かいごろごろしたものの上へどしんと軀をぶっつけたので、重子は死骸にでもぶちあたったのかと、不気味な気持ちで起きあがり、外套から懐中電燈を出してその辺を照してみた。崖の下に蒲団のまるめたのが置いてあるようだった。雨戸や茶碗や、水甕のごちゃごちゃ散らかったなかを、重子はやっと皆のいる方へ歩いて行った。奥まった部屋の土間に蠟燭をとぼして、倉内はすぐ焚火をつくっている。

*

重子が蘇州から上海へ戻った日は夕方だった。雪が来そうに寒い日だった。重子は旅館の自分の部屋へ落着いても、何かじっとしていられない気持ちだった。鉄瓶に湯の煮えたぎっている音も珍しい。

重子は夜になって、津田と云うひとからダンスホールを誘われた。津田氏はこのごろ上海や香港のことを書き始めた人である。広田と云う婦人記者のひとも連れて来てくれた。重子はこの広田女史は昔から知っていたのでなつかしかった。

三人は自動車でガアデンブリッヂを渡り、南京路の果ての、北の競馬場の淋しい通りからぶらぶらフランス・タウンの方へ歩いてみた。

寒い晩だった。

蘇州から帰って来たばかりでへとへとに疲れていたせいか、その散歩は重子には苦しかった。南京はどうでしたかと広田女史に尋ねられたが、物を言うのも億《おっ》くうだった。

フランス・タウンの独逸《ドイツ》人のレストランで、津田氏はビフテキを食べると云ったが、広田女史も重子も腹がいっぱいだったのでお茶だけつきあうと云うことにして、印度人のドア・ボーイのいる狭っくるしい梯子段《はしごだん》をあがって行った。部屋の中には、女を連れた英国の水兵や、会社員のような外国人ばかりで、小柄な津田氏は中央の卓子に陣取って、ビフテキを注文している。みんなの眼がジロジロこっちを見ていた。重子は南京まで行ってあんなに落ち着いた気持ちだったのが、急に外国人の厭な眼の表情に出喰わすと、撥ね散らすような腹立たしいものを感じた。重子と広田女史は熱いレモンティを飲んだ。

やがて料理店を出て、三人は中央飯店の人の支那人のダンスホールへ行ってみたが、重子は妙に気が重くて一度も踊らなかった。津田氏と広田女史の踊るのを呆んやりみつめながら、頭のなかは銃口から火を散らすように白い閃《ひらめ》いたものをぱっぱっと感じている。踊っている客は支那人ばかりだ。重子はどこの国の戦争だと云った冷やかな支那の青年達を眺めて、南京で預かって来た兵隊のハガキの文面を憶い出すのだった。

(これが最後の御奉公になるかも知れません。皆様お大切に……)

重子は、裾の両脇を意気に開けた服装の、支那青年達の踊り姿を眺めながら、早く日本へ帰ろうと思うのだった。その青年達の表情のなかには、恬《てん》として何の気配も感じられないのだ。

重子は南京から帰って、一週間ばかりも上海にいたけれど、色々な街を覚えてしまうと、一人で静安寺路の方へ遊びに行った。静安寺の寺の近くにナルシスと云う小さな料理店《レストラン》がある。店は清潔な白い造りで、二階へ上って行くと、何時も卓上には水仙の花が活けてあった。何時行っても、二三組の客しかなく静かな食堂だった。一ドル半のランチには赤大根のサラダが山のように盛って出た。重子はこの食堂へ来ると、狭い安全地帯にいるような気がするのだった。ここに日本語のうまいボーイが一人いた。そのボーイは横浜にいたことがあると云って、日本はいいところだと云う。

「蟋蟀《きりぎりす》が沢山いますね……」

「蟋蟀？」

「横浜の近くの生麦と云うところで、私、二階借りていました。日本へまた帰りたいです……」

重子は、こんな広い土地を持っていて、日本へ戻りたいと云う支那人のボーイを、不思議な気持ちで眺めていた。レッテルに竜と書いてある支那酒を重子はここではよく飲んだ。血色の悪い歯茎《はぐき》のきたないボーイだったが、このボーイの話では上海も本当に住み辛い処のようである。重子は蟋蟀の沢山飛んでいる、日本の二階住いをしていた支那人の生活を考えて、肉桂をしゃぶった子供の頃のような、そんな愉しい気持ちになった。——重子は静安寺の寺の前にあるこのナルシス料理店を、何と云うこともなく日記のなかに「水仙亭」とつけておいた。

（「改造」昭和一三年三月）

雨

大寒の盛りだというのに、一向雪の降る気配もなく、この二三日はびしゃびしゃと霙《みぞれ》のような雨ばかり降っていた。昼間から町中を歩き廻ったので孝次郎はすっかりくたびれ果てていた。何処《どこ》でもいいから今夜ひと晩眠らせてくれる家はないかと思った。出鱈目《でたらめ》に、眼の前に来た市電へ乗って、三つばかり暗い停留所をやりすごして、家のありそうな町へ降りてみた。息のつまりそうな、混みあっている電車から、自分の軀《からだ》を引きちぎるようにして、雨の降っている、泥濘《ぬかるみ》のひどい道へ降りた。降りるなり、そばへ立っている男に、孝次郎はここは何処ですかと聞いてみた。「ここは瀬戸電の出るところですよ」そう云《い》って、その男は古ぼけた番傘をぱちんと開いて行ってしまった。あまり降りる人も乗る人もないと見えて、電車が行ってしまうと、広くて暗い街路には誰一人通っている者もない。孝次郎は外套《がいとう》を頭から引っかぶって、燈火の光っている方へ濡《ぬ》れ鼠《ねずみ》になって後戻りして行った。戸を閉《とざ》した暗い家の檐下《のきした》をひらって歩きながら、孝次郎は測り知れないほどの空虚さが、淋しさの塊《かたまり》になって、冷えた腹の芯に重くたまってくるようであった。再び日本へかえれようなぞとは夢にも思わなかっただけに、佐世保へ上陸してからのこの一週間あまりは、孝次郎にとって一年の歳月がたったようにも考えられた。

燈火の前まで来ると、やっぱりそこは飲み屋だったが、此辺《このへん》からまた焼野原になっていると見えて、その家はバラックだったし、家の周囲は広々とした蓮沼《はすぬま》のように、焼跡の果しない拡がりが茫《ぼう》っと雨夜のなかに光って見えた。孝次郎はがたぴしした硝子戸《ガラスど》を開けて飲み屋へはいった。

「ああ、もう、おしまいですよ」

子供のように背の小さい親爺《おやじ》が、あわてて店の電気を消した。孝次郎は暗い土間につったったままで、「すこしやすませて下さい」と足もとの板の椅子に腰をおろした。台所の薄暗い燈火の光りで、土間の卓子や椅子が濡れているように見えた。

「もう、何もないンでね」

「そうですか、旅から来たもので、この雨で弱ってしまってねえ……いくら高くてもいいんだが酒があったら一杯飲ましてくれませんか、もうへとへとなんですがなア」

親爺は一寸《ちょっと》の間沈黙《だま》っていた。風が出たとみえて、ざあっと板屋根に吹きつけている雨の音がはっきりしてきた。

「ねえ、おじさん、一杯飲ましてくれませんか……」

孝次郎は冷い靴のさきを土間に何度か磨りつけながら、濡れた外套を椅子の背にかけた。

「熱くするかね？」

「ええ、そりゃア熱くして貰えればなおいいです」

孝次郎は吻《ほ》っとして濡れた首巻きをはずし、風呂敷包みと一緒にそばの椅子の上に置いた。十五六の男の子が水洟《みずはな》をすすりながら台所から出て来て店の硝子戸のねじをかけている。

「しまうところで気の毒ですな」

孝次郎にはみむきもしないで、男の子は黙って台所へ消えてしまった。やがて親爺が熱く燗《かん》をしたコップと、何か煮びたしたようなものを皿へ入れて暗い土間へ運んできた。

「どうも済みませんねえ」

「大根といかの煮つけで、もうこれだけでね」

「いいえ、何でもいいんです」

孝次郎はすぐ財布を出して、折り畳んだ百円札を親爺に渡した。

「それじゃア、二十五円貰います」

「ええ、どうぞ取って下さい」

唇がつけられないほど熱い酒だったが、冷い舌に沁みて、しびれるように甘美《うま》かった。親爺は台所の電気を店の間のさかいの障子ぎわへ引っぱって来た。

「見えるから大丈夫ですよ」

「それでも、あまり暗くちゃアね」

「おじさん、甘美い酒ですねえ」

「ええ、以前は酒屋をしていたンで、少しはいい酒を使っているンで……」

「やっぱり焼けたンですか」

「そうでがす」

「大変でしたね」

親爺は返事もしないで釣銭を持って来た。孝次郎は急いで片手を上げると、「もう一杯、あと一杯貰えませんか――甘美い酒で、もう一杯飲みたいです」親爺は幾枚かの札をつかんだまま孝次郎を見ていたが、「それじゃ、これからもう二十五円貰います」と云って、指をなめながら三枚の札をとると、あとを台の上へ置いて奥へ引っこんで行った。

孝次郎はポケットをさぐって、煙草を出すと、それに火をつけて甘美そうに吸った。疲れているせいか眼が乾いてしまってまばたきをするのが痛い。湯気の出ているコップの上に顔をつけると、柔いぬくもりがぷうんとくる酒の匂いといっしょに、人の世の愉しみを誘いに来る。孝次郎は乾いた眼の奥に沁み出るような一滴の涙を感じた。始めて孤独な涙が瞼《まぶた》を静かに突きあげてきた。親爺が二杯目の熱いコップを皿の上に乗せて持って来た時には、孝次郎はいい気持ちに酔いがまわりかけていた。

「おじさん、何処かこのへんに宿屋はないでしょうかね？　明日の朝の汽車で東京へ行くのですが、寝るだけ寝さしてくれる家はないでしょうかね」

「そうさ……宿も大半焼けてしまったンでなア」

「そうでしょうね……」

親爺はぼそぼそとさっきの子供と話をしている様子だったが、「一軒心あたりがあるから聞きにやりましょう」と云ってくれた。孝次郎は地獄で仏とはこのことだと思った。

「済みませんなア」

「さア、泊めるかどうか知らンが、聞いてみンことにはねえ」

「どんなところでもいいンですよ。何しろこの雨じゃア……」

「名古屋も大半焼けちまったでねえ……」

「そうですねえ、自分はこのあいだ張家口《ちょうかこう》から戻って来たばかりで、吃驚《びっくり》しました」

「兵隊で行ってなすったのかね？」

「そうですよ」

「そりゃ、御苦労さんでしたなア。——私の息子もビルマへ行って戦死しました」

「そうですか、大変でしたねえ」

トラックでも走っているのか、水飛沫《みずしぶき》が硝子戸へぶっつかっている。二杯目のコップを引き寄せて、孝次郎は消えた吸いさしの煙草に火をつけてまた吸った。

「貴方がた、ここで寝泊りをしているンですか」

「そうでがす。末の息子と二人でここへ寝ています」

「お神さんは？」

「ここから二時間ばかり行った半田《はんだ》と云うところにいます」

「男ばかりでよく出来ますね」

「大したものをつくるわけでもないから……」

息子が戻って来た。息子はぼそぼそと父親と話している。親爺のうなずきかたが、あまり香ばしくもなさそうであった。

「駄目ですか？」

「もう止めて、宿屋はしていないそうでね」

「困ったなア」

「此辺《このへん》はまるきり旅館がないンで……」

「そうですかねえ」

これ以上孤独ではいられないようなあせりかたで、孝次郎は二杯目の酒はゆっくり飲んだ。

「明日の朝、汽車へ乗るのかね？」

「ええそうです」

「そうさ、二畳の狭い処だが、よかったらここで夜明しするつもりで泊ってゆくかね？」

「そりゃア結構ですなア——お気の毒ですが、そうさして貰えば有難いですよ」

泊ってもいいとなると、気が抜けたように孝次郎はじわじわと軀が疲れてきているのを感じた。

「そこは寒いからこっちへ来て行火《あんか》にでもあたんなすったら……」

孝次郎は店の間に自分の荷物をひとまとめにして、コップとおでんの皿を持って燈火の方へ行った。

「蒲団《ふとん》もこれきりで、何もないンでね」

燈火の下でみる親爺の顔は、案外、年齢よりも老けてはいたが、如何《いか》にも好人物そうである。息子は父親と共に苦労しているとみえて、しなびた顔立ちで、いつも癖のように水洟をすすっている。二畳の奥は物置と台所と一緒になっている様子で、そこから雨風がしぶくように時々さっと冷く吹き込んできた。

板壁と障子だけの簡単な造作で寒々としていたが、戸外にいるよりはましである。汚れて模様もわからないような蒲団の中に、猫がまるまっている位の小さい電気炬燵《こたつ》がしつらえてあった。孝次郎は濡れて固くなった靴をぬぐとその小さい行火に足をさし込んだ。親爺も寝酒を一杯やるとみえて、孝次郎と同じようにコップ酒を畳の上に置いて、息子にうるめ鰮《いわし》の小さいのを七輪で焼かせた。

そうして、親爺も熱いコップを吹《ふ》き乍《なが》ら飲んでいる。裄《ゆき》の長いジャンパアを着ているので、如何にも実直そうな男だった。孝次郎はアルマイトの煙草のケースを出して親爺に進めた。

「お世話になりますねえ、全く、この雨には閉口しました。――信州から出て来て人を尋ねたンですが、その家もなくてね……」

「信州は何処です」

「松代の在です」

「兵隊はどうでしたね？」

「ええ、自分は幸福な方でしょうなア……何しろ、生きてかえりたいと一生懸命でしたからね。――自分は、生きていたいと思って、そればかり工夫をこらしていましたよ。もう、自分はこれで死ぬンだ、駄目だと思ったらいけないです。どんなことをしても生きてやると云う気持ちさえあれば生きることが出来ます」

「そりゃアそうだろうねえ」

「自分は二度兵隊にとられたンですが、二度とも病院行きを考えて助かりました。正直、死にたくはないですからねえ」

「ほう、そんなことが出来るンですか？」

「軍隊位いんちきな処はありませんよ。自分は二度目に召集が来た時は、もう、これでは生きることはむずかしいと思いました。何しろ、毎日毎日、筏《いかだ》を組んで漂流する練習ばかりしたンですから、そんな事をしているうちに段々自分は怖くなってきて逃げ出したくなりました……」

「そうさ、どうも、此の戦争はただでは済まんと考えていたが、えらい不始末をしでかしたものさねえ、何しろ向うみずで、勘のようなもので戦争を始めたンだから。――可哀想に、私の女房も、息子は死ぬし、家は焼かれるし、娘の亭主も中国へ行って、いまは子供ごと背負い込みで、それに、この子も岡崎の工場で怪我をして腕一本なくしてしまって……それでもう女房の奴、気が変になってしまってね、気病みとでも云うのか、半年ばかりぶらぶらして一向に埒《らち》のあかん女子になりましてねえ」

孝次郎は鰮を焼いている息子の方を見た。左手で器用に魚を焼いている。洋服姿なので、云われるまで気がつかなかったけれども、息子が何をするにも無口でひっそりしているのはそのせいなのかと孝次郎は痛ましく思った。酒の酔いも手伝ってか、この親爺の坦々《たんたん》とした話を聞いていると、昨日や今日の知りあいでないような、何となく長い間の昵懇《じっこん》な間柄でもあるような親しさが湧いてきた。

終戦と同時に、北京へ近い、小さい藁生鎮と云う部落に集結して、孝次郎の部隊はそこで三ケ月ばかり暮した。大量に支給された靴下や煙草なぞを部落民に売っては食物を買っていた。部落民はすこしも日本兵をきずつけないで親切でさえあったのだ。三ケ月の間、山の中にいた或《あ》る部隊なぞはそっくり八路軍に降伏して行ったと云うことも孝次郎は風評に聞いた。——孝次郎は始めから此の部隊の兵隊ではなかった。途中からまぎれこんだと云ってもいい程で、孝次郎の原隊はもうとっくに船に乗って南の何処かの島へ行っていなければならない筈だった。

原隊といっしょに山海関にいる時、毎日筏を組む練習で段々怖くなりかけていた孝次郎は病気になることを考えついて、或日軍医の診断を受けてみた。仮病と云うことが判ればひどい事になると考え出すと、胸の動悸は早くなり、軍医の前で顔をあげていることが出来なかった。若い軍医は孝次郎の脈を計ってお前の心臓は馬鹿に不整脈だな、何時もこうなのかと云って、一週間も寝ればいいだろうと診断してくれたのである。孝次郎の職業は絵描きだったので、若い軍医は孝次郎に花の絵を描いてくれと頼みに来たりした。——孝次郎は軍人のなかで、軍医だけには好意を持つことが出来た。優しくて絵が好きなものが多いと思った。

病院へはいって早々、川魚の刺身を食べて孝次郎はひどい下痢をしてしまった。間もなく北京の病院にうつされたのだけれど、そこの軍医も亦《また》孝次郎に絵を求めて来た。孝次郎は本当の絵描きではなかったけれど、絵を描くことは好きであった。百姓の生れで中学を出ると、須坂の材木会社に勤めていたが、絵が好きで、たまに東京へ出ると展覧会をみたり、絵具を買いあつめるのが愉しみであった。最初に軍隊から戻って来た時、田舎で妻を貰い、二年目にまた今度の召集だったのだ。

北京の病院を出ると、今度は混成部隊にはいって、張家口に行き、そこで一ケ月ばかり何をするともなく日が過ぎていった。——終戦となって、藁生鎮にうつってからは、もう軍隊のあの怖ろしい規律なぞなくなり、兵隊は只の人間の集団にすぎなくなっていた。長い忍耐が兵隊の心を荒《すさ》ませていたのだ。勲章を貰いそこねたが命は助かるぞと云ってみんなを笑わせた男もいたけれど、孝次郎は終戦となったことに救われるような吻《ほ》っとした気持ちを感じた。秋が深まるといっしょに、このあたりも虫の音がしげくなり、兵隊の望郷は一日一日つのっていった。兵隊の各自は遠い以前の、自分の職業がなつかしくてたまらなかった。朝になると夢占の話がはずむ。たった此間《このあいだ》まで砲車弾薬車とともに轢轆《れきろく》として続いた規律ある軍隊の流れは、終戦と同時に落ちぶれた集団となってしまった。——孝次郎は誰にも目立たないように、いつも話の仲間からはずれて孤独を守っていた。自分の生命をこれほどいとしいと思った時はなかった。おちぶれた集団のなかの馬鹿な争論に巻きこまれて、かすり傷一つこしらえるのも怖ろしくてたまらないのだ。兵隊の或る仲間では賭博《とばく》が流行しはじめた。孝次郎はその仲間にトランプを描いてくれとせがまれて仕様ことなしにトランプを描いてやったが、間もなくそのトランプで二人の兵隊が歩哨の銃を向けあう結果になったりして、孝次郎はますます小さくなって暮した。毎日が無為な退屈で淋しい日常だった。早く故郷へ帰って、あの材木会社の拭きこんだ事務机で熱い茶を飲む幸福にめぐりあいたいと、孝次郎は空想した。昔の同輩がみななつかしかった。厭な奴だと思っていた人間までが恋しくてたまらなかった。とりわけ家に残して来た初代のおもかげは瞼に描くたびに皮膚がしびれてくるようななつかしさで、逢う日の楽しい場面がはっきりと心に浮んで来る。何処の港へ着くのかはわからないけれども、着いたら電報を打って驚かしてやりたい。平凡な田舎女だが、別れるときのあの取り乱した姿は孝次郎の胸をかきむしった。背の低いぽってりした肉づきが夢のなかで時々孝次郎の首を抱きにきた。待って待ちくたびれているに違いない。母は初代は三人前も働く女だと自慢していたが、その力は、自分をしっかり愛してくれている力なのだと孝次郎は初代が不憫であった。疲労で斃《たお》れる馬なぞを見ても、三人力で働いている百姓姿の初代を思い出して、孝次郎はものがなしくなるのだった。孝次郎は兵隊になっても前線と云うものを知らなかったけれど、そんな処へ行けば、自分のような小心なものは発狂してしまうに違いないと思った。病院生活をしている間に、孝次郎は前線から送られてきた数百人の負傷兵を見た。どの兵も苦痛に呻吟していた。なかには汚れた血色のない頬に涙を流している者もいた。だが、あの負傷兵の鼻を突きあげるような臭気を生涯忘れる事は出来ない。これは正常な人間の営みではない。これは異常な事なのだと孝次郎は心のなかで、まるで地獄の世界だと思った。

——板の間にぴっしりと毛布一枚で寝かされている負傷兵は悲惨な姿のままで軍医を呼んでいる。担架に寝ているものは連れてこられたままそのまま息を引きとるものさえあった。あまりの苦痛のために狂人になってしまう負傷兵もいた。孝次郎はこの惨めな兵達をみて、人間生活の貧弱な才分と云うものを、動物よりも劣っているとしか考えようがなかった。この兵隊達が故郷を出る時は、故郷の人達は旗を振って送っているのだ。自分も亦数人の肉親や知人に送られたのだけれども、その時、どの人も、行って来いよ、御奉公頼むぞと云った言葉が孝次郎には忘れられない。御奉公すると云うのは、武器を持たないでライオンの柵のなかを掃除に行くようなものだった。皆、大なり小なり傷ついて送られてかえって来る……殺菌剤と排泄物のあのすさまじい匂いだけでも人の心を焦々《いらいら》させるようだった。そのうえ兵隊はみんな虱《しらみ》だらけだ。

　孝次郎は何とかして此の異常な渦の中に巻き込まれまいと念じた。逃げられるものなら逃げ出したいのだ。生きてかえると云う事に孝次郎は希望を捨てなかった。心の中では大胆に自分の生命を守る事に工夫を練っていた。

　いよいよ夢に考えていた終戦となった。何時の日にかは祖国へ送られる日が来る……。だが、まだ、故国へ着くまでには遠い山河があるのだ。孝次郎は自分の両手を眺めて、よし、もう一息だと云いきかせた。いまは廃墟と化しているという祖国へ、泳いでもかえりつかなければならないのだ。行って来いよ。御奉公頼むと云った人達に、孝次郎は腹を立てていた。みんな虚栄心ばかりで生きているような人達に対して、孝次郎は哀しいものを感じた。――早くかえって何よりも花のような美しい絵を描きたい。美しいものを見ないではいられない、甘美《うま》いものを食べないでは生きられない、女を愛さずにはいられない、これが人間の生き方なのだ。孝次郎は、動物達が山谷の自然にたわむれて無心に生きてゆく生活を羨《うらや》ましく空想していた。どんなにもがいたって、人間はたった五十年しか生存出来ないとすれば、人間のいままでの発明は、あまりに人間を惨めに落しすぎるものばかりではないだろうかと、孝次郎は、こうした異常な生活をくりかえしている人間の浅墓な生活をおかしく思わないではいられない。短い寿命を、いい生き方で埋めきれない人間生活の運命を不思議に考えるのである。呟くように、孝次郎は自分が何時の間にか二十九歳になった事を何度も心に反芻《はんすう》していた。戦場に放浪していたこの月日が惜しまれてならない。原隊にいる時、毎日筏を組んで死ぬ訓練をさせられていた或日、一人の上官は、なまけている兵隊を叱って、「死ぬことを思えば何だって出来る筈だッ」と云っていたのを孝次郎は何時までもおぼえていた。生きようと思うからこそ何でも出来るのであって、死ぬと思えば、いまそこで舌を嚙んで死んだほうが至極簡単だよと、叱られていた兵隊が陰で云っていたけれども、孝次郎も同感だった。死ぬる苦しみと人々は云うけれど、死ぬる苦しみと云う事は孝次郎には漠としてとらえどころがない。生きる苦しみと考えた方が孝次郎のような男には実感があった。

　一月×日朝、まだ夜のしらじら明けに佐世保へ上陸して、孝次郎は土に落ちている煙草の空箱をひらった。パラピン紙に包まれた箱には駱駝《らくだ》の絵が描いてあった。黄いろい沙漠と、黄いろいピラミッドと、三本の椰子《やし》の木の模様は如何にもアメリカの煙草の箱らしく垢抜けのしたものだった。ＣＡＭＥＬと云う白い文字もすっきりしている。祖国へ着いてこれが最初の色彩だった。

残務整理で、どうしても佐世保へ一泊しなければならなかったので、孝次郎は、変り果てた祖国の姿を見て沁みるような淋しさを感じた。子供のように涙があふれてくるのをせきとめる事が出来なかった。一緒にかえって来た兵隊もみな泣き出したいような表情をしていた。こんな不運にはいったい誰がしたのだ。……こんなになるまで、どうしてみんな黙って我慢をしていたのか孝次郎には不思議でならない。白々とした廃墟の姿は日本人の本当の告白を表現しているようでもある。この景色は厳粛でさえあった。港に兵隊が上陸したせいか、いろいろな姿をした人達が彷徨《さまよ》うていた。小雨が降っていた。孝次郎達は寒いも暑いも感じないほど季節には鈍感になっていた。——兵隊は、何となく、何も彼もに少しずつ嫌悪の心を深めていっている。人生に対するさまざまな哀しみがこれほど一度に兵隊達の心におそいかかって来た事はあるまい。家がないだろうと案じている者、肉親が生存しているだろうかと案じている者、これから職業がみつかるだろうかと不安になっている者、戦場での空想は、祖国へ上陸してみれば、いまはみんな儚《はか》ないうたかたのようなものであった。

三日目の夜、孝次郎は松代に着いて駅に出迎えている父親に逢った。逢うなり、孝次郎は父親にひっぱられるようにして暗い畑道の方へ出て行った。孝次郎は雪道を歩きながら泣いていた。何かものを云えばすぐ涙になるのだ。

「お前が生きとったンで吃驚《びっくり》した」

「一生懸命、自分は、生きてかえりたいと思ったンです」

「お前は死んだ事になっとったンだぞ。お前の隊の者は、おおかた南の海で戦死したと云う事だし、役場の知らせもあってな」

「何時の事です？」

「去年の春だよ」

「戦死した事になっているンですか？」

昏い山々はひしめきあって風を呼びあうかのように、何処からともなくごおうとすさまじい音をたてている。頬を凍らすような霙混りの寒い風が吹いた。今夜は吹雪になるのかも知れない。父親は町の方へ歩いて行った。孝次郎は不思議だと思いながら、父親の後から荷物を背負ってついて行った。

「家へは行かないンですか？」

「ああまア、支度がしてあるので、一杯飲もう」

小さい旅館のような家へ父親は這入って行った。割合広い梯子《はしご》段《だん》を上って、奥まった部屋へ這入って行くと、炬燵の上に広蓋《ひろぶた》が乗っていて、その上には徳利や盃が置いてあった。薄暗い燈火の下で　父親はインバネスをぬいだ。

「それでも、よく生きていたぞ。夢のようださ。痩せもせずにようかえってくれた……」

「自分はねえ、どんな事があっても生きていたいと思いましたよ。生きて、お父さんやお母さんに逢いたいと思いました」

父の作太郎は一寸眼をしばたたいた。二年逢わないうちに、父もだいぶ年をとっていた。

「辛かったろうなア……」

父がふっとそう云った。孝次郎は急にハンカチを出して顔に当てるとくっくっと声を出して泣いた。生きてかえった事が嬉しくてたまらなかった。不安な臆測が何となく影のように心の中を去来していたが、そんな事も父の言葉ですっと消えてしまった。ただ嬉しくて嬉し涙がふつふつとたぎって来る。

「お母さん丈夫ですか？」

「ああ丈夫だとも、皆、うちのものは元気だ……」

「そうですか……そればかり案じていました」

「さア、寒かったろう、一杯どうだ」

ぬるくなった徳利を持ちあげて作太郎が盃を差した。大きい盃に酒はなみなみとつがれた。父は息子につがして、自分も盃を二三杯いそいであけた。暫《しばら》く妙な沈黙がつづいた。孝次郎は少しばかりまた不安になってきている。

「実は、あの電報をおふくろさんが受取ってわしに見せたンだが……わしはあの電報を見てな、毎日考えあぐねていたのさ……戦争が済んですぐな、初代は総三郎の嫁にしてしまったンだよ、――お前にどうして申訳したらよいかと心配してなア……」

孝次郎はああそうだったのかと、暫く黙って膳の上をみつめていた。小女が鰊《にしん》と昆布の煮た皿を運んで来た。障子がひとところびりびりと風に鳴っている。

総三郎は孝次郎の次の弟で、日華事変で二年ばかり兵隊に行ってかえると、家にいて百姓を手伝っていた。実直者で、孝次郎は一番好きな弟だった。自分が戦死したとなれば、どうしても総三郎が家を継がなければならなかった。

「初代は元気ですか？」

「ああよく働く女で、総三郎と二人で馬車馬みたいに働いとるでなア……」

作太郎はこうした因縁になった事を正直に委《くわ》しく話してくれた。――孝次郎は二人が不憫であった。初代は総三郎よりたしか二つ年が上の筈だったが、兄の女房を押しつけられて馬車馬のように働いていると云うことを聞くと、孝次郎は誰も憎めなかったのだ。戦地で、毎日空想していた子供のような数々の思いから、すっと虚脱したような空白な心になっていた。作太郎が便所へ立って行った。障子を二三寸開けたままで出て行ったので、そこから肩をさすような寒気がすうっと吹き込んで来る。孝次郎は畳の上にごろりと寝転んで眼を閉じた。瞼の中に大きい駱駝の絵が浮んだ。白々と酒の酔いも醒めたようだった。父から委しいことを聞いて、かえっていまでは清々した気持ちでさえある。初代のおもかげも何となく霧の中に消えてとらえどころがない。躯が疲れているせいか、肉体的な苦しみもなく、すべては何も彼もいまは藻抜けの殻になっている感じだった。

「とうとう吹雪になった。ひどい降りだぞ」

作太郎が躯をかがめるようにして戻って来た。

「自分は考えたンですがねえ。やっぱり家へ行かない方がいいんですね。——自然なかたちで、解決するには、もうすこし日をかけた方がいいから、自分は明日にでも名古屋の友達のところへ行ってみようと思うンですが、お父さんはどう考えますか。正直云って、自分は、家へかえりたくないンですよ……」

「そうさなア……わしもいろいろ方策をたてているンだが……」

「どうしたら一番いいことになるンですかね？」

「兎《と》に角《かく》、お前がさっぱりしてくれて嬉しいよ。怒りはしないかと心配してね、おふくろも毎日そればかりぐちを云って、お前を可哀想だと言うのさ……」

「怒ったって仕様がないでしょう。初代もあれと一緒になって、幸福にいっていると云うのですから、それはもう一番いい事です。——只、自分の問題ですが……当分、名古屋か東京に出て、将来の事を考えてみようと思います……」

　正直な人たちには刃向えないような哀れなものを感じると同時に、また孝次郎は生命を大切にここまで運んで来た自分の努力をも哀れになってきている。自分が生きたいから生きてきたという心の片隅に、肉親への強い愛情もあったのだぞと、恩をきせるような思いもなかったとは云えない。

　膳の上には何本か徳利が並び、夜は更けていった。次の部屋ではさっきの小女が蒲団を出している気配がしていたが、それもすぐ静かになった。作太郎は炬燵をはぐって炭をついでいる。

「今夜、ここへ泊っていいのですか？」

「ああ俺も泊るのさ……」

「久しぶりにお父さんと寝ますかね」

　作太郎はまぶしそうに笑いながら蒲団から顔を出した。二人ともいける方なので、仲々寝ようとはしなかった。しまいには酒の肴《さかな》に野沢菜のお葉漬けを肴にして酒を飲んだ。とりとめもないいろいろな話が諄々《じゅんじゅん》と繰り返された。作太郎は、原隊から離れて混成部隊について生命を助かった息子の話を一番面白そうに聞いていた。十二時近くになった、酒がもうなくなったと小女が知らせて来た。酒は作太郎が米や炭と一緒にたずさえて来たものである。やっと寝る気になったのは一時頃であったろうか。孝次郎は隣室から蒲団を引っぱって来て炬燵を真中にして敷いた。父親には壁の方に寝て貰った。孝次郎は服をぬいで襯衣《シャツ》のまま障子ぎわの蒲団へもぐり込んだ。幾人かの人が此の蒲団に寝たのであろう。人間的なかびくさい臭いがした。孝次郎は仲々眠れなかった。明日の朝早く母が来ると云うことを聞いて、孝次郎は切ない気持ちだった。作太郎は床に就くとすぐ老人らしいいびきをかいて眠った。ゆるく涙が耳へ流れこんでくるままにまかせて孝次郎は蒲団の中で暫く行く末の事を考えていた。右の唇尻に黒子《ほくろ》のある総三郎の笑った顔が浮んで来た。四キロも行けば肉親のものが眠っている家があるのだ。初代も総三郎のそばで泥のように眠っているのだろう。平和に暮している者を驚かせたくはなかったが、それでもこのままでは物足りない気持ちもしてくる。とりとめもなく妙な女の顔も浮んで来る。九州から只一筋に汽車でここまで来ただけでは、この世の中がどんなになっているのか見当もつかなかった。障子の外の硝子戸に時々雪が吹きつけていた。この凍るような故郷の空気をもう一度吸いたいと願ったけれども、現実となったいまではただあまりに寒いと感じるだけである。明日からは何の目的もなく、希望もなく、只無為に心の苦しみだけで生きてゆくのだと思えば、これが生命の助かった自分への報償だったのかと、孝次郎は、うん、そうかそうかと自分にうなずくより仕方がない。一番辛かった筈の配所の藁生鎮の生活がいまではなつかしくさえなっていた。

　孝次郎は、ふっと母親のうめの声で眼が覚めた。首をあげると、うめは泣き腫れたような眼をして笑って枕元に坐っていた。入歯がなくなっているので、血色の悪い唇の中が暗くみえた。

「お前、よう戻って来たなア……」

「何時来たンです？」

「早う来たンだけど、お前を起しては悪いと思って、お父さんと話していたのさ……」

「何時かな、随分よく眠ったものだなア」

　孝次郎が襯衣《シャツ》のままで起きると、うめは立って、炬燵であたためた宿のどてらを孝次郎に着せかけてくれた。

「味噌汁もさっきから煮えとる」

　道理でいい匂いがした。四囲はまぶしい位明るくて、入口の縁側には陽が射していた。顔を洗いに階下へ降りて行くと、手水鉢《ちょうずばち》の水が木の葉を浮べたまま凍りついていた。昨夜だいぶ寒かったと見えて、庇《ひさし》から牛の角のような汚れたつららが何本もぶらさがっていた。手水鉢の置いてある狭い庭にはさらさらした新しい雪の山が陽に光っている。孝次郎は久しぶりでしみじみとよく眠れた。部屋へ戻ると、うめは始終おずおずしていた。佐世保からほとんど飲まず食わずだったと云うと、うめはもう両眼から涙を溢れさせて、「むごらしい、むごらしい」と袖を鼻にあてている。孝次郎は白米の飯を四杯も食べた。甘美《うま》いと云うよりも、むさぼるような食欲だった。

――材木会社もいまは勤めている人達がほとんど変っている様子で、うめは女らしく細かいことを一つ一つ報告した。去年の秋は一ケ月も雨にたたられて、家の田も不作で、はんれんにかけた稲がそのまま芽を吹きかけたのもあると話した。うめは餅を風呂敷いっぱい持って来ていた。醤油につけながら食べる餅は孝次郎に子供らしい郷愁をそそるに充分であった。このまま家へかえって皆に逢いたいと云う念がしきりである。

　一ケ月ほどこの近くの温泉にでも行って軀をやすめてはどうだと作太郎がすすめてくれたけれども、孝次郎は二日ばかりその宿で昏々《こんこん》と眠って暮した。夜になるとうめの運んで来た酒を飲んで夜は晩《おそ》くまで独りで呆んやりと炬燵で起きていた。あんなに恋しかった人達にも段々逢いたくなくなって来た。絵を描きたいと云う希望も薄れて只、このままの姿で呆然としていたかった。何も彼もさっぱりしている筈だのに、このものうい憂愁の本体が自分でも突きとめられなかった。この生活から明日にでも飛び立とうとすると、その怖ろしい冒険がいらいらして迫って来ることに耐えられなかった。兵隊に行った為に、すっかり人間が駄目になってしまったのかも知れないと孝次郎はそういうふうに考えた。何をするのも厭で堪らないのだ。何かじっくりと考えようとすると、すぐ反射的にこみいったつまらないことがごたごたと浮んで来る。首を振ったり手で払いのけてもどうにもならない。執拗《しつよう》なほどになにかにとりつかれている。自分さえこのまま消えてしまえば、どの人にも好都合が与えられるのだが……だがこの自分はこのまま素直には消え失せてはゆけない。初代はあの時の別れの辛い気持ちを引きずったままではもういなくなっているのだろうか……。色あせた思い出をいまではまるきり忘れてしまったかのようにして、総三郎へ女の心を一心にそそいでいるのだろうか……。不思議であった。女のその素直な心が怖ろしくてたまらなかった。三人前も働く便利な道具として両親は、総三郎の嫁に初代を押しつけたのだとしても……。初代のその頃の心のありかたが孝次郎は知りたかった。なりふりを構わない、如何にも根っからの田舎の女で、玉葱《たまねぎ》のように新鮮な軀つきだった。孝次郎と一緒になって病気一つした事もなく、朝はいつも四時頃から起きて炉の火を焚きつけていたし、夜も晩《おそ》くまでこまごまと働く……。孝次郎が須坂に勤め、下宿をするようになってからも、初代は家にいて、月に一二度位しか孝次郎のそばへやって来なかった。お前は誰の処へ嫁に来たのか判らないねと冷かした事があったけれども、それほど初代は孝次郎の家から離れる事が出来なかったのだ。

孝次郎は二日も昏々《こんこん》と眠って暮したせいか、寝飽きてしまって、いまも所在なく思い出す事は初代のその頃の面影である。——この旅館は官吏とか商人が泊るとみえて、割合ひっそりしていた。夜が更けると、汽車の汽笛が四囲に響くのと、時々手水場の板戸の音がする外は、部屋の火鉢にかけた鉄瓶がちんちんとたぎっているだけ、こうした静かな部屋で、孝次郎はふっと名古屋にいる中学時代からの仲のよかった友人を思い出した。陶器を販売していると云う風評を聞いているだけで、此頃の様子は判然とは知らなかったけれども、尋ねて行けば、何とか片肌ぬいでくれるような気がしないでもない。津田と云うその男は、小さい時からひどい近眼だったので、兵隊にとられる気づかいはないのだ。そこへ頼って行くことに何となく考えはきまった。今朝、うめが昔の外套や襟巻きと一緒に背広までとどけてくれたので、退屈なままにいまもその品を引き寄せて、孝次郎はなつかしそうに眺めている。鼠色の襟巻きはたしか五円足らずでずっと以前に長野の洋品店で買ったものだったが、あの頃は何でも安かった……。第一、黒いウールの外套だって五十円とは出していない筈だ。女衆がナフタリンを入れといたとみえて、ナフタリンの香りがぷんぷん匂っている。背広には知らない人の昔の名刺までがくしゃくしゃになってはいっていた。

――孝次郎は少しばかり残っている一升壜を引きよせて徳利にあけると、自分で燗をして手酌で飲んだ。行く末の肝腎《かんじん》なことが少しもきまらない侘《わび》しさやもどかしさを、孝次郎は辛うじてこの酒でまぎらしているかたちだった。

自然な折が来るまで、名古屋のその知人の処で働いて、その上で皆に逢いにかえりましょうと云う約束で、孝次郎は名古屋へ発って行ったけれども、尋ねる住所は焼けていて、津田の行ったさきは雲をつかむようでわからなかった。孝次郎は雨の中を一日名古屋の街をあるいた。歩き疲れて名古屋駅の広い構内へ這入って、何と云うこともなく改札の長い行列にもついてみたが落ちつかなかった。無切符では行く当てもない。広い三等待合室は放浪者の集合所のようになっていて、男も女も子供も老人もひしめきあって寝場所をつくっている。何という激しい変化なのかと、孝次郎は満洲や中国の駅々で見た、かつての景色を思い出していた。沢山の巨《おお》きな円柱に支えられた美しい名古屋の駅も、建物が大きいだけに、その中に宿もなくひしめきあっている人々の群がみじめに見えて仕方がない。雨は少しも止まなかった。一日中歩いたせいか、寒さが骨身に沁みてくる。駅の外側へ出てみた孝次郎は旅館でもあれば足をのばしたかった。駅の燈火が明るいので、雨は風の吹く方へきらきら光って降っている。空中に滴る雨の音や、雨の光りの向うは、もう焼野原なのか街は暗くて遠くまで海のように不気味だった。その海のような闇のなかをジープのライトが雨の中に煙った光りの縞を描いては走り抜けてゆく。何処からともなく旅行者が思い思いに荷物を背負って、軀から雨雫を滴らせながら駅へ這入って来た。孝次郎は呆然として柱に凭《もた》れていた。軀の髄の髄まで雨水が浸みこんできそうだった。戦場の記憶が落葉のようにあわただしく降りかかって来る。そのあわただしく移りゆく記憶の波が、現在の孝次郎にはたまらなく淋しく辛かった。無茶苦茶に人に話しかけてみたい欲望が湧いてくる。自分と同じような年配の男を見ると、孝次郎はかつての戦友を見るような哀しい気持ちだった。人と話がしてみたくて仕方がない。いったいこんな焼野原になるまで、どうして人々は我慢をしていたのかと尋ねたかった。駅の三等待合室にひしめきあっている家なしの人達の不運さを誰がつぐなってやるのだろうか……。還って来たばかりの孝次郎は腑に落ちないことだらけだった。民衆のあらゆる能力や労力をこき使った揚句の果てが、こんな落ちぶれかたになるのかと腹が立って来る。その腹立ちが苛々と色濃く迫って来た。忠義に死んだものが馬鹿をみたではないか、死んだものを呼びかえして来いッ。自分だってここに立っているのはまだ幽霊なのだぞ。孝次郎は勇ましい戦死者になって、こうした孤独さに置かれていることが口惜しかった。穢《きたな》いものに首を突っこんだように息苦しかった。人生に対して、段々と堪らない嫌悪感が胸につかえてくる。自分もこのままで、運命の縄をつかみそこねたら、襤褸《ぼろ》を接《つ》ぎあわせて着なければならぬのだ。雪の夜、作太郎にあって激しく咽《むせ》び泣《な》いた時のような清らかな慟哭《どうこく》が孝次郎の両の耳を痛くした。

「何しろ歩いて歩き疲れて、旅館でもあるかと駅から市電へ乗って、偶然ここへ降りたンですよ。――嬉しかったなア、ここの燈火が眼についた時は……」

　親爺は炬燵の夜具の上へ汚れた毛布をかけた。息子はもう安らかな鼾《いびき》をかいて眠っている。敷布《シーツ》もない薄い敷蒲団に海老《えび》のように縮まっている姿が可愛らしかった。夜が更けるにつれて、雨の音は激しくなった。西風が強いので焼野原を吹きつける雨脚は猛烈ないきおいでバラックの板屋根を叩いた。

「これで、外地から戻りなすった人も、いろいろと変った事情になる人が多いでしょうなア、うちのも、ひょいとしたら、ビルマでぴんぴん生きていてくれるといいンですがなア、はっはっはっは……」

「何時来たンですか？　戦死の知らせは……」

「十九年の夏でしたよ。去年、遺骨も貰いましたが、あの遺骨も開けてみたら土だけでね……」

「生きて戻る兵隊も随分多いことでしょう……」

障子ぎわの柱へ背を凭れさして孝次郎は煙草を咥《くわ》えた。台所の暗がりには雨漏りの音。親爺が何時頃でしょうかと聞いたけれど、孝次郎の古い腕時計はとまっている。大分更けたらしいけれども、騒々しい雨の音でそんなに晩《おそ》くもないような気がする。

「冷えて来たから、おじさん、どうです？　もう一杯やりませんか……」

二杯の酒をもうずっと前に飲みつくして、いまはもう酔いも醒め果てていた。何にしても隙間漏る雨風は身にこたえて深々と寒い。親爺は土間へ降りると新聞紙をまるめて、木片を七輪に入れて燃やした。その上に煤けたやかんをかけると、暗い台所へ行って片口に酒をついで来た。

「おじさんも一杯やって下さいよ。自分に、一つ御馳走さしてもらいます。この雨を見ただけでも命びろいですからねえ……」

「酒は好きでならないンだが、こう高くちゃ冥利《みょうり》に尽きると思ってね。何でも馬鹿高いンで眼をまるくしちまうのさ……働くのも楽じゃないでね。——それでもまア、焼け死ななくてよかったと思ってるのさ。お客さんも言うとおり、死んじまっちゃア何にもならン」

「本当ですよ。長生きをして、もう一度、どうにか落ちついた世の中をみとどけなくちゃアいけませんよ。生命は大切ですからねえ」

聞いてみれば、自分だけが不幸なのじゃないのだ。息子を戦地へおくったり、工場へ出したりして、祖国を想えばこそ、無理な長い戦争にも此の人達は耐え忍んできた。どの人も泣くだけ泣いたあとのように何も彼もあきらめかけている……。だが、そのあきらめは空なあきらめではない。いままで只の一度も自分達の国家だの、政治だのを考えてみた事もないつまらない女達までが、この敗戦で、しみじみと国の姿を手にとって眺める気持ちになっているのだ。誰に気兼ねもなく手離しで泣き合えた人々の心の中には、少しずつでも小さい希望が与えられてきた。戦争最中の、あの暗い不安な気持ちを続けるよりも、戦いに敗けてよかったと思い、誰もが、現在に吻《ほ》っと息をついているかたちだった。

「一時位ですかな……」

「さア、もっと晩《おそ》いでしょう。一時頃まで自動車も通っていますが、もう、さっきから往来も杜絶《とだ》えましたからね」

「おじさん眠いでしょう？　済みませんねえ」

「いやア、年寄のくせに、私も夜はいつまでも起きている方で、——東京行きというと朝は何時ですかね？」

「さア、切符を買って、間にあった汽車に乗るつもりです」

「切符は買えますか？」

「ええ、還ったばかりですから、何とか……」

酒をついだやかんがしゅんしゅんと沸いてきた。親爺はよっぽど熱燗が好きとみえる。コップがピンときそうな熱くした酒をついだ。孝次郎はその熱いコップの縁を五本の指で摘みあげるようにして口もとへ持って行った。熱いのを二口三口飲むと、冷えた軀には、煙のような微醺《びくん》がただようてくる。

「お神さんもお気の毒ですねえ……」

さっきから初代を思い出していたので、つい気病みだというお神さんのことへ話が飛んだ。

「何ね、いまにはっきりしますさ。——肴がなくて、とろろ昆布でも食べますか？」

親爺は棚から紙袋を降ろして、手づかみでとろろ昆布を新聞紙の上にあけた。車軸を流すとまではいかないけれども、風まじりの雨は相当吹き荒れて、板屋根に掃きつけるような音をたてている。

「珍しく長雨で、どうも閉口ですよ、この雨には……」

親爺は酒を飲まなかった。息子の寝姿に凭れるようにして横になった。電気が一二度明滅したが、もち堪える力もないような、儚ない消えかたで停電してしまった。暗いなかに血の管のような最後の電気の光りが何時までも闇のなかに浮いて見えた。七輪の残り火が急に華やかに燃えている。最後の酒を飲み干すと、コップを土間へ置いて孝次郎は横になった。疲れた頭の中には断々な事しか浮んで来ない。

崖の上からコオルタールを流すように、兵隊の大群が流れ落ちて来る気持ちの悪い夢を見て、孝次郎はああ厭な夢だと、黒板の絵を消すようなかっこうで、片手で顔を拭いた。薄眼をあけると、店の硝子戸は灰色に明けかけている。雨も小降りになったと見えて、ごぼごぼと静かに水の流れる音が近くでしていた。親爺は寝た時のままで、寒そうに毛布に顔を埋めている。息子もまだ鼾《いびき》だ。電気の切れた炬燵には、薄々と冷い風がこもっているようだった。あんまり寒いので、孝次郎はそっと起きて店の椅子にかけておいた外套を取りに行った。地の薄い外套は雨に濡れてじっとりしていた。何気なく外套のポケットへ手をつっこんでみると、佐世保でひらったカメルの空箱がくしゃくしゃになって這入っていた。捨てがたいので持って来たのだろう。カメルの駱駝がふくふくに暖かい色彩だった。四ツばかり並べた椅子を寄せて、孝次郎は濡れている外套をまたその上に広げた。何処へ行くと云う当てもないけれども、まだ二三時間はここにいられるのだ……。孝次郎は厠《かわや》を探しに店の戸を開けて戸外へ出て行った。表は案外広い電車通りで、細葱《ほそねぎ》をいっぱい積んだ荷車が一台店の前に停っていた。

（「新潮」昭和二一年二月）

私にだっていい分はあるのよ。

世の中の男と云《い》うものは、どこまでいっても同じことだし、男から云わせてみれば、また、男だって、女と云うものは幾人識《し》ったところで同じことだと思っていることでしょう……。ねえ、そうなのよ。眼の奥には、みんな怖ろしい深い穴だけしかない骨が埋《うま》っているのだし、手のつけ根にも、腰のつけ根にも、蝶《ちょう》つがいのついた骨がぶらさがっていてね、人間って、もろいものだわ……。肉体がどうだとか、このごろ妙なことがあたりまえのように云われているけれど、おかしいったらないじゃないの。私は、こんな骨を包んだ肉体なんて信用しない。只《ただ》、ね、人間の持っている精神って云うものは、私は信じるよりほかにないじゃないかと思うの……。私は貧乏だから、仕方なく、自分の軀《からだ》を資本にして、夜の商売はしているけれど、全く、面白くも何ともないわ。いつでも、毎晩、私は、男をみつけた始めに、その知らない男と宿屋に行く途中にね、軀じゅうがぞうっとして来るのよ。

冬のさなかに、海水浴へ行くような気持ちなの。ごう、ごう、ごうって海鳴りのしている寒い海水のなかへ、どぶんと軀を沈めてゆくような、そんな、とても、厭《いや》な気持ちなのね。——私はね、毎晩、芝居をしているのよ。あっぱれな女優さんで、登場人物、女上手《かみて》より現われるなのだわ。そして、下手《しもて》より男現われるなの、それが、相手変《かわ》れど主《あるじ》変らずの芝居で、女だけはいつも同じ姿なのね。男をとらえる時は、まるで、子供が昆虫を取りにゆくような気持ちなンです。ものすごくいいのがかかればいいけれど、まあ、珍種は御遠慮申し上げて、私は平凡な同族をつかまえることにしているのよ。せめて親類同士な、気安い気持ちでいたいと思うからなの……。こんな商売なんて、何もおおっぴらに云いふらす事でもなければ、何も、類を頼んで、目白押しに並んでみる事もないじゃアありませんか？　人間のする事って、どんな仕事や商売だって結局は孤独なものにきまっています。第一、このごろ、にょきにょきと出来たマアケットね、あれだって私は何となく気に食わない。ごみっぽい店が目白押しに並んでるけど、大したことでもないじゃアないの……。世の中がどうのこうのって云ってるけど、何も今に始ったことじゃなくて、大昔から同じことのくりかえしなンですよ。ねえ、そうお思いになりませんか？　沢山の人間を一つのわくンなかへ入れてしまうことが出来ないのがこの世の中なのね。こんなに、まつ毛にごみがたまる程、人間がいるンですもの、どうしようたってどうにもならない筈《はず》だわ。地球に引力があるように、人間にだって政治ってものがあって、政府って引力が、只、何となく人間のさまざまを引きしめてはくれてるンでしょうけれど、これだって、まア、ないよりはましと云うようなものなのでしょうかね。

人間って、こすっからいから、うまいことは云ってもいるし、行ってもいるでしょうけれど、やっぱり、戦争ってものもおっぱじまるし、平和と云う言葉は膏薬《こうやく》みたいなものなのよ。ね、私、そンな気がしているンです。――私は、十五の時に、満洲のスイフンガと云うところへ売られて行ったの。十五の時にね……。まるで外国に漫遊にでも行く気分だったわ。いまから丁度、十二年前の冬のことなの……。門司《もじ》から朝鮮に渡って、それから安東《あんとう》へ出て、それから新京《しんきょう》、牡丹江《ぼたんこう》と長い旅をして、スイフンガに着いた時は、もうすっかり疲れちゃって、くたくたになっていたのよ。――私は柄が大きかったので、お客様には十七と云わされていたンです。老松って名前がつけられて、そこで始めて芸者になったンだけど、この町にも九州の熊本から来ているおせいさんと云う髪結《かみゆい》がいてね、ここで私は島田に結って貰ったのよ。スイフンガと云うのは国境の町と云う意味だそうで、昔はロシヤと満洲でお茶の貿易をしていたのだそうですけれど、私の行った時は日本の兵隊でいっぱいだったわ。毎晩、ごっとん、ごっとん、ごっとん、自動車のエンジンをかけっぱなしにしとくンですの。何だって凍ってしまう位寒いし、私は、お座敷がかかると、長い裾《すそ》をからげて、フェルトの長靴をはいて、姐《ねえ》さんのシュウバアを借りて兵隊さんのお迎えの自動車に乗って行くンです。そうね、始めての夜が、私にもあったンだけど、私は、自動車で迎えに来た若い兵隊さんと一緒になっちゃったのよ……。私はもう、今夜は、それがしと云う大佐のひとと一緒にならなくちゃならないと云うことも姐さんに聞かされて知っていたので、何だか怖くて不安だったの。迎えに来た兵隊さんと並んで助手台に乗ったンだけど、始終震えているンです。時々、広い、凍った雪の中を自動車が滑りながら走ってるンで、私は運転している兵隊の腕に思わず抱きついちゃったのよ。そしたら、兵隊は急に自動車のなかの燈とヘッドライトを消して、エンジンをかけっぱなしのままで、私をきつうく抱いたの……。若い兵隊で、肩のところに星が一つだったわ。私はその兵隊の顔も知らないで、只、泣いてばかりいたの。ごう、ごう、ごうって自動車なんか吹き飛ばしそうなものすごい風が吹いているし、四囲にはほんの一寸《ちょっと》の雪あかりがあるきりで森々《しんしん》と暗いのよ。闇の中から狼《おおかみ》が出て来そうに怖い雪の広野原なの。兵隊は、私の結いたての髪をぐしゃりと押しつけるようにして、私をしっかり抱いたンだけど、ひなた臭いような革の匂いがしたのを覚えていますわ。二人は長い間接吻をしていたの。そして、運転台の狭いところで、二人はきゅうくつな思いをしたンですけど、いまから思えば二人とも子供みたいな事をしていたんだと思うわ。その後で、私は何食わぬ顔で、丘の上の料理屋へ行ったンだけど、その晩は、私は平和な気持ちで肥《ふと》った大佐のひとと一緒に寝てしまいました。若い兵隊とは、二三度、自動車の中だけで逢ったンだけど、一ケ月位してしまってその兵隊は、チャムスの向うの、ポーチンと云うところの自動車隊に変って行ってしまってそれッきり……。浜中と云う名前以外は何も知りゃアしないし、今日まで何も判らないずくで終ってしまいました。何処かで戦死してるかもしれないと思うわ。歯の白い、可愛い兵隊だったことだけは覚えてるンですけど……。二人とも打ちあけ話をするひまなンてなかったンですものね。只、黙っているきりで、いい気持ちだったの。きまって、原っぱへ来ると燈を消して抱きあう……それから運転台で狭い思いをしあう、それだけの出来事だったンです。

私は神戸で生れたンだけど、お母さんは妹を産んで死んじゃったし、お父さんは三宮《さんのみや》で俥夫《しゃふ》をしていました。大酒飲みでね……。姉さんは早くから大阪で女給をしてたンだけど、私は十四の時に別れたきり。妹もそのころはまだ小学校一年位だったし、これも、いまだに消息はわからないままなんですの。お父さんは私がチャムスと云うところへうつってから死んじゃったし、親類らしいものもないし、私は全く一人ぼっちなのよ。四国の高松がお父さんの故郷なンだけれど、私は一度も行ったことがありません。何処をたずねてみるって気もいまはないのよ。私は小学校もろくすっぽ出ないけれど、本を読む事は好きで、スイフンガに新聞社のひとがいましてね。そのひとから随分本を借りて読んだものですわ。そのひとは野辺地と云って、私がスイフンガに来て、二年位してから転任して来たひとなンです……。そのころは、私ももう芸者のする一通りな事はしていたし、野辺地さんがのぼせてくれるほど、私はのぼせてはゆかなかったけれども、でも、いいひとだった事には間違いはありません。随分学問のあるらしい手紙をくれたンだけど、私はどうしてだか始めての兵隊の事が少しも忘れられなかったのよ。逢うすべがないから、なおさら思い出は綺麗だったし、その兵隊だって、生きていれば私の事はしっかりと覚えていてくれるだろうと思うの……。私もさんざ男のひとは知ったンですけど、あんな初々《ういうい》しい思いって云うものは二度とあるもンじゃないと思いますわ……。只ね、その頃は兵隊の事を思い出してやりきれなくなると、私はその思いに引きずられて、野辺地さんの家へ行ってみる気になるのよ。でも、野辺地さんは大変学問があるンで、私がこげつくような思いで行っても、野辺地さんのその学問で私は熱がすーっと冷めてしまうの……。私も、野辺地さんのおかげで本は随分読んだンですけど、私の本の読みかたってものは、御飯を食べるみたいに、軀の中へ全部消化しちまうのに、野辺地さんの学問は少しも消化しないで、重い本箱を背負っているみたいに私には見えました。私、モオパッサンって云うひとの脂肪の塊って云うのを読まされたンだけど、私たちのような女には、そんなことはざらにある事だし、新しい部隊長が来る度に、そんな思いは始終してたンですものね。でもあれは面白い小説だったわ……。云うことをきかないと云って、スリッパで殴られた妓もいたし、そんな時、私はいつだってお変りを勧めてやったンですけど、毒食わば皿までって云う気持ちだったんでしょうね。

私は終戦の時はチャムスにいたンですけど、それから、云うにも云えない色々なことをして、やっと去年戻って来ました。でも、こうなってみると、日本へ戻って来たところで大した事はないわけね。

みんな夢みたいな事になってしまっているし、西東を向いたところで、私の幸《しあわせ》が転《ころが》っているわけのものでもないンだもの……。女友達もあったンですけど、日本へ戻ってからは別れ別れになってしまうし、結局一人ぽっちになってしまいました。私のような女が、誰にも迷惑かけないで生きてゆくには、こんな商売でもしてゆくより道はないでしょう？洋服を着て、髪を今様に結ってはいるけれども、全く、あの時の本じゃアないけど、私こそ脂肪の塊になりきっちまったンだと思うわ。時々、あの兵隊はどうしているだろうと考える時があります。きっと生きちゃアいないと思うンだけど、私は、もしも、あの一ツ星の兵隊が生きていて、背広か何か着て、サラリーマンにでもなっていたらげっそりするかもしれないと思うの。あの雪野原で、星一つの兵隊姿だったからなつかしいのよ。きっと……。狼でも来そうな荒野の中に、ぽつんと停《とま》った自動車だから思い出が濃いのでしょう……。私、自動車を見ると、急にかあっと胸の中が燃えて来る時があります。派手な思い出じゃないけれど、何とも云えないなつかしい気持ちですわ。ねえ、十二年も、あれから月日がたっているンですもの。もう、いいかげんに忘れたってよさそうなものだのに、何時だって胸の中に、その場面が湧いて来るンだから妙な事だと思います。――日本へ戻って、私は野辺地さんを尋ねて、京都の新聞社へ行ってみたンですけど、野辺地さんはフィリッピンへ主計少尉で行って戦死しちゃったって聞きました。世の中はみんな変っていたンですのね。すっかりまわり舞台になってしまっているンですもの。

　大地がぐるぐる動いているンだから、私たちはどうして立っていていいのか見当がつかないのよ。どうにもこうにも仕方がないから、こんなことになってしまったのだけれども、私にだって神様はあります。何とか生きる道を教えて貰ったのです……。気の弱い依存主義ではどうにもなりません。私は一人で歩くのよ。このままじゃア死ねやしないもの……。私は生きるのよ。ぼろをさげたって生きていたいの……。もうあと、三年たてば三十ですもの。何時までもこんな厭な仕事をしようとは思わない。東京へ来るなり、私はスイフンガで髪結いをしていたおせいと云うおばさんに逢いました。しかも、新宿の駅の混雑したホームでばったり逢った時、落ちぶれたかっこうの私の姿を見て、おせいさんは暫《しばら》く思い出せない様子でしたが、「ほら、スイフンガにいた老松ですよ」と云うと、おせいさんは両手をぱっと挙げるようにして、私に飛びついて来ました。おせいさんは終戦より三年程前に内地へ戻っていて、御亭主とも別れて病院の派出婦みたいな事をしているのだそうです。病人のつきそいみたいな事をして働いているのだけれど、三畳の部屋を持っていると云うので、私はすぐおせいさんの代々木の家へ行きました。駅の近くの大工さんの家で、玄関の三畳で、入口のタタキを台所に改造した、まア、どうやら雨露をしのぐだけと云う家です。私はおせいさんと同居する事にしたンだけど、おせいさんにあの時に逢わなければ、それこそ、上野の地下道にでも寝るようになったかもしれません。私がこんな商売を始めたのも、おせいさんは知っている様子だけれど、何も云わないで、私はどんなに助かるかしれないのですよ……。朝がえりの私は、毛布にくるまってぐっすり一日中眠るンだもの、いいかげんとんまな人間だって私の仕事が判らない筈はない。——夜は黒、おそろしい、忍びやかな盗人《ぬすっと》の黒、定九郎《さだくろう》の蛇目傘《じゃのめがさ》、誰だか頸《くび》すじに触るような、力のない死蛍の羽根のような……。白秋《はくしゅう》と云うひとのうたですって？　野辺地さんがよく酒に酔うとうたっていた節だけれど、全く、私はいろいろな夜を見るのよ。夜ばっかりに生きているみたいなのね。雨の降る夜もあれば、雪の夜もあるし、星の降るような晩もあるし、暑くって、どうんとしていて、花火でもあげたいような夜もあるわ。ほんの一寸前までは知りもしなかった男とね、私はきつく寄り添って結ばれると云う事がおかしくなるンです。私はどんな男にも慈悲をかけないの。私には私だけの道があるもの……。かけがえのない一点だけは何とか守って行くつもりなンです。

　それはね、金のない男にめぐりあう時もあるのよ。そんな時の私はもう鬼のような心になって、何でもいいから、それだけのものをはぎ取ってやるだけ、あだやおろそかでこんな仕事が出来るものか考えてみて下さい……。悲しくも、苦しくもないし、悩みなンてありゃアしない。只、毎晩、ぞっとする気持ちだけで、あとはもう私の習慣で暮しているだけですもの。淋しい時は、私は雪の荒野の兵隊の事を思い出すだけ、そして、違う男と一緒にいたって、私は一ツ星の兵隊の事ばかり考えているンですのよ。思い出はかえらないものだと判っていても、何だか、いつかまた、そんな逢いかたで、その兵隊に逢えるような気もして来るンです。丁度、新宿のホームで、私がおせいさんに逢ったようなしくみで……。

　満洲に兵隊で行っていたと云う男に逢うと、私はその頃の部隊長の名前を云っては自動車隊の浜中の事を聞いてみるンだけど、どの男もスイフンガの事は知らないのよ。――此《この》世《よ》に本当の恋と云うものがあれば、こんな思いを指して云うのではないかしら……。どうでしょうか？　十五の時の、そこンとこの思い出だけが苦しいのよ。そこのところだけが、何だか金時計でも持っているみたいに豊かな光りかたなの……。おせいさんと私は、まるで前世からの親子みたいな関係になってしまって、もうこのごろは、二人の財布を気にしあう事なンてないの。二人でせっせと働いて貯金しようと話しあうのも愉しみなのだけれど、いくら貯金したいと思っても、どっちかが休む事になれば、金はすぐなくなってゆくのだし、全く金銭身につかずで、二人ともああと溜息まじりになるのですわ。でも、私もどうやら八千円の外套はつくったし、お天気のいい日は千円もする絹の靴下をはく場合もあるようになりましたわ。毎日、一人の男を得て一足の靴下代にも足りない働きだけれど、それでも、働かなければ食べてゆけないンですものね。私はもう、どの仕事も身にはつかないのをよく知っているンですもの……私のような女は、叩きのめされたところでどうにもならない型の女だと自分でそう思ってあきらめているンですわ。広い東京の夜のなかにはこうした女もあるンだと思って貰うンですわね。

いつだったか、兎《と》に角《かく》、暑い頃に逢った男だったわ。私は偶然に、四五日前に日暮里《にっぽり》の駅のホームでその男に逢ったンです。おせいさんが日暮里の病院にいるので、そこへ用達《ようたし》に行ってのかえり、ホームでぱったりその男に逢ったのよ……。いつかの朝、別れる折に、その男は、また逢いたいなと云ったの。何だか野辺地に似ているンだけれど、野辺地さんほど正直な人でもなさそうだったわ。ええ私も逢いたいわ、と冗談を云って別れたンだけれども、思いがけないところでぱったり出逢うと、そのひとも赤くなり、私もまごついてしまったりして……。丁度、黄昏時《たそがれどき》だったので、この辺にまで遠征しているように思われそうで、私は厭な気持ちだったの。そのひとは反射的に帽子をぬいだンで、私も丁寧におじぎをしたンだけれど、そのさきはどうしていいのか判らないままに、私、そこへ立ったなりでいると、男は私のそばへ来て、芝居のキップを上げようと云って、一枚、私の手にくれたンだけれど、私は、芝居なンか見てる気がしないので、貰った切符をくしゃくしゃとまるめて外套のポケットへ入れると、その男は妙な顔をして私を見ているのよ、何だかその紳士ぶりにぞっとするものを私は感じたンだわ。ふいにぶるぶると震えが来た位に。何の感情もなくて男と寝ると云う事位浅ましい事はないのだと思いました。全く……。妙な事だわ。そのほんの一寸した瞬間に、私は私の軀の汚れがぴかぴか光っているみたいな厭な気になったの。その人は善良そうで、いい眼をしているのよ。身だしなみもいいし、そうね、あの日は七百円も綺麗さっぱりと私にくれたのだわ。何者か判らないけれど、私は、でも、この身だしなみのいいひとをみて、何となくしんそこからぞうっと身の毛のよだつ思いになったの……。何処かでお茶でも飲もうと云うので、私たちは新宿まで行って、武蔵野館の横でお茶を飲んだのだけれど、何だか私は少しも落ちついた気にはなれなかったンです。向うも本当の事は云わないのだし、私もなおさら……。別れるまで、何処へ行こうとも云わないのよ。お茶を飲んでそれっきりで別れちゃったの……。そしたら、おかしい事に、昨夜の事なの、私はいつもの時間に新宿駅の前で、その男のひとに肩を叩かれたンですもの。夜だったので、日暮里の駅のようにびくびくはしなかったけれども、ほんの少しばかり親しい気も湧いて、私はそのひとの腕にとりすがって、からっかぜの吹くなかを無意識に歩いたンだわ。「まだかせいでいるのかい？」ってそのひとは云うのよ。だから私も敗けない気で、「ええそうなの……どうにもならないものね」と、云ってやったのよ。そのひとは、私がよっぽど変りものにでも見えたのか、きっと君がここへ来ると思って待っていたのだと云って、夏のころから二三度このへんをぶらついた事もあると云うのよ。

例の家へ行ったンだけど、そのひとは黙って煙草ばかり吹かしているの。妙な事だけれど、私も煙草を貰ってふかしながら黙っていたの。いつまでも果てしがないので、寝床を帳場で借りて来て、敷き始めると、そのひとは、僕はもう暫くこうしていて帰ると云うので、私は何だか気づまりで、敷きかけた蒲団の中へ冷くなった脚を差し入れて、そのまま黙っていたのよ。

「君はいつまでこんな事をしているの？」

と、そのひとが聞くンで、「そうね、判らないわ。どうにかなるまで……」と返事をするしか仕方がないでしょう？　三度逢うなンて妙な事だと云うと、「本当だね」って笑うのよ。背が馬鹿に高くて、仲々渋いいい男だと思ったわ。年は三十五六かしら？　「兵隊に行ったの？」って聞いたら、「ああ」って返事なのよ。私も立ちいって聞くのはめんどうだったのでそれっきり黙っていると、「君は独り者かい？」とまたぽつんと聞くの。「ええ、どうして？　私、去年満洲から戻って来て、独りなのよ」「ふうん、満洲で何をしていたの？」「芸者してたのよ」そのひとは、へえ、そうなのかい、と云った眼つきで、驚いたように私を見たの。旦那はなかったのかって聞くから、兵隊相手の芸者で、将校でいいひとが出来たって、みんな短い間だから大した事もなかったわと話すと、そのひとは、君は馬鹿に正直者だねと云うのよ。

「何も嘘を云ったって、始めっから素人《しろうと》で逢ってるンだもの、ていさいのいい事云ったたって駄目じゃないの。そんな事めんどう臭いわよ」って云うと、そのひとは、六年も兵隊に行ってて、十年前からの恋人があったンだけど、そのひとの留守中にいいひとが出来ちゃって、まだ結婚はしないンだけれども、もう、すっかり、その恋は色があせちゃって、いまさらもとへ戻す勇気がないからあきらめてくれって、その女のひとが云うンですとさ……。それで、すっかり、妙な気になってぶらぶらしてたンだって云うのよ。そのひとも、新聞社に勤めてるンですって。私、野辺地さんを思い出して、妙な気がしたンです……。そのひとは、私とね、一緒になろうって云うンだけど、私何だか怖ろしい気がして仕方がないの。いかにも妙な事だと思うのよ。こんなに女のひとが多いのに、どうにもこうにもならない私なンかと一緒になるてはないじゃアありませんか……。今朝がた名刺を貰って別れたンだけど、ほら、昔モロッコって映画があったじゃないの？　私神戸にいる頃見たンだけど、おぼえてるわ、汽船に乗った女が、紳士から名刺を貰って、その名刺をこなごなに破いて波の上に捨てるとこあったでしょう？　私、あれを思い出したのよ。まだその頃は子供で、何気なく見たンだけれど、私いまになって判るのよ。あの女の気持ちがね……。

別れて戻る時、私もその名刺破いちゃったの……。もうこんりんざいこの男と逢うものかって……。お互いに似通った虚無的な気持ちだって云っても、その虚無は白と黒の違いがあるのよ。ねえ、そう思わないかしら……。考えたって無理な相談だと思うわ。長続きしやしないし、夫婦になったって、いつの間にか思いの濃さが薄くなったンじゃア、私が浮《うか》べないもの……。夫婦ってものは、私だっていっぺん、そんな思いはしてみたいと思うけれど、私にはもうその資格はないのよ。落第坊主なのよ。——私にはいまだに一つ星のあの兵隊の思い出がはなれないンですもの……その後、いろいろな事があったわ。影の濃いのや薄いのや、様々な男の亡霊が私をとりまいているンだものやりきれやしない……。それに、そう、急には、私はそのひとを御亭主らしく愛してゆけるかどうか自信がないンですものね。私はどうしてだか、始めての兵隊が忘れられないのよ。戦死してるかと思うと、なおさら可哀想でたまらないのよ。私が素人の娘だったら、そんな思い出なンかふり捨てられるでしょうけれど、そして、さっさといいひともつくり、結婚もするんでしょうけれど、私は本当は男なンてあきあきしてるのよ。結婚なンて真平《まっぴら》だわ。畳の上でいい死にかたをしようなンて一寸も思わないの。乞食になってもいいから、ぼろぼろのままで生きていたいの……。私は心だけは、あの兵隊に貞女でいたいのよ。何しろ、十五の時ですもの、開けっぱなしでこんな話は変でしょうけれど、あの兵隊の事だけは、私、生涯忘れられないンですもの。どんなお婆さんになっても、この思いだけはとおしていたいのよ。判って貰えるでしょうか？

　私がいまの年頃だったら、あの兵隊と自動車の中でさしちがえて心中していたかも知れないわね。私、そんな空想をして一人で愉しんでる時があるのよ。いまに何処の国へ行ってもいいってことになったら、私はねえ、もう一目散に、スイフンガへ行って、あのかちかちに凍った雪野原に立ってみたいと思っているの……。一度でいいから、ごうごうって鳴る満洲の風に吹かれてみたいわ。狼に食われたってかまわないの。それこそ死んだって本望だわ。あの時、私が子供だった事がいまになって口惜しい位ね。あの兵隊は、子供の私を抱いてがたがた震えていたンだわ。二人は接吻をしながら、本当に凍りつきそうだったわ。ごうごうって自動車の屋根が風で鳴っていたの。そして、吹雪がレースみたいに、自動車のガラス窓に張りついて来るの。エンジンだけがごっとん、ごっとん音をさせていたンだけど、二人はまあるいハンドルにかぶさるようにして抱きあって黙って眼をつぶっていたのよ……。とても、いまになったからってこの思い出だけは忘れる事は出来ません。何処にどうしているンだか判らないけれど、でも、まア、生きているとはどうしても思えないンですのよ……どうしたって。——どんな男にあったところで、あの感激は二度と私にはおとずれては来なかったンですもの……。結婚なンて罪つくりですわ。昨夜もね、もしもこのひとと結婚をすれば、自分の軀にどんな変化が来るかしらと、一生懸命にそのひとを愛そうと努力したンだけれども、どうにもならない……。テンで私はそのひとを愛していないと云う手ごたえだけが汐《しお》のように戻って来るンですもの。そのひとだって、十年の恋人のおもかげが多少なりともくっついていない筈はないもの……。私はもう駄目な女になっているンだとそのひとに云ってやりたい位だったわ。そのひとは私に接吻をしようとしたンだけれど、私は激しく首を振って、怒ってやったの。あの兵隊以外には、私は唇だけは他の男に許した事はないのです。今日まで清潔にここだけが私とあの兵隊の思い出の場所として残っているきりなんですもの……。

何もない私にだって、一つ位は取っておきのものがなくちゃア淋しいじゃありませんか。本当はねえ、屋台のおでん屋でも出来るなら、おせいさんとやってみたいと思うンですけど、それだって、いまは出来ない事なンでしょう？　人生の半ばを一寸しか出ない私が、自分でも哀れだと思いますけれども、何とかいい考えはないものかと、今日一日そればっかり思っているンです。つくづく街へ出てゆくのが厭になりました。あのひとと夫婦になったところで、それで幸になると云うものでもないし、それに、幸が、この世にあるなどと甘く考えてみることさえ私にはそぐわぬ事だと思うの。現実に引きずられながら、私はこれでもね、清潔な美しい生活だけは憧れているのです。誰をも傷けない、それに私自身にも、あまり侮辱をこうむらない生活を思っているのですけれど、いったいどうしていいのか見当もつかないのですものね。

男を完全に識ると云う事は、此世《このよ》にある事でしょうか？　私には判らないのよ。只、こうして生きていてこの若さにひびがはいってゆくのをじいっと眺めて生きて行くだけ。それで充分なの……。いまに、きっと、この幕切れは来ると思います。——生きているならば私の姉も、私の妹も私と同じような気持ちで何処かで苦労をしているのじゃないのでしょうか。私はいつもこうして、毛布にくるまりながら、寝覚めの顔を手鏡にうつして見るのが好きです。私の顔のなかに姉も妹も住んでいるンですものね——只、何となく生きている、それで充分です。何を望むところがあるでしょう……。幸運にめぐまれたからって大した事もありません。いまさら私のいままでの事を昔へもどす事も出来ないし、まア、不幸の淵のなかを落葉のように浮いて、やがて静かに沈んでゆくのをじいっと待っているのが私の運命なのでしょう……。今朝がた別れた男のひとだって、いまにきっと軀のきれいな女をみつけて、ああんな女と一緒にならなくてよかったと、私の事を想い、自分の幸運をよろこぶ日がきっとあるに違いないと思います。でもね、私はおかしくなっているのよ。今朝がた別れる時に、私はあのひとからお金を貰って来るのを忘れていたンですもの……。それだけが一寸《ちょっと》残念だと思うきり。ねえ、それはそれ、これはこれなンでしょうからね。

(「オール讀物」昭和二三年二月)

トランク

丹野重治がハルビンから、モスコーのR新聞支局へ栄転したのは、満洲事変も済んだ三年ばかり後の事であった。細君や子供を内地へ送り返すと、丹野は身軽になって、モスコーへ独りで発って行った。十一月も半ば過ぎであったけれども、シベリアは雪であった。——国際列車の一等のワゴンリーにおさまり、これからの自分の将来に、不幸な犠牲が待ちかまえているとも知らずに、丹野はシベリアの吹雪の中を走る汽車にゆられて、長閑《のどか》に矢田挿雲《そううん》の太閤記なぞを読み耽っていた。朝の海拉爾《ハイラル》を通り、昼頃には税関のあるマンジュリを通過した。二重窓の向うは淡い陸地の海である。紅い荷物列車が時々小駅ですれ違った。

ハルビンを発った、次の日の夕方、七時頃、ハラノルの小駅へ着いた。ここでは給水でもするのか、汽車が暫《しばら》く停《とま》っていた。シュッシュッと湯煙をあげている車輪の軋りが、何となく物淋しい感じである。国立銀行員だという、よぼよぼの老官吏が、大きい鞄を持って、ルーブルの両替を尋ねにやって来た以外には、誰一人ワゴンリーの戸を叩くものもなく、丹野は太閤記を卓子に投げ出して、二重窓から雪の降りこめている暗いホームを覗いていた。毛裏外套《シュウバア》を着た駅員が青いカンテラをつけて、窓下の車輪を、点検して廻っている。夕食が始まる時間だと、丹野は時計を眺めた。そろそろシベリアの退屈病にかかり始めているようだ。誰かに話しかけたいような気がして、丹野は小声で歌ってみたりした。退屈な食堂の味気なさもよく心得ていながら、丹野は始終食堂の事を考えている。我慢のならない退屈な旅路であった。妻子を連れて来るべきだったと名残《なごり》惜しい気もして来る。そのくせ、モスコーでの新しい生活を考える事は若い新聞記者の丹野には愉快でない筈がない。ひたすらに同僚の山崎のいるモスコーに早く着く事が望みであった。窓の外は、吹雪の為に死んだように静かになり、冱寒《ごかん》のきびしさをみせている。鉄に指が触れると、指が吸いつく程の寒さとはこの事であろうか。だが、スチームの通った一等のワゴンリーの中は外套なしでも充分暖かであった。丹野は退屈なあくびを噛み殺して食堂に出てみた。食堂の真中《まんなか》あたりに、若い日本人の男が一人で食事をしていた。欧州人のなかに混った日本人ぐらい孤独気なものはない。丹野は新聞記者の勘で、おや、何時、何処から、こんな日本人が乗っていたのだろうかと不思議な気がした。真中の通路をへだてた右側に空席があったので、丹野は、そこへ行って腰を掛けるなり、丹野の方から気軽に名刺を出してその日本人に自己紹介をやった。相手も亦《また》よほど嬉しかったとみえて、ナプキンで唇を拭きながら名刺を出した。「どうです？　こっちへ一緒になりませんか」と、云《い》われて、丹野はちらと相手の名刺を眺めながら、席をその男の前へうつして行った。三宅郡太郎と云って、日本大使館の書記生としてモスコーへ行く若い外交官であった。風邪でワゴンリーに引きこもっていたのだけれども、あんまり退屈なので、珍しく食堂へ出てみたのだと云った。マンジュリの税関で、汽車の窓からあなたの姿を見かけていましたよと、笑いながら話しかけて来たのが、丹野には馬鹿に気に入り、二人はプンシュを注文して飲んだ。酔いがまわるにつれ、十年の知己の如き思いがして、兎《と》に角《かく》、モスコーへ着く六日あまりのシベリアの旅路を、退屈だけはしないで済むような気がして愉快であった。——三宅は北海道の旭川の生れで、学校は帝大の法科出身で、まだ妻子のない三十二歳の青年である。丹野は東京生れで三十四歳。短気で坊っちゃん気の抜けないさっぱりした江戸ッ子かたぎであった。三宅はがっしりした軀《からだ》つきで、日本人には珍しいすくすくとした背丈だった。如何《いか》にも北国生れらしい頑固な性質を持っていたけれども、非常にもの柔らかな態度で、無口な人柄である。同じモスコーへ行く友人が出来ては、ワゴンリーへ戻っても、丹野は二十号室の三宅の部屋の方へばかり遊びに行った。——翌日の夕方ノオボオシビルスクを通過した。酒の量は二人とも同じ位で、二人はボーイにプンシュを持って来させては夜更けるまでちびちび飲み明かすのである。汽車が目的地に着くまでは貴方まかせなのだ。二人は別々のワゴンリーで寝る以外は、何時もどちらかのワゴンリーを訪問しあっては酒を飲んでいた。二人とも、モスコーへ行くのは始めてである。ソ連の政治経済果ては文学から音楽に到るまでの話にも尽きて、東京の何処そこの何は美味いと云う話に到り、プンシュの酔いがまわるにつれ、短気な丹野と、頑固な三宅は各々の性格の違いも少しずつ判然して来るのであった。

　シベリアを走ること五日目に列車はオムスクに着いた。夜であった。どやどやと二三人の女達が、湯を入れた馬穴《バケツ》をさげて、二人のいるワゴンリーの床を拭きに来た。紫色に腫れあがっている女の手の甲を見て、丹野はふっと心が痛んだ。始めて若い女を見る気がした。いずれも不器量な女達ではあったが、露西亜《ロシア》の小説の中に出て来る、貧しい女達の世界が感じられて哀れな気がした。オムスクで、すでに此様な女達しか見ないとすれば、モスコーへ着いてからの女の景色と云うものは、あまりあてにはならないような淋しい予感がするのである。「復活」の中に出て来る、カチュシャの可憐さは、この長いシベリアの沿線には一度もお目にかからなかった。丹野はプンシュに酔ったせいもあってか、床拭きの女達に軽い冗談を云ったりした。女達も冗談を云った。

　モスコーへ行く二人にとっては、案外シベリアの旅行も思い出深いものになりつつあった。白い陸地と、プンシュと、床拭きの女の笑い声が馬鹿に心に残る。——翌日、五時間も遅れて、列車は夜更けのモスコーへ着いた。雪は霽《は》れて、きらめくばかりのはっきりした星空である。何処かへ夜行列車で旅立ちをするらしい若い女の群が二三十人、熊の子のように着ぶくれて、三角布で頭を巻いたのがホームに群れていた。丹野はその女達の顔を、暗いホームの燈火で透かしていた。二年ばかり逢わなかった同僚の山崎が迎えに来ていた。シュウバアにラッコの帽子を被った小柄な山崎の姿が、ひどく丹野には日本的でなつかしかった。三宅は大使館からの迎えの自動車に乗って後日を約して行ってしまった。駅で手続きの済んだ丹野も、山崎の乗って来た自動車に乗った。日の丸の旗がフットライトの光芒の中で青くひらめいている。きびしい寒気のせいか、停車場の汽笛の音が高く澄んで聞えた。数寄屋橋《すきやばし》辺に似たプウシュキン広場を通って、自動車は暗い道を走った。丹野は馬鹿に興奮している。山崎は云った、「メトロポール・ホテルと思ったンだけど、疲れている君には、かえって、気楽な僕の宿舎の方がいいだろう。僕の下宿に部屋を取っておいて貰ったよ」「そりゃア有難《ありがた》い。その方がいいなア。昔から僕はホテルと名のつくところはあまり好かないよ」山崎の思いやりをしみじみと感じ、自動車の中では、欧州にいる特派員の誰彼の話になり、やがて郊外に移ろうとするソコーリニキイ公園近くの山崎の下宿へ着いた。かなり遠くへ来た気がした。三階建ての割合にこざっぱりした住宅で、階下の広い部屋が丹野の為に用意されていた。薪の燃える暖炉があり、くすんだ緑の壁ぎわに古色をおびたピアノがあった。此家の誰かにあたるのであろう、色刷の軍服姿の立派な男の写真が、所々方々に飾ってある。古風な広いベッドが窓ぎわにある。あとで、山崎の部屋に行く事にして、丹野は古ぼけた安楽椅子にひとまずどっかと腰を降ろした。家の中の人はもう寝静《ねしずま》っていると見えて四囲が森閑としていた。山崎は二週間ばかりすれば、丹野に事務引継ぎをして、巴里《パリ》へ出てマルセイユから船便を待って日本へ帰国する事になっているのだ。

　山崎の宿舎は非常に居心地のいい家である。ミンスク県の貴族の出で、以前は領地もかなりあったのだそうだけれども、七人からある子女の教育の為に、財産もあらかた失って、いまは、すべての領地を放して、モスコーの郊外にこの家を求めて住っている。紹介された主婦は骨太な老婦人であった。長い事巴里にいたとかで、仏蘭西《フランス》語も綺麗な発音である。――丹野はひどく此家が気に入ってしまい、ホテル住いをする事なぞは断念して、山崎のあとの部屋を引継ぐ事にした。

　二週間目に山崎は、夜更けの汽車でペロラスキー停車場から巴里に発って行った。山崎はカピタリナカーパと云う、秘書に使っていた女を紹介して去って行ったが、丹野はこの女が気に入らなかったのだ。馬鹿に欲の深い女で、山崎の場合はこうだったとか、ああだったとかと、丹野の心づかいの浅さに対してずけずけと注意をするのである。丹野は、さっさとカピタリナカーパを退職させてしまった。——その頃、丹野は三宅とは度々会っていたので、三宅と相談をして、女秘書を求める広告を新聞に出してみた。事務所であるメトロポール・ホテルの一室で、応募して来る女秘書に丹野は三宅と二人で面接した。四人ばかり、若い女が、新聞を見て尋ねて来たが、四人目に尋ねて来たヴェラ・ワシリエヴナ・ラチノバと云う女は、丹野と三宅が眼をみはるほどの美しい婦人であった。露西亜人にしては割合小柄で、灰色に近い眼の色が、長いまつ毛に囲まれてすずやかである。黒いスーツに、白いブラウスをぴっちりと身につけて、胴の太い女の多い露西亜婦人のなかに、珍らしく腰のくびれた、姿のすっきりした女であった。ミンクのシュウバアをぬいで、紅縞の三角布を頭から取ると、金髪の波打った豊かな頭髪が、黒い服の肩にあふれる。丹野はすっかり気に入ってしまい、そくざにヴェラ・ワシリエヴナ・ラチノバに来て貰う事にしてしまった。流石《さすが》はモスコーだと思った。美人はいないとあきらめて来ていただけに、丹野はモスコーの生活も愉しい予感がしてならない。——一週間ほど、ラチノバとは事務所で仕事を共にしてみたが、ひどくしっくりした調子であった。ラチノバは二十歳で、まだ娘だそうだったが、二十四五歳位の才能があった。——丹野は一週間目にラチノバの家へ招待された。三宅を誘ってラチノバの家へ興味を持って行ってみた。繁華なペトロフカ街に近いのだそうだけれども、その一区は割合静かな通りで、以前は中流階級ででもあったに違いない。かなり手入れのとどかない荒れ果てた住居であった。出て来たラチノバの母は、思いがけなく若々しい婦人で、むしろ、好みによっては、ラチノバよりも、母親のセイフリイナの方が美人と云えるのかも知れない。年の頃はいくつであろうか……。ひどく若々しく見えた。小柄ではあったが、ラチノバよりも肉づきがよく、小皺一つない血色のいい小さい顔をしていた。伊太利《イタリア》の女ではないかと思える程の黒目勝ちで、髪の毛も暗い金髪である。家族はこれきりなのであろうかと疑いが起きる。厭《いや》に森閑《しんかん》としている。だが、何処かの部屋では、何となく人間がいるような気がしてならない。ラチノバ親子はもの静かで、非常に上品な女達であった。前菜が出て、葡萄酒《ぶどうしゅ》が運ばれた。二人の女が、かわるがわる台所から運んで来るのだ。狭い部屋だったが、部屋の隅にベリオザの鉢植があり、皿時計が壁に飾ってある。どれもが古色をおびてはいたが、卓子の白い卓布だけが、板のように固くアイロンがかかっていた。温室咲きの桜草が少しばかりガラス瓶に差して卓子の中央に飾ってあった。——三宅はすっかりセイフリイナが気に入ってしまい、帰りの自動車の中では、急速にセイフリイナ好きになった事を丹野へ告白したりした。丹野はセイフリイナにいっそのこと露西亜語を習うようにすればいいと進めてみた。「そうすれば、週に何回か会えると云うものだよ。その上で君の気持ちを打ち明けると云うことにしたら、どうなの……」「うん、いい考えだ。だが、いったいあの女は幾つだろうね。まるで姉妹と云ってもおかしくはないよ」「三十七、八と云うところかな。綺麗だね。どんな素性なのかなア……。パパの事を少しも云わないところをみると、どうなのかね？」――二三日して、丹野はラチノバに父親はどうしているのかと聞いてみた。二年程前に父はペエルミの鉄道病院で亡くなったと云った。現在は母一人子一人の淋しい生活なのだそうである。その日も、仕事がひとかたづきして、ソファにいこいながら、コンパクトで化粧をなおしていたラチノバは、丹野の方を熱っぽい眼でちらちらみつめていた。丹野は誘われるようにソファに行き、ラチノバと並んで腰をかけた。悪戯《いたずら》にともなう恐怖が、その悪戯の最も大事な目的をなしているかのような面白さで、ラチノバは、丹野の手の上に自分の手をそっと載せた。丹野はあわててラチノバの冷《つめた》い手を取り、唇へ強く押しつけてみた。案外反抗はしなかった。小鳥の啼声《なきごえ》のように咽喉《のど》をはずませて、ラチノバが丹野の胸の中に顔を埋めにきた。甘い香料の匂いが丹野の鼻をついた。遠く故郷を離れた孤独な淋しさが、急に渦をなして、丹野はラチノバの肩を掻き寄せるようにして、不器用に接吻《せっぷん》を求めている。ラチノバは腕を緩めた。鈍い空虚さが丹野の腕のなかにごぶごぶと流れ込んで来る。愛している。そのくせ、その愛情のなかには言葉の通わないもどかしさがあった。暗い影を背景にした愛情の行き交いが不吉な予感で、丹野の瞼のなかに光ったけれども、丹野はラチノバを抱いた腕の力を一向に緩めなかった。緩めてしまえば、この小鳥は何処かへ行ってしまいそうである。

　三宅は三宅で間もなくセイフリイナに露西亜語を習い始めた。そして三宅は、何時となくセイフリイナといい仲になってしまっていて、セイフリイナの事で夢中であった。頑固な性質だけに、三宅のセイフリイナに対する愛情も激しいものであった。時々メトロポール・ホテルの事務所に三宅とセイフリイナが連れ立って来るようになり、何時の間にか、二組の鴛鴦《おしどり》がむつまじく事務所のソファに並ぶようになり、時たまのいい天気の日には郊外にドライヴをする事もある。だが、二組の鴛鴦は、なるべく人目の多い処へ外出してゆく事は好まなかった。メトロポール・ホテルの事務所の中とか、ソコーリニキイ公園の近くにある丹野の宿舎を選んで四人は繁々と集っていた。時たまラチノバの親子が尋ねて来ない日は、丹野も三宅も所在ない気でどちらかに誘いあい、オートカに酔って気持ちをまぎらせていた。旅空にあっては、明日の日はどうでもいいのである。今日の日を満ち足りて過したい欲張った淋しさが、丹野と三宅をますます親近なものにしていた。大の男が異郷にはるばると来ている目的が、暗い幕のように二人の沈黙のなかにたれこめていた。一人は官費を貰い、一人は社費を貰って、この大陸の霞《かすみ》の中に流されて来ているのだ。二人は公費を貰って異郷にある義務を忘れないと云うしるしに、時々はひそかにその事に就いて二人だけで論じあう時もあったが、恋を考える思いの方がずっとそうした職務の事よりも重大になって来ている。時にはやぶれかぶれな思いになり、そのまま日本へ電報を打って職を解いて貰いたい決心をする時もあった。だが、さて、そうした決心もすぐ鈍って来るのは、職を解かれたその日から、丹野も三宅も、どうして女をかかえて生活してゆくかと云う問題であろう。自分のやっている事を考えると、丹野は自分を優秀な特派員とは思えなかった。寝ても覚めても、こうした旅空の憂愁が、彼の心を苦しめている。如何なる輪廻かとも丹野は考えるのであった。

　モスコーへ来て、愉しい、そして、うつろな一年は過ぎていった。日本から来る妻の繁々の手紙に対しても丹野は通りいっぺんの返事を書くに過ぎなかった。検閲制度のきびしい事を幸いにして、丹野は仕事にもあまり身を入れなかった。そうした暗澹《あんたん》とした生活がやぶれかぶれな気持ちで続いているさなかに、Ｒ新聞社から丹野に或《あ》る日帰国命令の電報がとどいた。丹野はその電報をすぐ三宅に見せたが、三宅は三宅で急に二ケ月ばかり、巴里出張を命ぜられていた。三宅は、巴里まわりで戻って行く丹野と別れの旅路に同行出来ると慰めてはくれたが、「ラチノバにどうして云い出したらいいかね？」「仕方がないよ。人生とはこうしたものなのさ……どうしたって云わなくちゃならないだろう……」翌日、丹野は出勤して来たラチノバを自分の宿舎の方に連れて行った。すぐその後から、三宅とセイフリイナがやって来た。セイフリイナはもうおよその事を三宅に聞いたとみえて、瞼を赤く泣き腫らしていた。ラチノバは丹野の腕に抱かれて不安そうな表情でいる。三宅が正直に丹野の帰国の事を知らせ、自分も二ケ月ほど巴里へ旅立ってゆくけれども、ひょいとしたら、再びモスコーへ戻って来られない事態になっているかも判らないと云い出した。「本当なのかい？」丹野は吃驚《びっくり》して三宅を見た。「いや、判然とは云えないけれどだ、予感がするンだよ。僕達は、ね、セイフリイナやラチノバとつきあっている事は、相当日本人間にもその筋にも知られているンだよ。妙な密告が一寸《ちょっと》あったンだがね。今日も大使に云われたンだ。近いうちに、異動があるだろうって……ひょっとしたら、僕は南京へ追いやられるかも知れないンだぜ……」丹野は、ほほうそんなことになっているのかと、自分達の身辺に、眼には見えない暗いものがおおいかぶさって来ている事を感じた。秋空を隊列をなして窓の外を飛行機が飛んでいる。ふっと、セイフリイナがこんな事を云い出した。「貴方達が行ってしまえば、私達はいけない事態が起るかも知れないのよ。ねえ、私達も巴里へ行きたい……。巴里に行きたいのよッ。何とかして脱出は出来ないものでしょうか……」ラチノバは咽喉を鳴らして泣いている。丹野の頭髪へきゃしゃな指を突込んでむせび泣いていた。丹野がラチノバのショールに手を触れると、なまあたたかい涙の粒が手の甲にふりかかった。切なくなって、丹野も白いハンカチを瞼《まぶた》に押しあてた。これが別れなのだ。あと一ケ月もすれば後任の伊藤が東京からやって来る事になっている。三宅は窓ぎわの安楽椅子に腰をかけて、セイフリイナを膝に抱きかかえていた。丹野はベッドにラチノバと並んで腰をかけていたが、ラチノバは丹野の咽喉仏のところをさすりながら、時々激しく嗚咽していた。一年近い間の色々な思い出が、また新しく女達の涙を絞っている様子だ。

女達に帰国の宣告をして暫くしてからの或る雨の日、丹野と三宅はモストワヤの賑かな街通りに自動車をむけて、雑貨屋にはいって大きいトランクを出させてみた。極大の大型トランクが欲しいと注文をしたが、そうした品物は仲々《なかなか》発見出来なかった。板が芯になって、薄い革の張ってあるチャチなトランクはすぐこわれてしまいそうであったし、金具の鋲飾《びょうかざ》りの多い、鉄製のトランクはあの事には工合が悪いのである。二人は思いきって国立中央百貨店にはいって、シナ行李《こうり》に近いニス塗りの大型トランクを発見して、その行李を二つ求めた。籐《とう》で編んで、それにニスが固く塗りつけてあり、角々を厚い革でとじつけてある。不細工ではあったが、あの事には非常に工合が良さそうであった。

誂《あつら》えむきの行李を手に入れて、丹野の宿舎に三宅はまず運びこんでおいた。あの事に就いて、これから、何日かかかってトレイニングしなければならない。

丹野は気でも狂ったような快活さで、そして、此上もなく呑気《のんき》な大胆さを粧《よそお》う為に、女達が来ると、まずポオタブルのレコードをかけて、外目には如何にも、ダンスでもしているかのような風に見せかける。それから扉に鍵をかけ、窓のブラインドもおろして深くカアテンを引く。扉の鍵穴にもハンカチを詰めておくのだ。穏かに事を運ぶにはあせってはならないのだ。周囲《あたり》一面が危険な霧にたちこめられている。レコードの音色はダンス曲のピイナツバンド。聴いているうちに二組の鴛鴦《おしどり》は、時々眼を見合わせては深い溜息をついた。埃だらけの古風なシャンデリアに燈火がともっている。卓上も椅子も片づけられて、栗色のカーペットの上に二ツの行李型のトランクが並べられる。トランクの内側には緑色の固い布が張りこめてあった。その中に毛布を敷き、用意された幾つかのクッションや空気枕を詰めこんでまず、ラチノバがおさきにトランクの中へ長い航海に向う表情で、軀を横たえる。

　三宅の方も不器用な手つきで、同じような事をやっている。丹野はラチノバの額に軽い接吻をして、上から毛布をかけてトランクの蓋《ふた》をしてやった。レコードが同じところを廻っている。丹野はあわてて新しくレコードを変えた。三宅の行李も蓋が閉った。二人の男たちはＹ襯衣《シャツ》の袖をたくしあげて、その不細工なトランクに革のバンドをかけて固く締める。丹野はこの冒険が成功するように神々に祈らずにはいられなかった。二つの厄介なトランクは、三宅が外交官の荷物として引き受ける事になり、ペロラスキー停車場までは自動車で運び、なるべくこの哀れなトランクに附き添って汽車に乗る事にする。ワゴンリーに這入ってしまえば、トランクの蓋を開けて、自分のベッドへほんの少しでも寝かせてやる。——ミンスクには朝、それから、昼には国境のネゴレロエである。この最も難関である、ネゴレロエを越えれば、夕方に波蘭《ポーランド》の国境であるストロプツェだ。ここから四人の新世界が始ってゆく……。ああ何事もなく此凄惨なトランク旅行がうまく運べばどんなにいいだろう。波蘭の国境にさえ這入り込む事が出来れば、ワゴンリーの中の看視もきびしくはない筈だ。夜更けてワルソーに着く筈だから、ワルソーで、途中下車をして、トランクと共に一泊してもいいのである。空想は次から次へと頭のなかに明滅した。巴里にさえ無事に着く事が出来れば。——脚もとに横わる大型トランクは森《しん》として少しも動かない。丹野は寝棺のように並べられた二つのトランクが哀れでならなかった。「じゃア、やってみるか」三宅は丹野に合図をした。丹野はようしと口の内につぶやきながら、まず、ラチノバのトランクを壁ぎわの方へゆっくり転がしてみた。何の反応もない。今度はそのトランクの角へ手をかけて立ててみる。ラチノバの頭部になった方へ、三宅のネームの頭字が白くはいっているのだ。壁ぎわに立てたトランクは、少しも動かなかった。何の反応も示さない女の我慢強さが、丹野の眼頭を熱くした。男に連れ添ってモスコーを脱出して、巴里へ行きたいと云う女心が愛らしく、気をそろえた四つの車輪は、ひたすら巴里へ心が向いているのだ。三宅もレコードをかけ替えて、ゆっくりとトランクをピアノの方へ押し転がして行った。軀の割には、まことに、不器用な腰つきなのが丹野にはおかしくてぷっと吹き出した。空虚な、ねばりのない、すぐ消えてゆく笑い声も三宅には救われる思いである。「どうだ？」「うん、動かないよ。——だがね、いったい、これは何が這入っているように見えるだろう？」三宅が行李に凭《もた》れて云った。「相当の重量がある事に注意しないといけない……十五六貫はあるだろう。まず、それからだ。当日は水分を摂《と》らさない事だね。気附薬のようなものと、脱脂綿とを忘れないように……」「うん、万が一……不審がられたとした場合は、何と云う事にするンだ？」「書籍では疑われる可能性があるから、まず、衣類だな……転任なので、あらゆる雑品と云う事にしてもいいが、肩書きがものを云う以上、税関も、怪しいと睨むだろう。だが、外交官の荷物を調べるわけにもゆくまい……」「うん、それは無難に行ったとしてだろう。……」「無難に行かない場合の事は、この荷物が危険なものだけに、幾通りも抜け道を考えておいた方がいいンじゃないかな……」三宅も素直にうなずいた。

　始めは冗談のつもりで、そしてまた到底、そのような冒険がやりおおせるものではないと、可能性のない、夢のような話だったのが、何時の間にか、女の必死な願いに変り、その不可能が少しずつ可能の現実の事に喰い込んで来ていて、いまではのっぴきならない実験の過程のなかに這入りこんでいる。そして、丹野や三宅は追われる人のように、おびえ心をかりたてられているのだ。――やがて、トランクを開いて、女達を出してやった。女達は案外元気ではあったが、二人とも蒼い顔をしていた。その蒼ざめた顔を見ては、駈落ちの計画が二人の男の胸に不安なものを感じさせる。――いまでも幾ケ月かのモスコーでの月日が生涯かけてこよなく美しいものに感じられて来る。――七月の暑い日であった。近郊のジャードリノの村へ丹野はラチノバと二人でドライヴをした事があった。からりと晴れあがった高い空に、白雲が波立っていた。馬鹿に鍛冶屋の多い部落を通って、丹野の運転する自動車は、地熱のむっとする、舗装してない、悪い道路を走り抜けて、景色のいいジャードリノ村へ這入って行った。赤煉瓦《あかれんが》の駅のそばに自動車を停めて、二人は小さい河の畔《ほと》りを伝って林の方へ歩いて行った。ラチノバは心持ち上向きの鼻の先きをぽっと紅く染めて汗ばんでいる。透きとおるような蒼味がかったむき出しの胸が冷たかった。林を抜けて河の上を吹いて来る風は案外涼しい。鬱蒼《うっそう》と針樅《はりもみ》にかこまれたなかの柔かいクロバーの上に二人は寝転び、暫く梢《こずえ》ごしの空をじいっと眺めていたが、名も知らぬ小鳥が鳴きたてているきりで、四囲はひどく物静かであった。河岸にあたる水の流れの音も耳につくほど森閑としている。丹野はそっとラチノバの厚い胸の上へ手をやった。ラチノバは丹野の手を取って、ワンピイスの脇のフックをはずした穴の中へ、丹野の手を差し込んでやった。柔い絹のシュミーズの上から、胸当てもない盛り上った乳の円《まる》みが、丹野の手にはぐいとはみ出る程大きく感じられた。丹野はラチノバのむき出しの胸の中へ頭をこすりつけて、乳房の上へ顔を埋めた。クローバの匂いと一緒にぷうんとわきがの汗臭さが鼻をつく。男の欲望をかりたてる匂いであった。絹の皮膚を透してぽってりした柔い腹部をつまむようにして、丹野はラチノバの濡れた唇を封じた。

遠い以前、まだ外語の学生時代、帝国ホテルの小劇場で観た、桜の園の舞台面が、ふっと瞼に浮び、自分が、そうした作中にはいっているような錯覚を感じて来る。白夜の長い真夏の村落は、何時までたっても四囲の景色に何の変化もない。革命に洗われた国とも思えない大自然の悠々とした色硝子のような明るい黄昏《たそがれ》の中に、丹野は、ちっぽけな故国のいざこざなぞはどうでもよいと思われるのだった。いずれは、ラチノバと別れる時があろうなどとは考えたくなかった。そうした別れがいずれの日にか来る事は判ってはいるけれども、女との別れを考えるだけでも丹野は嫉妬を感じる。白人の女を意中のものにしているかすかなほこりもあった。始めの頃は、五分々々で愛しあっているのだろうかと、ひそかな疑いや負い目もあった。そして、自分の心のなかに、仕事の上の主人としての、詭計を使った愛情ではなかったかと云う思いもないではなかったが、ラチノバの愛情にはそうした濁りが感じられないのである。月見草によく似た花が、白い黄昏の森の中に点々と咲いていた。河添いには柳に似たエリと云う小樹が並木のように繋っている。

小さい石段を降りて、ラチノバはハンカチを澄んだ水にひたして顔を拭いた。丹野は白麻の田舎風なルパシカを着ていた。石段に腰をかけて、じいっと昏い水に写る自分の顔が、如何にも東洋人で、何だか国籍もさだかでない迷い子のような貧弱な人種に見えて来る。

「ラチノバ、お前はどうして、俺が好きになったんだ？」と、丹野は濡れたハンカチで、スカートをめくって、むっちりした股のあたりを拭いているラチノバに甘えて云った。股ずれのような赤いぶつぶつが内腿《うちもも》に出来ている。「女は親切な男がいいのよ」エリのしなやかな梢を吹き渡って来る風は涼しく、その涼しさとラチノバの言葉は、丹野には胸の中に浸《し》みとおるのだ。二人のささやかなこの放恣《ほうし》も、よもや神々はおとがめではあるまい。この国の思想も、毎日の布告に表現されるきびしい精神主義も、ここではもののかずではない。只の人間が愉しくたわむれているのだ。帰りは、ラチノバの知っている居酒屋で、ジャガ薯《いも》と鶏肉を煮た大鍋のスープをすすって、まずい気の抜けたようなビールを飲んだ。居酒屋の裏ははたごのようになっていて、木造の二階建ての一部屋に上り、二人は裸で涼み、藁床のまだ藁の匂いの抜けない寝床で、丹野は、初めて悠々とラチノバと人間らしい愉しみに耽った。——全く四囲が暗くなったのは十一時頃である。二人はしっくりした満足感で、自動車でモスコーへ戻った。葛の花の咲き乱れた円屋根の教会や、ライラックの紫の花房の匂う、農家の、あの村落の半日の景色が、丹野にはなつかしい思い出だった。
――いま、このトランクのトレイニングにあたり、丹野は、汚穢と寒さの中に生き、侮辱や病気を忍び、暴王ファラリスの青銅の牛の中で、焙られる覚悟を示すことわざの強引さだけでは足りぬ。そんな、とりつかれた魔の力で、修練しなければならなかった。あだやおろそかでは出来ない仕事なのだ。宗教に近い愛情が、この怖ろしい仕事への勇気をかりたててくれた。女と男の愛の概念だけでは、やりとげられない大事業なのである。毎日、一定の時間に、ダンスをするとみせかけては、四人の車輪は目的の為に少しずつ走り出すトレイニングをしなければならない。毎日セイフリイナと、ラチノバのトランク入りが練習された。

　いよいよ、巴里へ向う日は迫って来た。

ラチノバやセイフリイナのこまごまとした荷物はまとめて、三宅が巴里の大使館に送ってしまった。あとは、後任の伊藤の到着を待って、この大トランクを運び出すだけである。毎日が不安の雨であった。その不安は、国境を越えると云ったスリルだけではなく、巴里へ這入ってからの生活の安定がないところのエトランゼエとしての不安も、丹野の胸のなかには澱《よど》んでいたのだけれども、少しずつ習練が進んでゆくにつれ、もう、いまでは、国境さえ無事に通過出来ればいいと、只それのみの願いにまで煎じつめられてしまった。独りで寝ている時も、丹野はしばしばうなされて眼を覚した。汗をびっしょりかいていた。ラチノバを巴里に連れて行って、それからどうしようと云うのだ……。胸をえぐるような暗い思いに沈みこんで、やっと明けがたになってとろけるような厭な眠りにはいる。個人の運命なぞは、国家の関心なぞ呼ぶものかと、三宅は安心させるように云ってくれるのだけれども、丹野は三宅が、自分よりも、この雄大な国家の或る看視におびえていない筈はない、と、彼の心の憔悴を見透かしているのだ。聖書の中のヨブのような、只一個の人間にしか過ぎないものの上に、メリクリウスの魔の杖を、手にふりかざす奇蹟を信じようとしている。大きなトランクを国境越えさせると云う事は、丹野にも三宅にも本当は奇蹟なのであった。

十一月の終り、いよいよ、後任の伊藤がやって来た。それとない、内地の不安な国際情勢も聞き、妻からのことづけの手紙や、子供の写真を丹野は受け取った。故国からの手紙や写真を受け取った時の丹野の気持ちは最も謙虚であった。だが、その謙虚さは、田舎で神社の前を過ぎる時の一瞬の謙虚さで、丹野は追いたてられるように本格的な悪魔の仕事にかかったのだ。——十二月の四日、丹野は送って行くと云う伊藤に、出発の日を五日になったのだといつわって、郊外の宿舎で三宅とともに二人のトランクを、古風な大型のクライスラアに積みこんだ。三宅がひそかに大使館の自動車を粗朴《そぼく》な運転手ごとまわして来たのだ。部屋から運び出してくれる運転手が、随分重い荷物だなとぼやいている。だが、そのくせ鼻薬が利いているとみえて、別段厭な顔もしないで自動車へ二つとも手伝って運びこんでくれた。宿舎の夫人は心のうちでは丹野に対して心よくは思っていなかったけれども、後任の伊藤が四五日うちにホテルを出て、丹野の部屋のあとを継ぐ事になり、丹野もぞんぶんに夫人にはコンミッションをしていたので、丹野を玄関まで送り出して来た時は、流石《さすが》に夫人も心やりをみせて別れを惜しんでくれた。——夜のペロラスキーまでの自動車の中は、丹野も三宅もあまり口数もなく、地獄の闇を走っているような不安におびえていた。「マダムがね、随分大きなトランクだと云ったぜ」「うん……」「気づいてはいないだろう。だが、女衆は駅に送りに行っているのかと訊いたよ」「そりゃアそうだね。姿を見せないンだから……」丹野は昼間から来ていた女達が、かんじんの夜になって戻って行った事に夫人が不審を持たないだろうかと思った。だが、もう運命は辷《すべ》り出《だ》したのだ。後の事はどうでもよくなっていた。密告されたってかまうものかと、自問自答してみる。汽車に乗ってしまえばいいのだ。十二時発の、国際列車がホームにはいって車輪の下から白い湯煙を噴いていた。珍しく雪のない日で、耳朶《みみたぶ》が痛いほどの寒い晩だった。モスコーの駅は改札も何もないのだ。そのまま自動車の荷物を、運転手に運ばせてワゴンリーに持ち込んだ。制服もない列車ボーイが、廊下にのっそりと出て来て、貨物の方へ預りましょうかと丁寧に聞いてくれたが、三宅は、此中の衣類を着替えるのでその必要はないとにべなく云った。そして、何気ないそぶりで、煙草を一本ボーイの口に咥《くわ》えさせて、ライタアをつけてやっている。丹野は思いついたように、ボーイに過分のチップをはずんでおいた。やれやれ、やっとの思いで乗り込んだのである。時々、丹野は卓子の下に横《よこた》わっているトランクを軽くノックして大丈夫だったよと信号をするのだ。十分もして間もなく、ブリッヂの梯子《はしご》がはずされた。汽車が後戻りするような震動で、ゆるく動き出した。過分な報酬を貰ったボーイは小柄なずんぐりした軀つきを、こまめに丹野達のワゴンリーに運んで来るので、丹野はこれは少々失敗だったと思い、「非常に疲れているから、夜が明けるまでぐっすり眠りたいんだ。用事があったら、いっぺんに済《すま》して行ってくれ」と云った。ボーイは承知して、一番最後に熱い紅茶を持って来て、お休みなさいと挨拶をして出て行った。三宅がすぐ立って行ってドアを閉めた。鍵をかけた。三宅は鍵をかけながら、小さい声で「手が震える」と云った。実際もうトレイニングしているのではないのだ。丹野も弱気な三宅の後姿にふっと嫌悪を感じた。廊下の足音が絶えるまで五六分はかかったであろうか。丹野は隣りのワゴンリーにどやどやと乗り込んで来た、中国人一行が有名な財界人S氏の一行である事を知った。巴里に政治的視察旅行に行く途上であるらしく、久しぶりに東洋人の顔を見る事は心丈夫でもあった。危険な旅行でなかったら、丹野はめったに会う事のない、この有名人をとらえて、さっそくインタビューに出掛けるところであったのだろう。——丹野はトランクのバンドを解いた。トランクの中でつぶやく声がした。蓋を開けると、長い間のトレイニングとは云え、ラチノバは蒼ざめていた。灰色の眼がうす紫に光って、じいっと寝たまま丹野を視《み》つめた。不安な表情が少しもない。まず抱き起して、冷くなっている紅茶を飲ませた。軀がしびれて仲々立ちあがれないのを、丹野は抱きかかえてベッドへ連れて行った。窓には厚くカアテンがおろしてあるので、汽車がどの辺を走っているのか皆目判らない。やがてセイフリイナも出て来た。案外、ラチノバよりも元気だった。三宅の首ッ玉にぶらさがるようにしてベッドに這い込んで行った。セイフリイナは、黒いカシミヤのスーツを着ている。ラチノバは濃緑の毛織の外出着を着ていたが、背中あたりが皺苦茶《しわくちゃ》になっていた。丹野は、セイフリイナが冷い紅茶をベッドに腹這って飲んでいる姿に何となく厭《いと》わしいものを感じた。そのくせ、ラチノバに対しては、何の厭わしさもないと云う矛盾にそっと頷くのである。三宅は大使館でつくらせた折詰の日本弁当を出した。丹野はサンドウィッチと鶏の丸焼きと葡萄酒を出して女達に食べさせた。廊下に人の気配がする、丹野は握飯《にぎりめし》を頰張《ほおば》ったまま扉に耳をつけ、ふっと、鍵穴に気がつき、ハンカチを鍵穴へつっこんでおいた。ゴマのついた握り飯は美味《うま》かった。紅白のかまぼこもはいっている。鮭《さけ》の焼いたのも溜息の出るほど美味かった。願わくは熱い番茶が飲みたかった。ラチノバも、かまぼこをよろこんで食べている。紅いかまぼこをつまんで唇へ持っていった。ラチノバの表情が、雛人形のようだった。自我への嫌悪が薄煙のように丹野の額ぎわにたちこめている。いったい、どうなるものだろう……。知らない。判らない。只、容易ではない旅路の責任が、時々丹野の心臓を突き射して来る。丹野はオートカのように胃の焦げつく酒を飲みたかったが、薄い葡萄酒で憂いを休めなければならなかった。深酒をして、万一のことがあってはと、三宅の配慮で、結局は二人の男は、お通夜《つや》のような酔いに流されている。——夜が更けて来た。とろけるような眠りの沼に誘いこまれて、四人はぐっすり眠った。燈火を消してはいても、ドアの隙間から、廊下の薄い燈火が部屋の中に射し込んでいた。鼻がつまっているのか、向側のベッドでセイフリイナが割合激しい鼾《いびき》をかいている。

　翌朝。スチームが切れたのか、ひどい寒さがやって来た。丹野は眼を覚してしまった。時計を見ると六時である。丹野は起きあがって新しい葡萄酒の栓を抜いて、喇叭《らっぱ》飲みした。カアテンをめくって二重窓の外を見ると、まだ四囲は暗い。只、遠くの水平線のような平野の果てが金色にうすくぼかされ始めている。昼頃にはネゴレロエに着く筈だ。不安な動悸が打って来る。俺は案外気が小さいのかな……。怖《おそろ》しい崖《がけ》ぶちへ進んでいる予感がする。

何かが持ち上りそうな気がしてならない。そのくせ、そうした事は信じたくはなかった。煙草を出して一本つけた。胸から腹へ沁みわたる葡萄酒の酔いが熱い。心の闇をかいくぐりさまよう、小魚のような不安の焦慮が、時間がたつにつれ、どうにもやりきれなくなって来るのだった。燈火の下にからっぽのトランクを引ずり出して、空気穴を調べて見る。何処にも異状はない。八時にはベッドのラチノバを起してやらなければなるまいと思った。煙草を吸いながら、葡萄酒を飲んでいると、妻や、子供や、老父の顔が明滅した。お許し下さい。きっと、お報いするつもりです。……だが、もう、貴方たちには逢えませんね。永久に。そんな思いにかられて、丹野は、じいっと妄悟《シメエレ》にとりつかれていた。酔いがまわったせいか、身の置き場もないように孤独に流されている。轟々とたゆみなく走っている車輪の凄まじい音が、有楽町のプラットホームで聴く、夜更けの新聞社の輪転機の音のようでなつかしかった。田舎の支局まわりをして、それから本社の社会部にはいり、結婚と同時に二人でハルビンに転任して、そこで雪子が生れた。短い半生のように思う……。音響の連想は次から次へと過去のすべてを切り刻んで眼の前に持って来てくれた。――皆が起き出したのは九時近くであった。夜も明けていた。雪のない黄土の平野がカアテンの隙間からかいま見える。ネゴレロエの税関は一時頃だ。簡単に食事もととのえ、四人の一切の支度がもとどおりに出来たのは十一時頃であった。流石《さすが》に三宅も蒼白な顔色である。窓のカアテンを開けた。ボーイが幾度もノックしたが、丹野は仲々開けなかった。幾度目かのノックで、三宅がやっとドアの鍵を開けた。血色のいい昨夜のボーイが帽子をかぶって茶を運んで来た。バンドのかからないトランクをちらと見て行った。丹野がそしらぬ顔で廊下へ出て行くと、疎林《そりん》のつづいた黄土のゆるい起伏の平野を、汽車はスピードを出して走っている。S氏のワゴンリーの扉のところで、若い中国人が、甲高い声で話している。——トランクは立てておいてくれた方が楽だと云う註文で、わざと部屋の入口にトランクを並べて立てておいた。

十二時前にボーイが紅茶の道具を取りに来て、中食《アペート》はどうかと食堂の註文を取りに来た。三宅はネゴレロエの税関は、列車の停るところから、かなり離れているかと聞いた。ボーイは紅茶の道具を入口のトランクの上へ載せて、トランクに一寸手をかけている。税関はよほど遠いと云った。ネゴレロエでは一応、全部が調べられると云う事である。丹野は、はらはらして、ボーイの手のあたりを注意して眺めていた。たとい外交官の荷物も、チェックだけはして貰わなければいけないだろうとボーイは注意してくれた。三宅は、眉を寄せて、チェックして貰う為に、この重いトランクをわざわざ降ろすのは厄介だねと云うと、なアに沢山税関行きの荷運び人夫が待っているから、わけなくチェックを貰って来てくれるでしょうとボーイは呑気そうに云った。何かの手ごたえを感じたのか、ボーイはふっとけげんな顔をしてトランクから手を離した。そしてゆっくり盆を取って、ネゴレロエには一時二十分着だろうと教えて出て行った。丹野はさっきのボーイの顔に不安を感じていた。「気づきはしなかったかね？」「大丈夫だよ。気のせいだよ。君は少し、神経質過ぎていけない」「いやそんなわけではないがね。どうも、気になるンだ……」「それより、荷物を降ろす時に投げ出したりしないかね？」「そばについて行くのさ」「このままストロプツェの乗替えまで、荷物を置いとくわけにはゆかないものかねえ……」二人は額をあつめてひそひそとささやきあった。——ミンスクの工場地帯を通ってからと云うもの、卓子のラシャ布の上には埃がうっすりとたまるほど、砂埃が激しかった。始終咽喉が乾いた。セイフリイナが合図をしたので、また窓のカアテンをおろし、ドアの鍵をかけて、トランクの蓋を取った。やっぱり寝かせてくれた方がいいと云った。外へ出てセイフリイナは急いで小用を済ませてまたトランクへ這入った。ラチノバもそうした。蓋を閉める時、丹野はしっかりとラチノバの手を握り、元気で事をうまく運ぶように、我慢だよと力づけの接吻をしてやるのだった。

ネゴレロエには、三十分も遅れて汽車は着いた。

どやどやと人夫が列車の中へ這入って来た。カーキ色のシュウバアを着た兵隊が三四人、線路のあたりを看視している。丹野は全身氷漬けになったように、小刻みに体が震えた。

人夫がトランクに手を触れたが、トランクはびくともしなかった。人夫は吃驚して、随分重いと廊下につっ立っている相棒を呼び、そのトランクをやっとの思いで肩にかつぎあげた。人夫の脚がよろよろしていた。大切なものだから、丁寧にあつかってほしいと、三宅はすぐ過分に三人の人夫にチップをはずんだ。二つの大きいトランクを荷なった人夫の後から、丹野と三宅はそのトランクに眼をすえて歩いて行った。丁度折悪しく、人夫の横を二人ばかりの兵隊が歩いていた。人夫はよろよろして気合をかけて歩いていたが、途中で息が切れたのか線路の上に肩のトランクを放り出してしまった。もう一人の人夫も息を入れる為に、そこへそっと荷物を降ろした。荒々しく放り出された方のトランクは動かなかったのだけれども、ゆっくりと地面へ降ろされた方のトランクはネームが下だったのか、動いて横だおしになった。

　トランクが勝手に横だおしになったその動きかたに気をとられて、兵隊も人夫も暫く呆気にとられていた。丹野はもう駄目だと思った。「これは貴方がたのお荷物ですか？」眼の鋭い兵隊が、丹野の前に来て云った。三宅がそうだと云って、自分は外交官だと答えた。二人の兵隊のつきそいのもとに、大トランクは税関に運ばれて行った。丹野は後からゆっくり来ているS氏一行をふりかえって、兎に角、この急場を何とか救って貰いたいと思った。ゆっくり歩を遅らせて、S氏のそばにいる若い男に、丹野は名刺を出して不自由な英語で事情を話してみたが、少しも要領を得なかった。第一、自分の英語の語学の力が貧弱なのである。とっさの場合、くわしく英語で話す事も出来なかったので、三宅に代って貰いたかったが、三宅はずっと先になってトランクのそばを歩いていた。馴れた露西亜語でやってみたが、露西亜語を知らない人達とみえて、これはなおさら通じないのである。只このS氏一行の人達にも、日本人の新聞記者が、何か非常に困った立場にある事だけは判った様子だった。一人の色の白い中国人が、仏蘭西語で話しかけて来た。おだやかな人物らしかった。丹野は仏蘭西語と英語を混ぜて、あらゆる言葉をふりしぼりながら、結局は、あのトランクを無事に通過させる為に御尽力願えまいかと嘆願してみた。だが、この国の規則は、中国の外交官にもどうにもならない。丹野が税関へ走って行った時には、三宅は税関の行列から離れて別室にトランクとともに連れ込まれているところであった。丹野は外交官の連れだと云うので、同じ部屋へ通されたのだ。けれども、トランクの動いたという事が、何よりもの疑いを持たれたところであろうか。二人の兵隊は正面の隊長のところで小さい声でささやいている。隊長はにんじん色の立派な髯《ひげ》を貯えていた。丁寧な言葉で、三宅からパスポートを出させて「兵隊が、このトランクの動いたのを見たと云うのですが、いったい何が這入っているのでしょうか？　外交官でいらっしゃる貴方のお荷物に対しては充分な責任を負うつもりですから、はっきりおっしゃって戴きたい」三宅は書物がはいっていると云った。すると隊長は微笑をたたえて、「書物ならば、書物と云う事を証明していただく為に、一寸蓋をとっていただけましょうか？　本である事が判れば、一指も触れる事なく、このままこのトランクを貴方のお部屋へ運ばせましょう」三宅も丹野も追い詰められた気になった。すると、三宅がにやりと笑って頭に手をやって「実は非常に愛しているセパードなんです」と云ってのけた。思いがけない事だったので、並いるものは驚いてしまったのだ。生きているセパードをトランク詰めにする理由が何処にあるだろう……。隊長は笑った。

「ああそうですか、それなら、何も、こんな可哀想な思いをさせなくても、幸いこの税関には犬の檻がありますから、それに入れ替えておやりになればいいでしょう」丹野はそこへへなへなと坐り込みたい気がして、空いている椅子へやっとの思いで軀を落ちつけた。

　やがて二つのトランクの蓋が兵隊の手によって開かれたのは云うまでもない。——三宅は、そのまま国際列車に乗りS氏達と巴里へ去ってしまった。丹野は、何とかして、手錠をはめられて兵隊に連れて行かれた二人の女を救い出してやりたかった。靴がなくて、兵隊の靴を借りて、引かれて行ったラチノバとセイフリイナの足が、眼の中に焼きついて離れなかった。——丹野はくわしく調書をとられて、その夜の普通列車で波蘭《ポーランド》国境のストロピツェ行きに乗っていた。冥府《めいふ》から来た人のように、生気のない、行為する能力のない、悄然とした丹野の幽霊のような姿が、ワルソー行きの一等車に乗りうつったのは翌朝であった。レースのカアテン越しに見える波蘭の田園はまるで絵のように美しい細《こま》やかな風景だった。ワルソー行きの汽車の中は、ひんぱんにパスポートの検査が繁しく、手荷物一つない丹野は、ボーイにパスポートをあずけっ放しで、呆んやり煙草ばかり吸っていた。もう、何一つ恐怖はなかった。巴里へ着くまでの生命と思えば、そのなごりの煙草を吸っている現在の空虚さに、自分で自分が不憫《ふびん》になるのであった。すべてが虚妄に終った。だが、その虚妄の痕跡は、あまりに大きかった。巴里へ着いたところで、巴里支局の光森に逢ってどうしようと云うのだろう……。丹野はじいっと死を考えていた。この強い愛情の真理を、何の為にせきとめられなければならないのか、丹野には少しも判らない。手錠をはめられて、兵隊靴をはいて、蒼ざめてドアに消えて行ったラチノバの顔が鮮《あざや》かに浮ぶ。腑甲《ふが》斐《い》なくも丹野は独りきりのワゴンリーの中でさめざめと泣いていた。食堂からウィスキーを取り寄せては飲んだ。少しずつ強烈な酒の酔いがまわると、丹野は一人でつぶやくのだ。この人間の、優しい、愛らしい、気紛れを保護してくれる規則がないと云う事はけしからん……。合意の上で女がトランクへ這入って来ているのに、女に手錠をかけ、男に手錠をかけないで獄にもぶちこまないのはけしからんじゃないか。あの二人の女が、何をしたンだ。安珍清姫《あんちんきよひめ》の心意気なンだぜ。愛している、愛している、それだけの事なンだ……。

ひとまず丹野は巴里に落ちつき、ケエドルセイ街のセーヌの河の見える光森のホテルに落ちついた。光森は三宅の来訪を受けて、もうすでに一切を知っていたのだ。丹野は三宅にも逢ったが、モスコー時代のように、あのしっくりした友情はすでに感じられなかった。三宅も放心していた。だが、丹野ほどには参っている様子もなく、急に取り澄してさっさと帰って行く時があった。――ノエルに近い夜、パンテオンの前の露西亜でカッフェのクウポックで、丹野は光森に看視されながらオートカを飲んでいた。店先きでは石炭釜が火の粉を散らしてぱちぱち弾けている。丹野はもう日本へ帰る勇気もないほど、病人のようにやつれ果てていた。――丁度その時、三宅が一人の日本人を連れてにこにこ笑いながら丹野達の席にやって来た。「おい、丹野、面白いニュースがある。セイフリイナとラチノバは、相変らずおめかしをして、モストワヤの賑やかな通りを、何でもなかった様子で歩いているそうだよ。あいつは怖ろしいあれだったのさ……」丹野は、三宅の顔を見た。そして、ぷいと席を立ってクウポックを出て行った。光森が心配して後を追った。

ノエルの日である。まだ当分日本へは戻らないつもりだった筈の丹野は、光森に送られて、急にマルセイユに発って行った。榛名丸の出航の日であった。マルセイユで魚料理を食って、港へ行った丹野は、案外淋しい港はずれに、日本の船は停船しているものだと思った。急に故国が貧弱な気がした。船のそばへ自動車をつけて、ふっと自分の乗って帰る船を見上げると、起重機が、網の中に幾つものトランクを巾着《きんちゃく》のように絞ったのを空へ宙吊りにしていた。丹野は、何と云う事もなく、モスコーの街を歩いているラチノバの心だけは、疑いたくなかった。「三宅に頼んでね、早くモスコーへ女達の荷物を送り返してくれるように頼んでくれ給え。忘れないで頼む」丹野は光森へ頼んだ。トランクを入れた網が、起重機に引きあげられて青い空の上で止っていた。

（「文學界」昭和二四年五月）

漣《さざ》波《なみ》——ある女の手記

私が、学校を中途でやめて、宮野内さんの女中でフランスへ参りましたのは、昭和十年の秋でございました。学問はいらないから、気だての素直な、健康な娘がよいという注文でしたが、私はその年の春、母を亡くして、女学校三年で、学校を続けるべきか、やめるべきかと、祖母と二人で思いまどうていたのでございます。叔父が、突然、この話を持ちこんで来た時には、私は、急に、四囲《あたり》が、私のために、ぴかぴかと光ったような気がしました。

医者の診断書を持って来るようにという事で、私は、遠くへ手離したがらない祖母を説いて、祖母と、叔父に連れられて、診断書を持って、目黒の宮野内邸へ参りました。花崗石《かこうせき》の門をはいりますと、左手に、茶色に塗った自動車のガレージがあり、Ｙの字に白い道が別れて、玄関へ行くまでには、森のように樹がうっそうと繁っていました。その途中に、ガレージと同じ色に塗られた小舎《こや》があって、そのあたりに、ベコニヤの花畑が、唐草模様のように、赤い花をつけていました。とてもいいお天気だったのを覚えています。いまでもあの時を想い出すたびに、奥深い庭の中で、ものすごく吠えたてていた犬の鳴き声が耳についてはなれません。やがてお目にかかった奥さまは、眼の覚めるような水色の洋服を召して、じゅうたんの上に坐っていらっしゃいました。祖母を応接間に待たせて、叔父は、私を客間《サロン》へ連れて行ったのですけれども、案外な事には、奥さまは、私達には目もくれないで、長い事かかって、吠えたてる大きな犬をからかっていました。叔父も私も、おどおどして、奥さまの激しい遊びのさまを呆然《ぼんやり》と眺めていました。暫《しばら》くして、やっと、奥さまは、こちらを御覧になり、「その娘なの？」とおっしゃいました。私はその日は何だか、耳が熱くて、時々耳朶《みみたぶ》をさわってみますと、焼けつくように熱いのです。「随分、色の黒い娘《こ》だね」と、奥さまは、私を見て笑いました。恐怖を誘うような、人を卑しめた微笑でした。ふっと、私は、その時、フランス行きなんか、どうでもいい思いが、胸をかすめました。行かないでもいいと思うと、私も負けないで、奥さまをじいっとみつめました。

「いくつ？」

「十七です」

「動物は好き？」

「はい」

私は、動物はあまり好きではありませんでした。とくに、犬や猫なんて、大嫌いでした。

「フランスへ行くったって、遊びに連れて行くのじゃないのよ。私の全部の世話をさせるために連れて行くのよ」奥さまは、そう云《い》って、私をじいっとみつめました。色の黒い、痩せっぽちの私は、獣のようによく光る、奥さまの眼に抵抗出来なくて、灰色のじゅうたんの上に眼を伏せました。室内靴をはいていらっしゃるせいか、馬鹿に背の高い方で、私と同じように痩せた方でした。蓋《ふた》をあけたピアノが一台、部屋の隅に押しつけてあり、そのピアノのなかに、何故なのか、燈火《あかり》のついた裸電球が差し込んでありました。

宮野内邸から帰って来て、二日目に、私は、叔父から、奥さまのおめがねにかなった通知を受けました。あの奥さまの印象が、私には不安な気がしましたけれども、フランスへ行けるということは、何という幸運でしょう……。私は、夢ではないかと思いました。本当に行けるものなのかと、なかなか信用する気にはなれませんでした。

十月十一日の夜、私は奥さまと支配人の吉岡という方と三人で、東京を発《た》ちました。旦那さまは、一年前に、会社の支店長で、パリへ行っていらっしゃるのだそうです。何でも、横浜に生糸《きいと》の会社をお持ちになっていて、宮野内さんのお兄さまが、そこの社長さんだとうかがいました。叔父が、東京駅まで送って参りましたが、私は、もう、心は、まだ見た事もないフランスというところに走り去って、生れた東京には、何の未練もありませんでした。――私は、戸籍面は叔父の子供になっていましたけれども、私は、本当は私生児なのだそうです。父を知らないで、六ツの時まで叔父夫妻に育てられて、事情があって、生母のところへ戻って、私は祖母と母と三人で暮しました。母は有名な亀清《かめせい》という料理屋に、女中頭をして勤めていましたので、家へ戻って来るのは、月の内一、二度ぐらいのものでした。でも、亡くなる前、四か月程は、ずっと家にいて寝たきりでいました。病名はジンウ炎というのだそうです。

奥さまは奈穂子さんというお名前で、宮野内さんへかたづかれて、結婚生活四年におなりになるのだそうです。

奥さまと吉岡さんは、一等寝台へ行かれて、私は三等車に乗りました。翌朝、神戸へ着くと、支店の自動車が駅へ迎えに来ていて、私達は、トア・ホテルへ参りました。奥さまは毛皮の外套を召して、茶色のあらい網のさがった、小さい帽子を被っていらっしゃったのですが、眼が赤く泣き腫《は》れていました。頬骨の痩せた、横顔の美しいひとでした。ホテルへ着くなり、お風呂をお召しになるのですが、驚いた事には、私に裸をおみせになっても平気で、部屋つきのお風呂からあがっていらっしゃって、バスタオルで、濡れた軀《からだ》を、私にお拭《ふ》かせになるのです。私は吃驚《びっくり》しましたけれども、黙って、奥さまの軀を拭きました。が、奥さまは、お邸《やしき》でも、そんな習慣だったのでしょうか、平気で股を開いて、私のバスタオルが、そこへ行くのを待っていらっしゃるのです。私はわざと、前の方をさけてすんなりした脚の方を拭きましたが、奥さまは怒ったような小さい声で、「ここ拭いて」とおっしゃるのです。十七歳の私は、真赤になって、震える手で、そこを拭きました。そして、一つ一つ、私のまだ見た事もない、ピンクの絹の下着をはかせてあげなければなりませんでした。そこのところが、私には、何だか羚羊《ひつじ》のひげのような感じでした。私は、奥さまが急に劣等動物のように思えて、その羚羊の刺戟《しげき》が、長い間、私の眼底から消えなかったのです。

いまから考えますと、私は、本当に、何も知らなかった小娘だったのです。私が、現在こんなふうな心持ちになったのも、あの時から、ずっと、好奇心だけで動いて来た人生だったと思っています。私にとっては、人生というものは、まるで、帆を張った船のようなものでした。何処へでも、風のむくままに彷徨《さまよ》うて行くしかありませんでした。そして、歴史はつねにくりかえすで、いまはまた、擬設《フィクション》のネオンサインが、都会の空にあけぼの色に染って、夜々をかあっと明るく照しています。三十歳を越えた私は、十七歳の、あの時から、まるで一呼吸《ひといき》で現在になったような気がしてなりません。

上流の家庭の婦人というものは、恥かしいという思いが皆無なのでございましょうか。

それから、ずっと私は、羚羊のひげには悩まされ続けました。

一日、神戸で、乗船の支度をして、二日目に私達は、榛名丸《はるなまる》に乗りました。頭字にHのつく船が四そうあるとか吉岡さんが云っていましたが、この榛名丸は、あまりいい船ではありませんでした。その頃、箱根丸が欧州航路では一番いい船だったのですが、あまりえんぎのいい船ではないらしく、わざと、榛名丸を選んだのだそうです。他にも、氷川丸、白山丸とあるとか聞きましたが、私にとっては、どんな船でもかまわないのです。私は、こうした巨《おお》きい船に乗るのは初めてでした。

勿論、私は三等でございます。奥さまは、特別一等の船室で、船が出るまで、吉岡さんと、船室の中にこもっていました。その頃の私は、何も気がつかなかったのですけれども、奥さまの眼が赤く泣き腫《は》れていたのも、支配人の吉岡さんとの問題がおありになったからだと、あとで判りました。吉岡さんは、三十歳ぐらいの方で、背の高い、肉づきのいい紳士でございました。額の広い、頬ひげの青々として剃りあとの美しいひとで、目立たない平凡なひとのように思いました。

九時頃、船は出ましたが、蛍の光の音楽が聞え、あわただしい銅鑼《どら》が鳴り、見送り人や、船の人達からのテープの投げあいがありましたが、奥さまはデッキにも出ないで、ベッドにもぐりこんでいらっしゃいました。私は、ペンキや、ニスや、リノリウムの匂いのこもった三等船室の悪臭にむせて、吐き気がきそうになり、長い一ケ月あまりの船旅が心細くなりました。私は、円《まる》い小さい窓から首を出して、海風を浴びていました。私の部屋は、四人の女達で占領する事になったのですが、一人は、シンガポールへ行くマレー人の女中で、あとの二人は香港《ホンコン》へ行く中国婦人の老姉妹でした。狭い部屋に、差し向いになった二段ベッドで、私は、入口の下段を、指定されていました。窓から首を引っこめて、暫くすると、おくびが出るほど、船の臭気にやりきれなくなるのです。私は、一時間おきに、一等船室へ行かなければなりません。私は新しい黄いろいジャケツを着て、中国人のように、髪を長く編んでおさげにしていました。紺のスカートをはいて、素足にスリッパを引っかけては、一等船室へ上って行くのです。お昼近くになって、お伽《とぎ》の国からでも聞えるような、美しいオルゴールの音色が、一等の廊下のはずれから聞えて来ました。奥さまのお部屋は奥さまが一人きりで、大きいベッドに、奥さまは、着換えもなさらないで、白い毛布にもぐっていました。大きな姿見や、洗面台や、机に到るまで、ピンクの笠をつけた電燈がつけてありました。じゅうたんは、目黒の宮野内邸の門のなかに咲いていた、唐草のべコニヤ畑そっくりの色あいで、ふかふかしていました。香水の匂いと、机の上の大きなガラスの花瓶に差された大輪の薔薇《ばら》の匂いで、部屋のなかはむせかえるようにいい匂いがしていました。一ダースばかりの薔薇の花は、アスパラガスの葉のなかから、湧きたつような桃色や真紅の花を咲かせていました。総《すべ》てのことに気をとめ、総てのことを記憶する、吸収力の強い年頃の私は、奥さまを、不思議な世界の幸福な婦人だと思いました。こんなに幸せな女のひとが、何を憂えて、こんなに、眼を泣き腫らさなければならないのか、私にはさっぱり、奥さまの悲しみの原因が、判らないのです。私は奥さまに対して、別に好意も持たなかったのですが、いよいよ二人きりになると、奥さまは、激しく私の手を取って、何処でもいいから、優しく軀をさすっていてくれとおっしゃいました。私はおなかが空いているのに、奥さまは、食事もなさらないで、一日ベッドに転んでいらっしゃるのです。夕方になって、酒悦《しゅえつ》の福神漬で、熱い日本茶を召し上りたいとおっしゃるので、食糧を入れた大きな鞄から、瓶詰めの福神漬を出して、ボーイさんに、熱いお茶を持って来て貰いました。

　翌朝、お昼近くに上海《シャンハイ》へ船がはいりましたが、私は、船のなかから港の景色を見るだけで、奥さまのそばについていなければなりませんでした。時々、三等のデッキに降りて、賑やかな波止場を見物していますと、鉛色の倉庫の壁に、国民革命的目的在求実現三民主義と書いた白い文字が見えました。始めて聞く異国の言葉は、弾《は》ぜかえるように、耳に響きました。聳《そび》え立つような石造りの建物の上に、紫色のくっきりした空が高く広がっていて、掻《か》きあつめたような、汚れたジャンク船のかたまりのなかに、赤やみどりの色彩が眼に沁みるようでした。

船の客は、あらかた降りて行った様子です。船は一泊して、早朝に出る事になっていました。私は、上海という港が、こんなに賑やかな処だとは知りませんでした。夜になって、奥さまがおやすみになってから、私は吻《ほ》っとして、部屋へ戻りましたが、部屋の中には、中国婦人が寝ているきりで、マレー人の女中のベッドはからっぽでした。私は夜更《よふ》けのデッキに出て行き、暫く静かになった波止場を眺めていました。夜は、ジャケツ一枚では寒いくらいでした。私は街の燈火がきらきら息を噴いているのを眺めながら、祖母の事を考えていました。二年ほどすれば戻って来られるという約束でしたけれども、上海の夜更けの街の燈火を見ていると、このまま東京へ帰ってしまいたいような気もして来ました。

ペンキの匂いや、船のなかに浸みこんでいる油の匂いにもいつの間にか馴れて来ました。ふっと跫音《あしおと》がして、私のそばに並んだ人がいるのです。「マルセイユまで行くのかね？」見ると、三等の風呂係りのボーイでした。無作法にも、私の肩に手をかけて来ましたので、私はそのボーイから離れました。今度は、ボーイは、私の手を握りました。油じんだずるずるした手でした。背のずんぐりした顔の大きい男です。私はボーイの手をふりほどいて、部屋へ戻りましたが、この長い航海に向って、私は不吉な前兆を感じました。臭い毛布にもぐりこんで、呆《ぼ》んやり、さっきのボーイの事を考えていました。何時の間に誰が干したのか、私達の天井に紐を渡して、男の猿又《さるまた》や、靴下がぶらさがっていました。中国婦人は緑色のカーテンを閉して眠っています。私は、男の濡れた干物を見上げ、変な気がしました。馬鹿馬鹿しくなって来て、その大きな猿又や靴下を、上のベッドの、マレー人の女中のところへ、投げ込んで置きました。

香港、シンガポール、コロンボ、ポートセイド、次々に、私は珍しい港を見ましたが、船の中はむし暑くて、上海では夜風が寒くて、風邪をひきそうだったのですが、シンガポールに着いた頃は、真夏の気候に戻っていました。奥さまの部屋には、終日扇風機が唸《うな》っていました。香港では中国婦人の老姉妹も下船し、私と仲の悪かったマレー人の女中もシンガポールで下船しました。マレー人の女中の主人は、雲つくような背の高い白人でした。ヘルメットを被った夏支度の主人の後から、小柄な裸足の女中がついて行くのを、私はデッキから眺めていました。香港からはポートセイドの日本人旅館の女将と娘が乗り込んで来ました。日本人同士のへだてのなさで、私達はすぐ仲良しになり、鼻の平べったい十二、三の娘は、ひどい九州訛《なま》りで私に話しかけて来ました。

風呂係りのボーイは、部屋のなかが、日本人ばかりとあなどってか、ひまがあると、茶飲話に部屋の中へはいりこんで来るのです。

ボーイは広島生れで、十年も船乗りをしているのだと話していました。案外人のよさそうな男でしたが、夜になると、焦々して来るのか、デッキに私を誘い出すのです。走っている船は人目が多いので、変な事もしませんでしたけれども、狂人のような眼つきで、私を見るのが、私には不気味でした。ポートセイドで親子が下船すると、ここからインド人の若い女が乗り込んで来ました。三つ位の男の子を連れていました。子供は白人との混血児で、母親をマミーマミーと呼んでいました。

十日あまりのインド洋や、四日あまりの紅海の旅は、すっかり船客達の神経をいらいらさせるに充分です。夜はきまって、一等のデッキでは映画や、ダンス会や、音楽の夕べがありました。奥さまは少しずつ元気を取り戻して、紅海へ船が出た頃は、部屋の中へ運ばせていた食事も断って、食堂へ出ていらっしゃるようになりました。奥さまが、晴れやかになっていらっしたのとは反対に、私は少しずつふさぎの虫に取りつかれて、船が地中海のびろうどのような海原へ出た頃は、今度は、奥さまが私を心配するほど、いらいらして来ていました。奥さまは一人二人船旅の友達も出来たようでしたが、私は、友達といっては、風呂係りのボーイだけでした。三等の部屋つきのボーイが、何時も気をつけている様子なので、風呂係りのボーイは、私に手出しをする事も出来ませんでした。私は、かえって、それが、少しずつ物足りない気がして、わざと、夜更けまでデッキに行っている事もありましたが、もう、明日はナポリだという日、私は奥さまから、お小言《こごと》をいただきました。手近かな男に甘えてはいけませんとおっしゃるのです。私は赤くなりました。別にどうしたというわけでもありませんけれども、船旅というものは、夜になると、何故だか、胸さわぎを感じて、なかなか眠れないのです。

奥さまは、塩湯にはいって肌が荒れたといって、ポートセイドで手に入れたオリーヴの油で、私に軀をお拭かせになるのです。姿見の前に立った奥さまの裸は少しずつ肥えて来ました。運動不足なのかもしれません。羚羊のひげは、光線の工合で、金色に光ってみえる時がありました。奥さまはこのごろ、痩せるためにデッキゴルフを始めました。顔色も健康になりましたが、時々、ゴルフをしていても、ぼんやり考えこんでいる時もありました。

ナポリへ着いた時は、すっかり気候も秋に戻り、階段状の石の街が、すみれ色の海の上に、まるで浮城のように見えました。ここでは、初めて、奥さまは、アメリカ人の夫婦と見物に降りて行きましたが、私はお留守番という事になり、私は港のあたりだけちょっと歩いてみました。右手にヴェスビオの山が見えて、薄白い煙が山の上からのぼっていました。サンタルチアの汚い岸壁のところまで来ると、一等室のボーイ達二人、街の方へ歩いて行きました。私は風呂係りのボーイでも来ないかと、じいっとそこに立っていましたが、日本人の影は見えませんでした。私は散歩も厭になって船へ戻りましたが、私の部屋のベッドに、大きなネーベルが一つ置いてありました。風呂係のボーイのくれたものだと判りました。

次は、いよいよマルセイユです。

私は早く、この船から降りたいと思いました。娘心にも、あまり遠く来た旅路に疲れたのか、私はすっかり軀をこわしてしまいました。私にとっては、馴れない生活にはいったせいか、素直にこの旅をよろこぶ気にはなれないのです。東京の方が、よっぽど賑やかで都会らしいところだと思いました。どんなに素晴しい港の建築物を見ても、私は、大変な田舎へ来たような気がしました。あんなに、遠い旅路を気づかってくれた祖母の顔が思い出されて、私は、子供にかえったように心細くなっていました。パリからは、奥さまに電報があり、マルセイユに、旦那さまが迎えにいらっしゃる様子です。

十月十三日に神戸を出て、マルセイユに着いたのは、十一月十六日の朝でした。雨が降っていました。私は、マルセイユで、旦那さまである、宮野内義信氏に初めてお目にかかりました。小柄な方で、肥った軀つきでしたが、何処となく品位のある方でした。頰紅をつけたように血色がよくて、縁無し眼鏡をかけていました。赤茶色のダブルの背広に、ラクダの外套。ミモザという、金色の花とライラックの藤の花を混ぜた花束をかかえて、船室へはいっていらっしゃいました。旦那さまは、若い男のひとを連れていました。奥さまは黙って花束を受け取り、旦那さまと並んで、ベッドに腰かけました。私は、下船の用意で忙《せ》わしく、旦那さまのお供の方の指《さ》しずで、税関へ行く荷物の整理で一生懸命でした。淋しい岸壁なので、ここがマルセイユなのかと、私はがっかりしてしまいました。倉庫や、石炭山や、木煉瓦の積みあげてある岸壁に降りて、雨のなかを税関に行き、私達は二台の自動車で、カンネビール八番街の、郵船のそばのホテルへ参りました。

自動車の中は、私は曽根さんという、お供の方と、大きな二個のトランクと一緒でした。

曽根さんは「疲れたでしょう?」と私に聞きました。

「神戸を何時《いつ》発ったの?」

「先月の十三日です」

「船よいはしなかった?」

「いいえ」

「吉岡さんが、見送りに来たでしょう?」

「はい」

「何処まで?」

「お船までいらっしゃいました」

「上海まで来たんじゃないの？」

「いいえ……」

ホテルへ着くとすぐ、奥さまはお風呂です。例によって、私は、バスタオルで、軀を丁寧に拭いてあげました。このホテルで、夕食をすまして、私達はすぐ、夜行列車でパリへ行くのだそうです。食堂には、三人でお出でになって、私は部屋に残って、一皿料理とコーヒーを貰って、食事をすませました。疲れたので、暫く、立派なベッドに横になってみました。四階の窓には、雨が叩きつけていました。鏡台の前には、ミモザとライラックの花束が放り出されています。燈火のついたマルセイユの街を、私はベッドから起きて眺めました。まだ四時頃だというのに、昏《くら》い空でした。雨のせいか、街の燈火もにじんで、その光が、固い道にとけこむように見えました。何ともいえない旅の匂いがしました。西洋しゃぼんのような、部屋の匂いです。突然、ドアにノックがありましたので、私は、あわててベッドのくぼみをなおして、扉を開けました。思いがけなく、日本人がそこに立っていました。宮野内さんの荷物は、いま、パリ行きの汽車で送りましたから、荷物の切符を持って来ましたと、そのひとは、私を不思議そうに見おろしました。黄いろいジャケツに紺のスカートをはいた、女学生のような私が、この豪華な部屋に一人ぼっちでいることは、その人には不思議なのかも知れません。

「貴女は、宮野内さんのご家族ですか？」

その人は尋ねました。疲れた紺の外套を着て、ネクタイのよじくれているのが馬鹿にみすぼらしく見えました。

「私、小間使いです……」

そのひとは、ほうといった声を上げて、榛名丸で着いたのかと尋ね、外套のポケットから煙草を出して、部屋の中へはいって来ました。そのひとは内地の模様を聞かせて下さいと云って、窓ぎわの椅子に腰をかけました。ガラス窓の雨を眺めながら、二人差し向いに腰をかけていますと、何だか、東京にいるような錯覚をおぼえました。そのひとは、何処ででも見かけるような顔でした。刑事のような鋭い眼をしていました。私は眼をあげて、巨《おお》きい屋根屋根の濡れるのを見ていました。建物は真暗いうねりのなかに光った化物の棲《すみ》家《か》のように見えました。そのひとは煙草をコバルト色のじゅうたんの上に揉み消して、ふっと立ちあがりましたが、ちょうど、その時ボーイがノックしてはいって来ました。東京の吉岡さんからの電報でした。

私は言葉がわからなかったのですけれども、そのボーイの後から、廊下へついて出て行きました。ボーイは早口に何か、私に話しかけて来ましたけれども、私は、何と云って、この怖れを話してよいものか、只、部屋の人に出て行って貰いたい意志を示しました。ボーイはドアから中をのぞき、乱暴な口調で話してくれました。その人はドアの外に出て行き、ボーイと荒ら荒らしく話しあっていましたが、私は素早く部屋にはいって鍵をかけました。

ベッドに身を投げかけると同時に、近いところで、汽船の汽笛が鳴りました。私は、わけもなく涙が溢れ、ごろごろと広いベッドを転げまわりました。大降りに降る雨の中を、稲光りが淡く光って、ガラスに反射しています。私は長い旅の疲労でくたくたになり、何時の間にか昏々《こんこん》と、眠りの沼に引きずりこまれていました。

雨のざんざ降りのなかを、私は、マルセイユの駅から、パリ行きの夜汽車に乗りました。一等車へお乗りになった奥さまは、踵《かかと》の高い、新しい黒い靴を、はいていらっしゃいました。痩せぎすな姿に、その踵の高い靴は、よく似合いました。ミンクの毛皮の外套にも、その靴は、よく似合いました。三等車へ戻ってからの私の眼に、この踵の高い黒い靴は、いつまでたっても忘れられませんでした。

夜汽車は、雨のなかを、搾《しぼ》り出《だ》されるような音をたてて、ぐゎん、ぐゎん、と走っています。随分、鉄橋の音を、私は聞きました。三等車は、板の腰掛けで、部屋のようになっていました。三人ずつ向いあって、腰を掛けるのです。おかしなことに、みな、老人ばかりで、二人のお爺さんと、三人のお婆さんでした。お婆さんは、よくお喋《しゃべ》りして、無花果《いちじく》の砂糖煮のようなものを、袋から摘み出しては食べあっていました。

私は、一番入口に近いところに、外套を引《ひ》き被《かぶ》って、腰をかけたまま、眠りました。時々、私の耳に、ボンとか、ネスパという言葉が、聞えます。二人のお爺さんは、うとうとしていました。一人は牧師さまのような、黒い長い外套を着て、赤い顔をしています。私の隣りの人は、赤い縞のマフラを巻いた、かっぷくのいい、お爺さんでした。手の甲に、金色の毛が、いっぱい生えているのです。よく咳《せき》をするお爺さんで、私は、この咳払いが耳について、なかなか眠れませんでした。その咳払いを聞いていると、奥さまの黒い靴が、私の頭のなかで、ひっくり返りそうです。私は、日本にいる、祖母の淋しそうな姿を思い浮べていました。熱い御飯に、醤油のもろみをかけたのが食べたくて、汽車のなかの匂いが、とても厭でした。夜中に、汽車がどこかでとまった時、隣りのお爺さんが、「パレゴリーク」と云ったような気がしました。私は、フランス語はなにも知りません。パレゴリークと云ったのは、この駅の名前なのかとも思いました。窓には、鼠色《ねずみいろ》のあついカーテンがかかっていたので、駅を見る事も出来ませんでしたが、雨はあがっている様子でした。きゅうと、胸やおなかをしめつけるような、甲高い汽笛が鳴りました。

カンネビールのホテルで逢った、日本人の顔や、船の風呂係りのボーイの顔が、二つとも、風船のように、私の頭のなかの空中で、ふわふわ浮いて生きています。もう、私には、この間までの、日本での暮しは、なくなってしまったような気がして、このまま一等車の奥さまと別れてしまえば、私は、世界の果てで、迷子になってしまわなければなりません。心細くもあり、冒険的でもあり、自分のことが、まるきり判らなくなってしまいました。——外国へ来たということは、とても心細い事です。私は汽車に乗っていても、何だか、奥さまの手まわり品のようなものでした。荷物のなかの一つなのでしょうか……。夜更けの外国の汽車旅は、私は、怖ろしい気持ちでした。時々、眼を開けると、そばにいる年寄りの外国人が、私には、地獄の人のようにしか思えません。いったい、これから、私に、どんな生活が始まるのか、私は、ここまで来て、奥さまが一番の頼りでした。淋しくても、怖ろしくても、私は、奥さまの手まわり品の一つなのです。奥さまの荷物の一つになっていたらいいのだと思いながらも、私は、まだ、日本の船のなかの方が、心細くはありませんでした。私は、曽根さんの事を考えていました。曽根さんは、いったい何処に乗っているのだろうと思いました。曽根さんは、光った眼をしていました。私は、オーバーを引っ被って、いろいろな事を考えていましたが、考えても、考えても、ここまで来てしまえば、私は、只、ここに、じいっとしていなければならないのです。

　隣りのお爺さんは、夜中、咳をしています。まるで、咳払いの機械のようです。スチームがぬるいので、部屋は寒くて、板の腰掛けが、冷たくつるつる光っていました。こんな状態が、何日も続くようだったら、私は泣き出してしまうでしょう。言葉の通じない人達に囲まれて、私は、心細い夜汽車の動揺のなかに、熱っぽくなって、眠る事も出来ませんでした。

翌朝、パリの停車場に着いた時は、四囲《あたり》は昏くて、八時頃だというのに、黄昏《たそがれ》のように暗い空でした。曽根さんが車室に、私を迎えに来て下さいました。曽根さんは、私の顔を見て、「顔色が悪いですね」と云いました。私は顔も洗わなかったので、きまりが悪かったのですけれども、昨夜はちっとも眠れなかったのです。私は、まだ、昏い駅の前から、大きい荷物といっしょに、曽根さんと自動車に乗りました。パリは汚ない街でした。昏いせいか、街が煤けてみえました。曽根さんは、私の手を見て、小さい声で、

「手袋は？」

と、尋ねました。私は、手袋なんか持ってはいませんでしたので、黙って笑っていました。曽根さんは、葡萄色の濃い手袋をしていました。寒い朝でした。私は、学校へ通う時の、東京の朝のようだと思いました。薄暗い灰色の街を、自動車は走って行きます。若い運転手の太い襟首が、風呂上りのように、赤い皮膚でした。曽根さんは、革の手袋のまま、私の右の手をぎゅっと握りました。私は、びっくりして、ガラス窓に顔をつけました。黄い

ろい大きな看板がすっと眼の上を流れました。その看板には、裸の天使の絵が描いてありました。

橋を渡ったり、公園の横を曲ったり、お寺の前を通ったりして、道が登りになり、道の真中に踏切りがあったりして、白い家の下で、自動車は停りました。曽根さんが荷物を降しますと、もう、先に着いたらしい奥さまたちの自動車が、いれ違いに、ゆるい坂を下って行きました。汽車の中で見たようなお婆さんが、扉の前に立っていました。曽根さんは、運転手に手伝わせて、トランクを扉の前へ運び込みました。家の前には、真黒い大きな裸樹が二本、アーチのように植わっていました。三階建てくらいの、背の低い古びた家でしたが、窓という窓が、全部青色に塗られています。

狭い玄関の中は、病院のような匂いがしていました。旦那さまが出ておいでになって、曽根さんと、何か話していらっしゃいましたが、私は曽根さんの案内で、木の梯子段を登りました。二階の部屋の前で、柔かい時計の鳴る音がしました。

私の部屋は、四階の屋根裏で、三畳敷ぐらいの狭い部屋でした。カーテンのない窓から、家々の赤い煙突が沢山見えました。部屋へはいりますと、曽根さんは、扉を閉めるなり、私をぎゅっと抱きしめて、私の乾いた唇の上に、ご自分の唇を強く押しあてるのです。私は息も出来ないほど、びっくりしてしまいました。

あまり激しい勢《いきおい》だったので、私のおさげの髪が、曽根さんの外套の袖の釦《ボタン》にひっかかりました。私は、くらくらとして、曽根さんの胸のなかに、しっかりつかまっていましたけれど、腰のあたりが急に熱くなってきました。私は、パリへ着くなり、月の病気になってしまったのです。曽根さんは、私に接吻をして、すぐ、階下へ降りて行きました。私は、狭いベッドに腰を降して、トイレットを探す心配で、胸のなかが、激しく動悸を打っていました。どこかで、喇叭《ラッパ》が鳴り響いていました。曽根さんの接吻の事よりも、私は私の軀の始末に弱り果てて、扉の外へ、そっと出て行きましたけれども、それらしいところも見当りません。腰のものや、靴下が熱く濡れて来て、私は、蒼くなって部屋へ戻り、リノリウムの床の上に、暫く坐っていました。

やがて、こつこつ扉を叩く音がして、小鳥の囀《さえず》るような、さっきのお婆さんの声が聞えましたが、さっと、扉が開くと、お婆さんは、床に坐っている私を見て、前よりも、いっそう激しく喋りたてました。私は、両手で顔をかくしていました。私は、軀じゅうが鳥肌立って、顔にも手にも、ざらざらした砂をかぶっているような恐怖で、おかしいくらいがたがた震えていました。お婆さんは、私の軀を抱きかかえて、ベッドに連れて行きましたけれども、私の泣いていることが判らないらしく、私に寄り添って、さかんにお喋りをしてくれます。どうしても、私が、泣きやまないので、お婆さんは、扉の外に出て行きました。私は、もしも、この部屋へ、曽根さんか、旦那さまがいらっしゃったら、大変だと、急いで顔を挙げて、お婆さんを、「違います、違います」と日本語で呼びとめました。そして、勇気を出して、私は、お婆さんに、そっと、スカートを持ちあげて、汚れた靴下を見せました。お婆さんは、声をたてて、私のそばへ寄って来ると、何かわからないことを喋り散らしながら、部屋の隅の小さい箱机の下から、平べったい蓋つきのお丼《どんぶり》を持って来てくれました。私に、そのお丼を、足の下へ、お婆さんはあてがってくれるのですけれども、私は、とても、そのお丼の上に、蹲踞《かが》みこむ勇気はありません。「ノン、ノン」と、私は強く首を振りました。お婆さんの早口が、私には、一向にわからないのです。お婆さんは、矢庭に、自分のスカートをまくって、その丼の上に、自分でこっぽりと腰をかけました。そして、そのまま黒いスカートを床へおろして、くっくっくっと、小鳥の鳴くような声で、笑ってみせました。

こんなことがあってから、お婆さんと私は、何となく、仲良しになりました。――私は曽根さんとは、二日ばかり逢いませんでした。この家は、モンマルトの、ラヴィニヤン街といって、坂の街の一番はずれで、番地は奇数で、二十三番地です。古い家ばかりでした。古い家が、坂の上まで、積み重ねられたような街で、坂道の真中に、鉄の柵がある石段を持った、狭い路地があったりしました。私達の家には、二世帯ばかり住んでいるようでしたが、御主人の宮野内さまは、二階の四部屋ばかりを借りておいでのようでした。寝室と、客間と、食堂と、三階の女中部屋です。寝室の横に、小さい浴室がついていました。

　私は、二日ほどは、仲のいいお婆さんを、宮野内さんの女中だと思いこんでおりましたが、お婆さんは、この家の家主で、姪《めい》だというキッキイという娘と、家の差配をしている様子でした。キッキイは、背の高い不器量な娘でしたが、本名は別にあって、ヒルダというのだそうです。いつも、お婆さんは、姪を呼ぶのに、キッキイ！　と呼んでいましたので、私もキッキイと呼びました。キッキイは、三十ぐらいに見えました。白っぽい油気のない髪をして、何時だって、黒い毛糸の、三角布のようなものを、肩に羽織っているのです。

　食堂の隅には、電話室のような、小さい台所がついていて、珍しいガスの天火の箱がとりつけてありました。パリへ着いて、四、五日というものは、旦那さまも、奥さまも、街の方へ食事に行きますので、私は一人で、御飯をつくって食べなければなりません。食堂の棚には、いろいろな缶詰がありましたので、私はキッキイの運んでくれるパンで、その缶詰めを開けて食べました。寝室の浴室は、私の入浴は、奥さまに禁じられていましたので、二日目に、キッキイの案内で、エミール・グゥドゥ広場の裏側にある銭湯に参りました。銭湯は、病院のような造りで、入口で三フラン五十サンチームを払って、湯屋の女中の案内で、二階へ上って行きますと、並んだ部屋の一つを、銹《さ》びついた大きい鍵で扉を開けてくれました。長い窓が正面に一つあって、三畳ばかりの狭い部屋です。左手の壁ぎわに、白い陶の湯ぶねと、水玉模様のように、穴のあいた木製の椅子が一つあるきりの、板の間の部屋が、お風呂場なのです。私は、どこへ、お風呂の水を流したらいいのかと迷いました。案内の女中が、カランをまわしてくれますと、陶の湯ぶねのなかに、熱い湯と水が噴きこぼれて来ました。

　私の手に、女中は鍵をのせて、何か云いながら、私の顔を見ていましたが、やがて、肩をすくめて、扉のそとへ出て行きました。私は、その女中が、何を云ったのかよくわからないのです。

　湯がいっぱいになるまで、私は窓から外を覗いていました。坂道は、学校帰りの子供で賑わっていました。何処《どこ》からともなく、教会の鐘が、心にしみこむような優しい音色で響いて来ます。空は昼間とも思えないような、鉛色の雪もよいでした。白っぽい円屋根や、むらがっているような赤い土の煙突が、紫色のもやの中にかすんでいました。

　湯が八分通りになると、私は栓をとめて、扉の鍵をかけ、板の間に靴をぬぎました。壁の釘に、外套や、ジャケツやスカートをかけて、私は下着をぬいで、ぬるい湯へはいりました。日本から持って来た石鹸《せっけん》で、ごしごし躯をこすり、眠いような、しみじみした淋しい気持ちでした。私は、ぬるい湯につかり、ふっと、曽根さんの事を考えてみました。曽根さんは、どんな顔だったろうかと思ったりしました。唇の感触だけが、ひどく心に残って、何だか、心残りな、甘酸《あまず》っぱい思いが、私の軀じゅうをはいまわるのです。曽根さんが、私をきつく抱いた時に、ふくらはぎに熱いものを感じた、あの時の気持ちが、私には何ともいえないおかしな気持ちでした。恥かしくもありました。

　汚れた軀を洗って、栓を抜くと、泡立った湯は、ごぼごぼと穴のなかへ渦を巻いて吸い込まれて行きました。もう一度栓をして、新しい湯を替えましたけれど、その間じゅう、私は裸で震えていました。二度目の湯は、前よりもずっととぼしい水量で、カランをいっぱいに開けていてもなかなか湯は浴槽に溜らないのです。湯ぶねの白い陶の肌は、私の軀の油で、ぎしぎししていました。私は、底の方に溜った湯の中に、幾度も軀をまわしながら、一人で坐ったり寝たりしてみました。私の股間の丘《ピュット》は、海草のように光っています。薄青い湯の底に、そこだけが異様な感じで、私は桃色のタオルで幕をおろして、長い脚を折り曲げてみました。

　奥さまの薄い羚羊《ひつじ》のひげよりもねいもうな気がして、私は、自分が野蛮人のようにも思えました。湯から上って、私は穴椅子の上に立ちました。濡れた足を、板の床にじかにつけるのが厭でしたから、椅子はぎしぎしと音をたてて、とても苦しそうです。

帰りは、私は、一人で、坂道をゆっくり登って、四囲を見物しながら歩きました。あとで覚えたのですけれど、この銭湯は、ホテル・ポアリエの裏側になっていました。

私は、やっと家へ戻って来ましたが、二階の寝室では、奥さまが、トランクをいくつも引っぱり出して、和服を召していらっしゃるところでした。旦那さまは、つくねんとして、ガスストーブのそばの、安楽椅子に、腰をかけていらっしゃいました。

奥さまはとてもふきげんな御様子で、じゅうたんの上に、三、四本の豪華な帯を散らしながら、私に怒ったように、

「どこを遊び歩いていたのよッ」

と、きびしい声でおっしゃいました。

私は船のなかでも、奥さまに度々叱られていましたので、心中ひそかに、また夕立が始まったのだと、口答えもしないで、奥さまに、さからわないように、足袋《たび》をおはかせして、ベッドの上の着物を、後からお着せしました。くすんだオールドローズの地色に、大きく肩いちめんに、灰色の烏《からす》の飛んでいるような柄あいのお召物でした。不吉なお召物とは思いましたが、奥さまは、こんな模様をお染めになるのが好きとみえまして、パリへ持っていらっしゃいましたお召物は、どれもこれも風変りなものばかりです。帯は銹朱《さびしゅ》に金銀の紋様のつづれをお選びになり、幾度もお気に入るまで、私は締めて差しあげました。帯止

めは、乾隆《けんりゅう》ガラスのたっぷりした緑色でした。何処へお出掛けになりますか、とっぷり日が暮れてから、やっとお支度が出来、曽根さんが、自動車で、旦那さまを、お迎えにいらっしゃいました。

曽根さんは、私の事なぞ、少しも眼中にはない様子で、旦那さまとばかり話していましたが、奥さまの支度が出来ると、自動車で、お出掛けになってしまいました。私はあとに残り、取り散らかったものを片づけながら、つくづく、淋しい気持ちに、落ちこんでいたのです。

私は、奥さまの三面鏡の前の、ふくふくした革の腰掛けに腰をかけて、鏡台の両側に突き出た燈火で、私の顔を眺めました。死人のように蒼い顔をしていました。三面鏡の中には、私の三つの顔が写っています。突然、柔かいオルゴールの時計が鳴りました。私は化粧台に散らかっている匂いのいいクリーム瓶から、クリームをたっぷりすくって、顔に塗りました。粉を刷《は》いたり、紅を塗ったりしているうちに、私は、そうした遊びがとても面白くなってきて、奥さまの衣裳棚から、ミンクの外套を引きずり出して、踵の高い黒い靴に足をさしこんでみました。少しゆるゆるでしたけれども、鏡の中の私は、すっと背が高くなり、ミンクの毛皮の外套は、私の昔からの衣裳のように、よく似合いました。化粧台の上に、放り出してある宝石箱から、サファイヤの耳飾りを出して、丁寧にはめてみました。私は、奥さまの耳飾りでは、この宝石が一番好きなのです。ジルコン、カメオ、トルコ、オパール、原石ルビー、ダイヤモンドと、さまざまの宝石でつくられた、耳飾りや腕輪や、指輪が、黒ビロードの輪におさまっているのです。

　鏡の前の私は、見違えるばかりのなまなましい女に変っていました。ふっと、青い肌をした、鮭のようだと思いました。自分でも見とれるほどのなまぐさい美しさです。毛皮の外套は、ぷんと甘い香料の匂いがして、裳もとへあたる毛皮の肌ざわりが、ぬるぬるしていました。

　四角い額、とがった顎《あご》、瞼《まぶた》のくぼんだ大きい眼、小さい鼻、厚ぼったい少し大きい唇、細い首、まだ一人前の女になりきらない固い私の表情が、まるきり変って鏡に写っているのです。光線の工台なのでしょうか、私の眼は、白いところが青く見えるくらいでした。剃《そ》ったこともない私の眉だけが、黒々としていて、太い眉でした。私は二つに分けたおさげを、鉢巻きのようにして、額のところで奥さまのピンで止めてみました。

　私はパリへ来て、夢中で、十日あまりを、ぼんやり暮しました。扉を叩く人があったら、どなたですかという言葉が、キエラと云うのだの、おはいり下さいという事が、アントレだのと、少しずつ耳から、フランスの言葉を、私は覚えるようになりました。

お婆さんは、私の事を、マドマゼール・イサコと呼びました。私の名前は、イサコではないのですけれども、フランス人は、私の久子《ひさこ》という名前を、誰でもひさ子と呼んでくれたことはありません。深谷《ふかや》久子という名前が、フランス人に云わせますと、誰だって、ウカヤ・イサコと云うのです。お婆さんは、マダム・ミケと云いました。私は、東京の家で飼っていた、三毛猫のタマを思い出して、お婆さんのことを三毛ちゃんと呼びました。お婆さんは、妙な事には、鼻の下に長い薄いおひげをはやしていました。剃ってしまえばいいのに、どうして、女のくせに、長いおひげを生やしているのか、私には不思議でございました。不美人のキッキイも、いまに、あんな、お婆さんのような、おひげを生やすのかと、私はおかしくて、キッキイのぶすっとした顔を見るたび、気の毒になりました。キッキイは黒い肩掛けをして、門のところで、時たまの太陽を見ると、椅子を持ち出して、陽の薄れるまで、寒い戸外で編物をしていました。

　ノエルというお祭りが近くなる頃でございましたと思います。旦那さまと奥さまは、ニースというところへ、七、八日の旅にお出掛けになる事になり、私は、お留守番をする事になりました。

「私達が帰る時には、前の日に、電報を打ちますから、そしたら、ミケちゃんに鍵を貰って、お部屋を掃除しておいて頂戴」

と、奥さまはおっしゃいました。私は、パリへ来て、初めて、奥さまから、百フランのお金をいただきました。桃色のお札は、何ともいえない美しい色彩で、女神が印刷してありました。

七、八日のお留守ということが、私には、のびのびした気持です。パリへ来て、まだ、私は、どこへも遠くへは出た事はありませんでしたので、一人で、賑やかな街の方へ行ってみたいとも思いました。

曽根さんは、その後一向にお見えになりませんでしたが、どこにお住いかも知りませんでした。

奥さまが、お旅立ちの日は、雪もよいの寒い日でした。時々、思わせぶりに、ひらひらと雪らしいものが、窓を掠《かす》めましたが、お二人は思い切って夕方旅立って行かれました。曽根さんが、やっぱり自動車でお迎えにいらっしゃいました。私は、お二人がお出掛けになってから、黒い大きいエナメル塗の買物袋をさげて、エミール・グゥドゥ広場の、傾斜になった三角街まで、買物に行きました。淋しい通りでしたが、ここに、イタリア人の乾物屋があって、ピエモンというイタリア米を、売っていました。私はドミキロの紙の小袋に、米を買い、生卵子を二つばかり買って、百フランを小さく崩して貰いました。

坂道を上ってみたり、降りてみたりして、紫色の街頭を掠めて降る、粉雪のなかを、私はものおもわしい風情で歩いていました。ラヴィニヤン街の坂下まで来ると、誰かが、「久子さん」と、日本語で私を呼びました。私は吃驚《びっくり》して、四囲《あたり》を見まわしました。家の門の前の、黒い大きな裸樹のところに、思いがけなく曽根さんが、肩に雪をかぶって立っていました。家の二階の窓は暗く、鎧戸《よろいど》が降りていました。私は胸のなかがどきどきして、足のすくむような気がしましたけれども、心のなかでは、もう、どうなってもいい気持ちでした。曽根さんが、黙って腕を出しましたので、私は、その腕に右手をかけて、大きなエナメルの買物袋をさげたまま、坂の道を登って行きました。ポアリエ・ホテルのそばのカフェ・アルクールという、小さい店へはいって行きました。壁一面に、小さい額が飾ってある面白い店です。入口に背の高いカウンターがあり、果物や菓子が並んでいました。奥の方の壁ぎわの椅子に、曽根さんと、私は、腰を掛けました。ストーブで程よく暖《あった》まった部屋は、居心地のいい場所です。曽根さんは、そこで、食事を取って、私に御馳走をしてくれました。三組ぐらいの地味な客がはいっているきりで、私たちに気をとめるものは誰もいません。昔からある家なんでしょうか、古色をおびた店のなかが、まるで図書館のような感じでした。卓上には、橙色の絹型を被った、小さいスタンドが置いてあります。青い木綿の前掛けをした、年寄りのボーイが、食事を運んで来ました。曽根さんは、私の腰にぴったり寄り添うようにして腰を掛けています。私は、軀じゅうの皮膚が焼けつくよ

うな気がしました。曽根さんは、やがて、ポケットから、柔かい水色の紙に包んだものを、私の膝に置いて、

「何かあててごらん」

と、云いました。私は膝の上に置かれた柔かい紙包みの上に、そっと手をやってみました。しなやかな手触りだったので、ふっと、手袋ではないかと思いました。小さな声で、

「手袋ですか？」

と、尋ねますと、曽根さんは、その包みを取って、包み紙を開きました。茶色の手縫いの、柔かい革の手袋が出て来ました。曽根さんは、私の手を取って、その手袋をはめてくれるのです。私はきまりが悪くて、赤くなっていました。曽根さんの顔を、初めてしみじみそっと見たんですけれども、娘の心を誘うような眼の色をしていました。――月日がたちました、いまになって思い出しても、私は、あの曽根さんの眼の色を、忘れる事が出来ません。手袋は、指さきを少しあまして、すっぽりとあつらえたように、私の手にはまりました。手袋の上から、曽根さんは、私の手をきつく握り締めて、そっと、自分の頰へあてて離しました。

　胸がいっぱいで、私は、食事も咽喉へ通らないくらいです。赤い葡萄酒が、ガラスのフラスコのようなものにはいっています。曽根さんにすすめられて、私は、その葡萄酒を一、

二杯飲みました。頭がくらくらするような気持ちです。お酒は、渋い味でした。このごろ、私は、薬局の葡萄酒を買って来て飲んでおりますが、フランスの葡萄酒は、日本の薬局の葡萄酒そっくりの味ですね。

「来年の三月頃には、きっと、吉岡さんがやって来ますよ。そうすれば、宮野内さんは、奥さんと、パリで離婚するようになるかもしれない……」

曽根さんが、こんな事を、酒の酔いをかりて申しました。私は、こみいったことはわかりませんでしたけれども、船のなかで、病人のようになっていらっした奥さまの苦しみは、そんな重大な原因があるのかと、私はそう思いました。でも、その時の私は、まだ、若かったものですから、奥さまの心の悩みなぞ、深く考えてみる気もしませんでした。

榛名丸での、一ケ月あまりの旅だけで、私は、その以前の奥さまの暮しぶりに就いては、何も知らないのです。曽根さんは、私が十七歳で、まだ何も知らない小娘だったことが不《ふ》憫《びん》だったのでしょうか、時々、冗談を云っては葡萄酒を飲んでいました。気がついてみますと、私達は、いつか固く手を握りあっていました。曽根さんは、これから、毎日、パリの街見物に案内してあげようと云ってくれました。明日はまず、私の住んでいる近くのモンマルトルの、賑やかなところや、サクレ・クールのお寺を見て、凱旋門《がいせんもん》を見物に行こうと約束してくれました。私は、モンマルトルが何やら、サクレ・クールのお寺がどうなのやら、凱旋門がどんなに有名なのか、何も知りません。私は、奥さまにお目見得をして、あわただしくお供をして来たのですから、パリが、世界のどの辺にあるのかも、本当は知りませんでした。ただ、船に乗れば、四十日近くかかって行くところが、フランスだと、叔父に聞いたくらいです。でも、フランスは、ナポレオンだの、ジャン・ダークだの、ビクトル・ユーゴという人達が生きていたところだくらいのことは、知っていました。

　そのほかにも、女学生三年の時、地理で、パリはフランスの首府だ、西ヨーロッパに於ける、有名なところだと習ってはいました。昔の教科書の文句なんか、うろおぼえなのですけれど、円形劇場構造のパリ市の大盆地は、幾多の河流及び運河が通じ、橋の街と云うもむべなりなんて、そんな文句のあったのを覚えています。——私は全く、思いもかけない土地へやって来たものです。ずっとあとで、私は曽根さんではないひとと、このパリの街の、橋の思い出を持つようになりましたけれど、ノートルダムの橋、コンコルド橋、アレクサンドル三世橋、ヌエーフの橋なんか、私は、いまでもなつかしく思い出します。——人間って、不思議な運命を背負って生きているものでございますね。曽根さんは、家まで送って下さいました。別れぎわに、狭い石壁の路地の中で、私を抱きしめて、曽根さんは、長い接吻をしました。雪は霽《は》れて、星が出ていました。リボンのように、細い光った空が、石壁の上に裂け目に見えました。私は曽根さんが、十四区というところの、モンスリー公園の近くに住んでおいでだと聞き、そのお部屋へ行ってみたかったのだけれども、曽根さんは、別に、いらっしゃいとも申しません。私は、家の前の裸樹の下で、また、ちょっとくちづけをして、曽根さんと別れました。

私は、曽根さんが、いくつくらいの方だか、日本のどこ生れだかも知りません。ただ、もう、旅空で、そんな風になってしまったのです。部屋へ戻って、ベッドにはいってからも、私は曽根さんとの長い接吻の美味しかったことを考えていました。まだ、いまから、追っかけて行けば、曽根さんに追いつくような気がしました。

翌日、私は、階下の三毛ちゃんのクウジンを借りて、小鍋でイタリア米を煮て、生卵子とお醤油をかけて、食事を済ませて、一時間もかかって、綺麗にお化粧をしました。十一時の時計の音を聞いて、昨日の約束のところまで行きますと、曽根さんが、にこにこして待っていました。薄陽の射したいいお天気でした。この辺は、高台のせいか、パリじゅうのいろいろな物音が、ごうと地鳴りのように聞えてはいましたが、気をとめないでいると、また、何も音のしないような、古びた森閑としたところでもありました。昨夜のアルクールの店へはいって行きますと、ボーイが、床におが屑《くず》をいっぱい散らかして、掃き出していました。曽根さんと、私は、カウンターのところで、立ったまま、三日月型のクロアソンを摘《つま》んで、黒いコーヒーを飲みました。

「昨夜は、あれから遅くまで歩いて、少しも眠れなかったのですよ」
と、曽根さんは、申しました。私の心のうちに、「私も眠れませんでした」と云いたかったのですけれど、黙っていました。私は、自分の貧しい外套や、踵の低い黒い靴が、とてもその時厭でした。曽根さんは、すっきりした身だしなみをしているのです。私は、曽根さんがまぶしくて、曽根さんの顔を見ることが出来ませんでした。

　私達はそれから暫く、歩いて、サン・ラザールの駅の方へ行きました。いくら歩いても、少しも疲れたとは思いませんでした。暗渠《あんきょ》のある、水門添いのごみごみした通りに出た時、曽根さんは赤い眼をして、私を一軒の家へ案内しました。二階へ上って行くと、髪をふりみだしたおばさんが、緑色の前掛けをして出て来ました。梯子段のところで、曽根さんと何かぼそぼそ話していましたが、やがて、私達を彼女は、三階の小さい部屋へ案内してくれました。けばけばしい花模様の壁紙を張った、寒々とした部屋でした。

「少し、ここで、休んで行こう……」
と、曽根さんは、帽子を椅子へ置いて、ベッドの前へ、私に背をむけて立っていました。私は、凱旋門《がいせんもん》をまだ見物していないので、暗くならないうちに、凱旋門を見たいと思いました。こんなところで二人きりで休むなんて、どうしたことなのだろうと、妙な気がしましたけれども、曽根さんは、矢庭にくるりと私の方を向いて、私を抱き締めると、激しく接吻しました。

私は、よろけながら、眼がくらみそうになり、

「凱旋門を、早く、見に行った方が、いいのではありませんか？」

と、小さい声で、あえぎながら申しました。

「凱旋門は、明日でもいい、今日は、ゆっくり、ここで、久子さんと、話したいのだ……」

曽根さんは、そう云って、ひきむしるように、私の外套をぬがせました。昏くなりかけた、汚れた窓に、汽車だか、工場だかの黄いろい煙が、もくもくとお化けのようにすさまじく、立ちのぼっていました。

そのまま、曽根さんとは、ちぐはぐな別れかたをしてしまいまして、私は、奥さまが戻っていらっしゃるまで、ずっと、曽根さんには逢いませんでした。曽根さんは、そんなところのある人でした。あんなに、心の中で、曽根さんのことを、珍しがって、なつかしく考えていたのですけれど、サン・ラザールのあの宿屋で、そんなことになってしまいそうになってから、私は、急に、曽根さんの顔が、とても厭な風に見えました。曽根さんが、上着を着たまま、ズボンをぬいだりするものですから、私は、娘心にも、怖くなったので

しょうか、矢庭に出口へ行って、ノブを回しました。扉には鍵がかかっていなかったので、すっと、造作なく、扉が開いて、私は夢中で、階段を降りて行きました。でも、階段を降りても、私は、パリの街の方向も何もわからないものですから、階段の降り口に、暫く立っていました。やがて、曽根さんが、私の外套を持って、白けた顔をして狭い階段を降りて来ましたけれど、私には、何も云いませんでした。私は、曽根さんの興ざめた顔を見ているうちに、人間がつまらない生物のように思われてきました。最も真面目なひとが、最も不真面目なのですもの、私は、娘ごころにも、おかしくなったり、腹が立ったりしました。

娘というものは、特殊なものだということを、男のひとは知っていないのではないでしょうか？　三十女に向うような荒ら荒らしさでは、娘は、おびえてしまいます。よっぽど、あばずれな娘でないかぎり、宿屋へ連れこまれて、上着もぬがないで、ズボンだけぬいだ、不ざまな男の姿を見せられては、何も知らない娘は、びっくりしてしまうものです。

私は、百年の恋もさめ果てたように、それからは、曽根さんがすっかり嫌いになりました。かえって、曽根さんを小馬鹿にするようになりました。あの時、曽根さんが、扉に鍵をかけておく、たしなみがあったら、私は、もっと、違った眼で、曽根さんを見ていたかもわかりませんけれども、曽根さんは、男の一番哀れな姿を、娘の私に見せてくれましたせいか、私は、どうも、男のひとを見る眼が、それからは変って来たようにも思います。

十日くらいして、奥さまは旅から帰っていらっしゃいました。とても元気そうで、肉づきも少しふっくらとしていました。肌の色が、濡れているような、ちょっと、汗ばんだお化粧をしていました。部屋の暖気のなかで、むっと、むせかえるような、お肌の香料の匂いが、もやもやと奥さまを包んでいて、奥さまは素晴しく美しくなっていました。

ある日、旦那さまが、事務所へお出掛けになったあと、奥さまは、お風呂へはいっていらっしゃいましたが、爪を剪《き》ってくれとおっしゃいますので、風呂場へはいり、私は奥さまの足の爪をつんで差しあげました。何の話だったか、自然に、曽根さんの話が出まして、奥さまは、にべもなく、「曽根は田舎者《いなかもの》だよ」と、おっしゃいました。曽根さんが、田舎者だと云われては、私はちょっと赤くなりましたが、ふっと、あの時のおかしな男の姿が、私の瞼《まぶた》を掠《かす》め去《さ》りました。

そう云われてみますと、曽根さんは、本当に、田舎者だったような気もします。初めは、何も彼もハイカラで、立派な風采に見えましたが、考えているうちに、その風采もちぐはぐな気がしてきました。

奥さまは、お風呂からお上りになると、大きいバスタオルを広げたベッドの上へ裸のまま腹這いにおなりになるのです。私は、オリーヴの油を、皿にとって、その油を、風呂上りのむらした柔かい背中へ、塗りこむのです。肩から背中にかけて、のの字を書くように、掌いっぱいにつけたオリーヴの油を、強くマッサージしながら、すりこんでゆきます。夜会服を召した時に、背中や、肩や、腕が、しんなりしているための、お化粧法なのでございましょう。奥さまの肌は、柔かくて、腋《わき》の下なぞは、本当はビロードのような手ざわりでした。

留守の間は、久子は、何をしていたかともお聞きになりません。ぼんやりと、ふかふかした枕を抱きこんで、その中に顔を伏せていらっしゃいます。蒼ずんだ皮膚の色でしたが、私は、西洋人の肌よりも綺麗なものだとみとれていました。奥さまは独りごとのように、こんな事をおっしゃるのです。「生きるってことは、毎日、同じことのくりかえしじゃないの……。ただ、ね、人をなつかしがる気持ちさえなければ、早く死ぬるか、早く年を取るかだわ……。久子はなんのために、愉しそうに生きてるの？」私は、奥さまが、また、勝手なことを云ってるとしか思いません。奥さまの、溜息と、淋しいの連発は、私はもう聞き飽きていました。どんな風に、お淋しいのか、私にはどうしてもわかりません。私も淋しかったのですが、私の淋しさなぞは、奥さまの淋しさとはくらべものにならないのかもしれません。それにしても、娘ごころに、私は、こうした豊かな珍しい生活が、不思議でたまらなかったのです。西洋人のヒルダだって、いつも、黒い毛糸の肩掛けをしている暮しむきですのに、奥さまは、淋しいといって、溜息をついておいでになる……。マッサージが済みますと、ミルクをあたためて、大きいコップを一杯差しあげるのですが、いつも半分ぐらいは飲みのこしていらっしゃいましたので、私は、そのお残りを頂戴していました。

やがて、パリで正月を迎えましたが、日本のお正月のように、こっくりした習慣がないので、何だか、あっけないような気がしました。お正月の街で、曽根さんとぱったり逢いましたが、曽根さんは、私のそばを、さっさと通りすぎて行きました。私も急いで家へ戻りましたが、曽根さんは、食堂で、旦那さまや奥さまとお酒を飲んでいました。

パリというところは面白いところでございます。椎茸《しいたけ》や、かんぴょうや、だし昆布を売りに来る日本人がいるのです。トランクをさげて、まるで、紳士みたいにしてやって来るのです。何時も、そうした、物売りに来る人には、旦那さまが逢っていらっしゃいました。お正月の前も、このトランクをさげた紳士から、旦那さまは、椎茸やかんぴょうや、小瓶入りの醤油や、高野豆腐《こうやどうふ》にかまぼことお買いになりました。これだけの材料で、お正月らしいものをつくらなければならないとなると、私は、何もつくれないので、不安になっていましたが、でも、お正月の前の日、また違う紳士がやって来て、ベレー帽子を被ったまま、実に器用に、お正月の煮物をつくって、帰って行きました。大鍋に高野豆腐を並べ、白い粉をかけて、熱い湯を振りかけますと、高野豆腐が、ふわふわと柔かくなるなんて、私は少しも知りませんでした。パリはとても便利なところです。そのころは、食べられない日本人が沢山いた様子で、いろんなものを、この二十三番地を当てこんで売りに来ました。奥さまは、こうした人達をとても厭がっておいでになって、貧乏な日本人のこの姿を見るのは、たまらないとおっしゃるのです。私は、奥さまとは反対に、貧しい日本人の物売りの訪問は、興味がございました。ここの人達は、どんなにみすぼらしくても、靴だけはぴかぴかに磨いていました。旦那さまも、もう、なるべく、そうした人達には、逢いたくないから、留守だと云ってくれとおっしゃるのですけれども、パリで、椎茸を売らなければならなくなった、落ちぶれた日本人に対して、私は、とても気の毒になってしまうのです。おしまいには、私は、自分の給料から、いりもしないものを、その人達から買ったりしました。

　二月にはいって間もなく、吉岡さんから電報が参りました。社長さんのお供で、二、三日うちに、マルセイユに着くというお知らせがあったのだそうです。

　旦那さまは、曽根さんを連れて、すぐ、マルセイユにお発ちになる事になりましたが、奥さまの、変りようといったらありませんでした。水を貰った花のように、急に生き生きとして、眼に光が射し、軀つきがぴんと張ったように弾んでいらっしゃいました。

私は、いまに、何か事件が始まるような気がしました。そうした、不吉なものの来る予感を、奥様は、正直に、さらけ出していらっしゃるのです。旦那さまも、マルセイユへ御出発の日は、夕方でしたけれども、浮かない顔をしていらっしゃるように見受けました。普通ならば、奥さまも、マルセイユまで、ついて、おいでになりたいところでしょうと思いますけれども、先きを愉しみにして、わざと、奥さまは、旦那さまと、御一緒なさらなかったように、私は、その時、そう思いました。旦那さまのトランクを持った曽根さんも、私は、何となく、間の抜けた感じに見えました。私は、まだ若かったものですから、奥さまのおっしゃることすべてが、反射作用をおこしておりましたのか、私の考えというものは、何時の間にか、奥さまと同意見に、馴れあってゆくのでございます。曽根さんは田舎者だよと云われると、急に曽根さんが、私には田舎者に見え出して来ましたし、貧しい物売りの日本人を、まるで、虫けらみたいにおきらいになりますと、私も亦、そんな気持ちになって来るのです。でも、なかには、そうした日本人のなかに、本当に気の毒な方もございました。一人、遠山さんといって、ずっと絵を勉強に来ていた学生さんがあったのですが、このごろ、お国からの送金も途絶えたとかで、それは悲観していらっしゃいました。旦那さまに、何か、お仕事をさせて貰えないかと、二、三度みえたこともございましたが、この方は、パリにも住めなくなりましたのか、ベルギーの、アントワープに、知人を尋ねていらっしゃったそうですけれど、自殺をなすったと聞きました。あとで、旦那さまが、事務所で使ってやればよかったと、おっしゃっていましたが、私は、その遠山さんの事を思い出すたび、外国で無一物になるのは、死ぬ事だと思いました。パリは、お金さえあれば暮しいいところでしょうけれども、お金がなくては、どうにもならないところです……。まして、外国人では、どんな職場もありようがありません。——私は、初めて外国へ参りましたけれども、西洋人には、牛や鶏や豚の匂いがするような気がしました。私だけの感じでしょうか。ふっとすれ違う西洋人の匂いのなかに、動物的な匂いが、私の鼻を掠めるのです。ところが、日本人という日本人は、みんな魚の匂いを持っているような気がしてなりません。日本人の肌のなかには、鹹水《しおみず》の匂いや、貝殻の匂い、鰯臭《いわしくさ》い匂いが、しみついているのではないでしょうか。生れるときから、日本人は、こうした魚や海の体臭を、血の中に持っているのではないかと思うくらいです。中国人には中国人の匂いがあり、朝鮮人には朝鮮人の匂いがあるように、私達、日本人には、魚臭い、日本人の体臭があるのかもしれません。うちの旦那さまにだって、奥さまにだって、この匂いがあるのです。旦那さまは、小柄で地味な方でしたが、人柄のよろしい方で、気の弱いところがおありでした。そのころ、私は、とてもお年を召した方のように見ていましたが、あとでうかがいましたところによると、旦那さまは、その頃、まだ、四十にもおなりにならなかったのだそうです。

二十三番地の家には、日本人の物売りの外《ほか》にも、いろいろな人達が尋ねて見えました。まず奥さまのフランス語の教師で、背のおそろしく高い、ピエールさん。奥さまは、ピエールさんのことを、きっすいのフランス人じゃないねと云っていました。このピエールさんは、いつも、ソースの匂いのするような、オー・ド・コロニュを匂わせていました。とても、たまらない酢《す》っぱい匂いです。奥さまは、オー・ド・コロニュではないよ、あれは、汗のオー・ド・コロニュだとおっしゃっていました。その外には、旦那さまの御商売関係の御夫妻が二、三組、時々おみえになりました。

ところで、二、三日して、旦那さまが、マルセイユから戻っていらっしゃいましたが、お客さまは、ケエ・ドルセイ街とかの、ジェーヌ・クレマンティヌというホテルへ、御案内なさいましたのだそうです。ケエ・ドルセイ街というのは、麴町《こうじまち》のようなところだと、奥さまにうかがいました。

翌日でしたか、夕方、旦那さまは、社長さまのお泊りのホテルへ、奥さまとお出掛けになりました。夜はとても遅くお帰りになり、吉岡さんが、お二人を送っていらっしゃいました。久しぶりに拝見する吉岡さんは、とても立派に見えました。幾分肥っていらっしたのでしょうか、背も高く、大柄に見えました。奥さまは、少し酔っていらっしゃいましたが、何だか、ふさぎこんで、安楽椅子に腰をかけたままでした。一越の白縮緬《しろちりめん》に、うるしの波のある夜会服でしたが、スカートのひだが、石鹸のあぶくをたてたように、じゅうたんに広がって、沢山のスカートのひだが綺麗でした。一時過ぎてから、旦那さまは、寝室へおはいりになりましたが、奥さまと、吉岡さんは、何時までも、起きて、飲みものを卓子《テーブル》へ置いていらっしゃいました。私は、お飲みもののおさかなに、パンを型押しで小さく切って、その上に、鶏肉《パテ》や、キャビアを塗って、お客間へ持って参りましたが、客間の燈火は消え、ストーヴのあかりだけが、部屋の中を照しておりました。ことんと、瓶の倒れた音がしました。私は、森閑とした部屋のなかの一瞬の景色を見てとり、足が震えましたが、もう、その時は、奥さまの方から、大きい声で、「あら、撒水車《さんすいしゃ》の通っている時刻ね」と、おっしゃいました。街の下の通りを、道を洗いながら走って行く、市役所の撒水車の水の音が、雨のように聞えていました。風のかげんで、大雨が降るように、水の音が聞える時があります。

　やがて、吉岡さんは、帰って行かれましたが、私が吉岡さんの後から、階段を降りるよりも早く、奥さまは、靴をぬいで、薄い靴下のままで、吉岡さんと並んで階下へ降りていらっしゃいました。私は、わざと、ゆっくり遅れて、降りて参りましたが、寒い戸外に、夜会服のまま、靴下だけで降りていらっしゃいました奥さまの白い姿は、まるで、雪女が立っているようでした。ひだの深いスカートが寒い風にまるく、花のように、あふれていました。眠り込んだ運転手を起して、吉岡さんは、やっと、奥さまの手をふり放して、待たせてあった自動車に乗りました。私は急いで、玄関にあった、キッキイの黒い毛糸の肩掛けを持って出て、むき出しの、奥さまの肩にかぶせました。奥さまは、ぐったりして、私の肩に凭《もた》れて、階段をお上りになりましたけれども、私の靴の足音だけが、四囲にこつこつ響いているきりです。やっと、客間の暖かい部屋に戻った時、オルゴールの時計が、二時を打ちました。奥さまは、よっぽど寒かったとみえて、がたがた震えておいでになりました。私は、そこにあった、コアントロウをコップについで、奥さまに飲ませましたが、奥さまは、汚れた毛糸の黒い肩掛けをしっかり、胸もとにかきあわせて、コップの酒を、震えながら飲んでいらっしゃいました。獣の眼のように、ぎらぎら光っている奥さまの眼は怖いようでした。生命《いのち》の終りかと思うような、喘《あえ》いでいらっしゃる眼もとです。私は、夜会服をやっとおぬがせして、お寝巻きに着替えさせてさしあげると、奥さまは、とても胸が苦しいから、腕でも、背中でもいい、さわっていてくれとおっしゃるのです。私は、じゅうたんに膝をついて、ソファに横におなりになった奥さまの腕を、暫く揉んであげていました。揉んでいるうちに、やっぱり、魚の匂いがしているような気がしました。

ちょうど、三月にはいった、ミカレームの子供のお祭の日でございました。街じゅうの子供が、仮装している日です。ロメオとジュリエットから、闘牛師、ナポレオン、チャップリンに到るまで、男の子も女の子も、すっかりお化粧してめかしこんでいました。私はキッキイと街に出て行き、モンマルトルの、大通りのあたりまで行ってみました。

パリの三月は、少しずつ太陽が明るくなり、何となく四囲も暖かい感じです。家の前の、アーチのように、枝の組みあった黒い樹も、暖い日は、斜に白い粉を噴いていました。

その、ミカレームの晩でございました。お部屋で、旦那さまと、奥さまは、鍵をかけて、大変な喧嘩をしていらっしゃる様子なのです。私は、そっと自分の部屋へはいって、天窓から見える夜空を見ていました。ふっと、曽根さんは、どうしているだろうと思ったものです。あのことで、怒っているのかも知れません。手袋を買ってくれた曽根さんに、私は何とも申しわけのないような気もしました。それに、三日月さまが出て、久しぶりに、美しい夜です。私は、妙に、曽根さんに逢いたくなっていました。

夜更けて、私の部屋へ、ベルが鳴りましたので、私は、急いで身支度をして、階下へ降りて行きますと、奥さまが、旅支度をして、興奮した表情で、扉のところへ出ていらっしゃいました。お部屋にはいりますと、部屋のなかは、散らかり、部屋着《ガウン》を召した旦那さまが、珍しく髪を乱して、ストーヴの方を向いて、腰をかけていらっしゃいました。

「私、今夜、これから、久子を連れて参ります」奥さまが、手袋をはめながら、おっしゃいました。私は、どうしていいのかわかりません。

「久子、もうここを出るのだから、支度して来なさい」

奥さまは、そうおっしゃって、旦那さまの後姿を、憎々しそうに眺めておっしゃいました。

「荷物は、出発までに、取りに参りますわ。私、このまま、日本へ帰るつもりでございますから、曽根に、私と久子の船室を取るように、おっしゃって下さいません？　二、三日、田舎へ旅行でもして来ようと思っていますの」

「君が、どうしても帰るというのなら、帰るのもいいさ。それなら、五月に、兄達が帰るンだから、一緒に帰ればいいじゃアないの……。吉岡もいるしね……」

「吉岡さんが、一緒でいいだろうって、それ、皮肉でおっしゃいますの？　吉岡さんを、心の中で、怒っていらっしゃるくせに、そんな、みえ坊なことおっしゃって変じゃございません？」

奥さまは、そう云って、広場のところへ行って、自動車を探して来るようにとおっしゃいました。私は、外套を着て、ショールを頭からかぶって、寒い戸外へ出て行きましたが、本当に困ってしまいました。旦那さまの後姿が哀れで仕方がありません。その時ほど、私は、奥さまを困ったひとだと思った事はありません。どうしてあんなに我がままなことが云えるのかと思いました。どんなに、不自由のない、富裕な生活をしていらっしゃっても、何かしら、トラブルはあるものなのですね。私は、寒くて、暗い街へ、自動車を探しに行くことがおっくうになって、階下へ降りてゆくかっこうをして、いつかの奥さまのように、靴をぬいで、私はそっと、屋根裏の、自分の部屋へ帰って、朝まで、ぐっすり眠ってしまいました。

　翌朝、十時頃、階下の客間へ降りて行きますと、扉のところに、ピエールさんが、可愛い、白い犬を抱いて立っていました。かねてから、奥さまに頼まれていた犬が、やっとみつかったから、連れて来たのだといっていました。寝部屋の扉をノックすると、アントレとおっしゃる、奥さまのいつもの声です。私はいそいそと扉を押して、なかへはいりましたが、ベッドにいらっしゃるのは、奥さまだけで、旦那さまのお姿は見えませんでした。奥さまは、昨夜のお洋服のまま、眠っていらっしゃいました。ピエールさんには、客間で待っていただいて、私はお風呂の支度にかかりましたが、何だか、急に、旦那さまがお気の毒になって来ました。きっと、また、散歩にお出掛けなのでしょう。時々、こんな事はありましたから、私は、旦那さまのお気持が哀れでございました。

　でも、とうとう、その日の夕方まで、旦那さまはお帰りではなく、ケエ・ドルセイ街の、社長さまのホテルへ、お泊りになる電話がございました。ピエールさんの犬は、奥さまにはお気に入らないようでした。その晩、吉岡さんのホテルに、五、六回お電話をしましたのですが、吉岡さんは、その晩はとうとういらっしゃらないで、夜更けてピエールさんが犬を引き取りに見えました。

あれは、四月の終り頃でございましたでしょうか、パリへ参りまして、夢のように、月日が過ぎてゆきました。いつか、ひどい喧嘩をなさいまして以来、どうも、旦那さまの御様子も、奥さまの御様子も変でございました。——ある日、私は、旦那さまのお机を掃除しておりますと、旦那さまの日記帳のようなものが、眼にとまりました。いつも、机に置いてあるものじゃございませんので、私は、その黒い革表紙の本を、ぱらぱらとめくってみました。フランス語で書いてありますので、何のことかわかりませんでしたが、きっと、旦那さまは、このごろの、お苦しい事を書いていらっしゃるのに違いありません。あの喧嘩のあった夜、つまり、ミカレームの晩からの日づけになっておりますので、私は、きっと、そんな事が書いてあるのだと思いました。旦那さまの字はとても綺麗な字です。その綺麗な文字を見ておりますうちに、私は、旦那さまが可哀想になってきました。旦那さまの椅子に腰を掛けて、きいきいと回転椅子を軋《きし》ませてみました。広いマホガニのお机の上には、ミモザの花が、セーブルの花瓶にいっぱい活けてあります。お机の上は、いつもきちんと片づいていました。真白い紙、同じ白い封筒。黒や青い封蠟《ふうろう》。薔薇や、王冠の彫ってある金台の印。薔薇の根のパイプ。陶の茶色のパイプ、それに、奥さまの和服を召したお写真が立てかけてあります。私は、旦那さまも、奥さまもお留守なので、のんびりして、椅子に腰を掛けて、四囲《あたり》をゆっくり眺めています。パリへ来て、別に、どこといって見物はしませんけれども、私は、旦那さまと奥さまを見物しているのは面白いと思いました。私は、この短い間に、一足飛びにいろいろと人間の世界を知ることが出来ました。不断は、口も利けないような立派な男の方でも、奥さまをとおして眺めていますと、そんな男の方が、みんな、何でもないように見えて来ます。これは、そのころの私にとっては、大変な発見なのでございました。男の方には、遠慮をしない方がいいのでございます。何でも、ものの中心から、話しかけてゆくのがこつのように思いました。奥さまは、家柄のいい、そだちのよい方なのでございますから、私たちのような、貧しい出のもののように、何事にも、びくびくしてはいらっしゃいません。何時の場合も、奥さまが中心人物になれる役柄をそなえていらっしゃいます。奥さまと話しあっている男の方達が、みんな、にこにこして、奥さまの少々無理なお話でも、合槌をうっていらっしゃるのでわかるのでございます。男でなくても、女中の私でさえも、時々奥さまの美しさには見とれることがございました。奥さまは、御自分でもよくそれを承知していらっしゃいまして、じゅうぶん、御自分の美しさをひけらかしていらっしゃるところがありました。

紫インクで書かれた日記は、私には、何が書いてあるのかさっぱりわかりませんでしたが、私は、自分の真心で、旦那さまの、いまのお淋しい気持ちを慰めて差しあげたいような気がいたしました。暫く、御一緒に暮しておりますうちに、曽根さんなんかとは違った、落ちついた方でございました。小柄で、目立つような方ではございませんでしたが、じいっと見ていますと、しみじみと心のあたたまるような方でございます。それに、私も、祖母のところを離れて、遠い外国に来てしまいましたせいか、淋しくても、自分一人の気持ちは自分一人で持ちこたえて暮さなければならないのです。私は、奥さまの写真をじいっと眺めていますうちに、何だか、奥さまの澄ましたお顔が憎らしくなってきました。写真を手にとって、どうして、こんなに、神様は、うまく上手に、この奥さまをつくったものだろうと思いました。心もち小さい鼻、眼と同じ大きさぐらいの唇。唇は、光線をそこへあててありますのか、濡れて光っていました。顔のりんかくはきっと引きしまって、顎《あご》がとても可愛いのです。眼は二皮目で、まつ毛の影が下瞼にうすく射しています。額は広からず狭からず、眉は濃くてちょっと太いくらいでしたが、しみじみと魅力的な顔でした。細い首から顎にかけての線は、如何《いか》にも貴族的です。美しくてお金持ちで、何でも我ままの利《き》く生れあわせの女のひとというものは、本当に、この世にあるものなのですね。――お昼すぎに、奥さまは美容院から戻っていらっしゃいました。鶯色《うぐいすいろ》のウールの服に、同じ地色の春の外套、それに、ふかふかした銀狐の襟巻き。黒革の手袋と黒い羽根のついた黒い帽子。戻っていらっしゃるなり、事務所へお電話をして、旦那さまにお話をしていらっしゃいます。

珍しく暖い晩でした。家の前のマロニエの大樹も芽をふき、すっかり四囲が変って来ました。夕方、私は奥さまの命令で、旅支度をととのえ、奥さまと二人きりで、自動車でリヨン停車場というのへ参りました。

仄々《ほのぼの》と明るい夕方です。リヨンの停車場へ参りますと、奥さまはさっさと切符をお買いになって、汽車へお乗りになりました。私も御一緒なのですが、私は、まさか、汽車へ乗るのだとは思いませんでしたので、自分の部屋に鍵もかけないで来ました。もし、今夜、このまま遠いところへ行くようだったら、私は、私の部屋に、いろいろ散らかしてきていますので心配だと思いました。

セーヌ河添いを南へ下っているのだとかで、夕陽の美しい田園を汽車は走っています。鏡や、レースのカーテンのついている二等車のなかは、キャベツのソース煮のような西洋の匂いがしました。ピエールさんや、キッキイの匂いにも、こんな匂いがあります。

　ボア・ルロア停車場で降りました。東京の郊外で見受けるような、小さい田舎駅です。どうして、こんなところで降りるのかと思っていましたら、駅長室の扉を押して、思いがけなく、大柄な吉岡さんが出ていらっしゃいました。このボア・ルロア停車場は、まるで、森の中に埋れているような駅で、四囲の樹々のみどりは鬱蒼《うっそう》としていました。駅には妙な事にランプがとぼっていました。吉岡さんが、自動車を持って来ていらっしゃいましたので、奥さまと、荷物を持った私は、それへ乗りました。十六キロの道を、バルビゾーンというところに行くのだそうです。黄昏《たそがれ》の道を、自動車はすくんすくんと道に吸いつくような音をたてて走って行きます。どこを見ても、淡いみどりのトンネルでした。私は、助手台に乗っていました。運転手は大柄な男でした。無口で、何も云いません。後へは、奥さまと、吉岡さんが乗っていらっしゃいます。

　バルビゾーンの村へ着きました時も、まだ、四囲は割合明るくて、セーヌ河の上でみた夕焼が、バルビゾーンの野原の向うにも一刷毛《ひとはけ》残っていました。都会からとりのこされたような、静かな村落でございました。自動車は、小さいホテルの前で停りました。ホテルの庭へはいって行きますと、夕闇の中へ、いい匂いのする白い花が柵のぐるりに咲き乱れ、芝生のところどころに、灯のついた卓子《テーブル》が二つ三つ出ていました。

　奥さまは、二階の、庭の見える広いお部屋に吉岡さんとおはいりになり、私は、三階の狭いお部屋へ案内されました。奥さまは、お着替えになるというので、私は、二階のお部屋へ行き、荷物から、奥さまの着替えを出して支度しました。シュミネの上に、鹿の首が二つぶらさがっていました。壁にはいくつも絵が飾ってあります。私は、吉岡さんの様子を時々見ていました。吉岡さんは、バルコニイの椅子に腰をかけて、じいっと、庭の方を見ながら、煙草を吸っていらっしゃいました。バルコニイからは、街道越しに、もやで煙ったような田園が広がっていて、昏くなってもまだ、小鳥が啼《な》きたてているのです。

夕飯は、私だけ、階下の土間で食べました。私はとても、気楽な気がして、汚れたテーブル・クロースも気になりません。村の人達が、私のぐるりで、やっぱり食事をしていましたが、みんな、小鳥の囀《さえず》りのような、お喋りのしかたです。奥さまと、吉岡さんが、お二人でお風呂へおはいりになりましたのを、私はちらと見たンですけれども、旦那さまが、とてもお気の毒なような気がしました。もう、奥さまも、吉岡さんも、たかが女中一人の眼なぞを用心してなんかいられないというような様子です。私は、まだ、子供ですから、少しもかまいませんけれども、私のその時の気持ちは、今から考えてみて、やっぱり、印象強く、その時のことを覚えているのですから、おだやかではなかったのかも知れません。旦那さまに対して、奥さまは、少しも呵責《かしゃく》をお感じにならないのでしょうか……。こうした上流の人達の感覚というものは、病的に出来ているのかも知れません。吉岡さんに対しても、私は、少しずつ反感を持って来ました。その夜、私は一人で食事をして、そのまま三階に上って、ゴツゴツしたベッドへやすみました。暖い夜です。私は、その晩、マルセイユで会った日本人の夢を見ました。夢から覚めて、曽根さんのことを考えてみたりしました。つくづく、日本へ帰りたくなりました。お祖母ちゃんから、帰るように、手紙を出して貰いたいとも思いました。

　その翌日、私は、奥さまや吉岡さんのお供で、ミレーという絵描きさんの家を見に参りました。ミレーというひとはもう死んでいないのだそうです。道ばたの何でもない貧乏な工場のような家でした。埃《ほこり》をかぶった大きな鏡や、汚れたみどり色のソファや、そんなものを見るだけでした。私は、ミレーという絵描きの晩鐘《ばんしょう》というのを思い出しました。ミレーの家を見て、それから、また、テオドル・ルソーとかの邸跡へ参りました。庭には、三色菫《さんしょくすみれ》がいっぱい咲いていました。奥さまも吉岡さんも、絵にはあまり興味もないとみえまして、私に宿へ帰っているようにと云って、お二人は、そのまま散歩に出ておしまいになりました。ホテルへ戻り、庭の芝生へ出て行きますと、誰もいない庭の繁みのところに、小さい蝶々が舞っています。薔薇が咲きこぼれて、木漏陽《こもれび》が芝生にちらちらしていました。雨ざらしになった卓子に行き、椅子にかけていますと、昨日、一緒だった運転手がひょっこり、家の中から出て来ました。私の前へ腰をかけて、にこりともしないで、何か早口に云うのですけれども、私はその運転手の言葉がよくわかりません。運転手は私に話しかけるのをあきらめたのか、煙草を出して、紙に巻いて吸いつけました。そして、薄い青い眼で、蝶々の飛ぶのを見ていました。蝶々が、私達の卓子のところへ飛んで来ると、大きい手を出して、さっとつかまえようとしています。襟筋がまっかになっていました。ふっと見ると、左の小指と薬指が、真中へんからありませんでした。ぽかぽかしたいいお天気で、四囲は森閑としています。私は、卓子に凭《もた》れたまま、眠くなっていました。新芽の香りというものは、人を眠くするものだと思いました。

このホテルは、鹿《しか》の家《や》とでも云うのでしょうか。ホテル・シャルメッテと云うのだそうです。蝶々、薔薇、太陽、一つ一つ指差して、運転手のギョームは、フランス語を教えてくれます。でも、私も、そのころは、人の名前を聞いたり、買物ぐらいは出来るようになっていました。運転手は、ギョームという名前だそうです。ギョームなんて、妙な名前だと思いました。パリのセーヌ添いの、メディシィス通りの横町に住んでいるということです。年は二十八歳で、いまは貧乏《ミゼール》だと云っていました。

私は、このバルビゾーンを何て静かなところだろうと思いました。モンマルトルでは、東停車場と、北停車場の二つの駅から、出たりはいったりする汽車の警笛が、ひっきりなしに響いて来たものでした。そのせいか、私は、何時《いつ》も不安な気持ちで、その騒々しい汽笛に、おびえていたものです。風のかげんで、汽笛がとくに激しく耳に響く時があります。バルビゾーンは静かなところでした。こんなに静かだと、かえって、島流しにあっているようで、私は心細くなって来ます。私はギョームと二人で、通りの方へ散歩に出てみました。割栗石《わりぐりいし》を敷きつめた、人通りの少い狭い通りを、目的もなく歩いてみました。陽にぬくもった石道は、靴の底にあたたかい感じでした。駅のそばまで散歩して、露店のコーヒーを、ギョームに御馳走になって、三時頃、私達はホテルへ戻って来ました。

その夜、私達は、ギョームの運転で、遅くパリに着きました。途中で吉岡さんは降りて行き、私と奥さまは、二十三番地へ戻って来ましたが、旦那さまはお留守でした。家主のおばあさんの話では、旦那さまはさっきまでいらっしゃったようだが、どこへ行くとも云わないで、手ぶらでお出掛けだったので、オペラへでもいらっしゃったのかと思うと云うことでした。ベルが鳴りましたので、奥さまのお部屋へうかがってみますと、奥さまは、浮かない顔をして、ベッドに腰をかけていらっしゃいました。私は、靴をぬがしてさしあげたり、服のホックをはずしたり、コルセットをゆるめたりして、いつものように、和服にお着替えさせる支度をしていますと、「来月は日本へ帰るンだけどね」とおっしゃいました。

「旦那さまも、御一緒でございますか？」

私は、別に他意あって、尋ねたわけではありませんけれども、奥さまは、黙っていらっしゃいました。私は、やっと、パリが好きになりかけていましたし、パリへ来て、初めて、フランス人のギョームと、仲良しになったものですから、せめて、七月頃までも、パリにいたいと思いました。ギョームは、私にところがきを書いてくれていました。夜は、毎週火水木と、中央市場の、野菜運びの仲仕に、働きに行っているので、それ以外の夜なら、たいてい家にいるから、遊びに来てくれと云うのです。私は、勇気を出して行ってみたいと思いました。あの、薄く透けた、青い瞳と、眼のふちが、ものもらいが出来たように、ちょっとただれていたのや、指のない左の手や、ミゼールだと云ったぶっきらぼうなひくい声が、私にはなつかしくてたまりません。このごろ、私はつくづく、奥さまの生活がきらいになっていたのです。この生活に飽き飽きしていました。奥さまは、遅く起きて、ちょっぴり美味いものを召上って、風呂にはいって、美容院へいらっしゃる。夜は、何処かの宴会かお芝居。ドライヴや、音楽会。時々きまぐれに、フランス語を習って、しかも、あんなに善良なピエールさんを、長い間お待たせしたり、すっぽかしたりして、奥さまの我ままな飽きっぽさには、私は時々腹が立つ時がありました。ピエールさんと云えば、前の犬が気にいらないものですから、スコッチテリヤの黒いのを持って来て下さいましたが、この犬だけは、本当に可愛らしくて、私は、何処へお使いに行くにも、この犬を連れて参りました。日本式にジローと名づけられて、ジローは、玩具のような、もぐもぐした小さい躯を、私の買物籠のそばへ持って来ます。

五月に、奥さまがお帰りになるとすれば、私は、どうしたらいいだろうかと思いました。私が、もっと、もっと、フランス語が出来るのでしたら、ギョームのところへ行って、身のふりかたを、相談してみるのですけれども、こみいった話の出来ないのが残念でした。私はまだ、ギョームに、奥さんがあるのかどうかも聞いてはおりません。ただ、見ただけで素朴そうないい人だということだけです。歩く時は、私の腕をとってくれましたが、それ以上は、何もしませんでした。節くれだったギョームの、ハンドルをまわしている指が、働く手だと思いました。曽根さんも、旦那さまも、吉岡さんも、ギョームのような、巨きい手ではありません。指がなくても、ちっとも厭な感じではありませんでした。手の甲に金色の毛が生えていました。腕時計の、革のよじれたようなのも、私にはなつかしいのです。元気にみちた年頃で、あまり笑わない人でしたが、私は、何だか、運転手のギョームに誘われる気持ちでした。髪の毛はにんじん色で、ぱさぱさした髪でした。いったい、メディシィス通りとは、どこなのだろうと思いました。そして、どんな家に、ギョームが住んでいるのだろうと、私は毎日空想していました。——五月には、私は帰りたくないのです。いっそ、曽根さんに、相談してみようかとも思いました。曽根さんに、相談する事は、少々冒険でしたけれども、曽根さんに相談してみるより、いい方法もないのです。

いよいよ、五月になりました。

パリの五月は、たとえようもなく柔かい明るい緑です。マロニエはいっせいに、ぱあっと緑を噴き、女の人達も、とても美しく、服装が軽くなりました。私は、奥さまのお古の、カシミヤのスーツをいただきました。淡い水色で、流行おくれなものでしたけれども、私にはよく似合いました。どこへ行くにしても、私だけは、半日でも部屋をあけるわけにはゆかないものですから、ギョームのところを尋ねようにも、家を出ることが出来ないのです。曽根さんのところを尋ねたくても、これも、どうにもなりません。パリに来ていましても、私は、何時《いっ》か、曽根さんと、サン・ザールの駅へ行ったくらいのことで、パリのどこも知りません。——ある日、曽根さんが見えましたので、私は、曽根さんの帰りを見計らって、街角の馬の首の、金看板の出ている肉屋のところに立って待っていました。

「曽根さん！」

私が、曽根さんに声をかけますと、曽根さんは、びっくりした様子でした。案外、にこにこして、珍しいねといった表情でした。私は、メトロへ行く、曽根さんと歩調をあわせながら、もう少し、パリにいたい話をしました。もし、出来れば、このままとどまって、他に奉公をしてもいいし、旦那さまが、使って下されば、それもいいのだと、曽根さんに相談をしました。曽根さんは、何とか考えて上げようとおっしゃいました。そして、残るにしても、君からも、奥さまに、正直に気持ちを話してみるんだねとおっしゃいました。空想だけでは、パリの生活は、むずかしいのだということです。こんなにぜいたくな人が犇《ひしめ》くほどいて、私一人ぐらい食べさせてくれるところがないなんて、不思議でした。私は、トランクをさげて、日本人の間に、かんぴょうや椎茸を売って歩いてもいいと思いました。もう少し、何とか、パリにいたい気がしました。私は、歩きながら、曽根さんに、ギョームの住んでいる街のことを、尋ねてみようかと思いました。曽根さんが、お茶を御馳走してくれるというので、小さいカフェにはいりました。

曽根さんは、どうして、パリがよくなったのだと聞きました。

「何故だか知らないけど、もう少しいたいンです。折角来たンだから、帽子つくりでも習って、帰りたいンです……」

私は帽子学校の願書を持っていました。本当に私は、習うつもりでいたものですから、奥さまも、夜なら、やってもいいとおっしゃったことがあるのです。曽根さんは、ひょっとしたら、まぢかに、世界戦争が始まるかも知れないから、いまのうちに、日本へ戻った方がいいンじゃないかと云いました。私は、世界戦争が、どこから始まるのかわかりません。パリの五月は、夜遅くまで明るくて、美しい都です。私は、お茶を飲んで、きっと、私の残れるように尽力して下さいと曽根さんに約束させました。私は曽根さんの軀にくっつくようにして、もし、うまくいかなかったら、私は、曽根さんの下宿にかくまって貰えないかと頼みました。

曽根さんに別れて、二日ばかりたった、ある雨の朝。私は、パリへ来て、初めて、一日、お休みの日を貰いました。珍しく、奥さまと、旦那さまは、日本からいらした、政治家のお客さまの御案内係りで、モンモランシイというところへ、一泊旅行をなさいましたので、私は、この日こそ、ギョームを尋ねてみようと思いました。メディシィス通りとは、どんなところなのか、わかりませんので、私は、ギョームに地図を書いて貰えばよかったと思いました。それでも、ギョームのところがきを持っていましたので、行きは、自動車に乗って、帰りは、ギョームに送って貰えばいいと思ったのです。ちょうど、金曜日でした。私は、お二人がお出掛けになると、支度をして、ポアリエ・ホテルの方まで歩いて行きました。何て、大きなホテルなのでしょう。でも、このホテルの、屋根裏《マンサルド》には、私のような、女中さんが住んでいるのでしょうか……。私は、自分の事を、マドマゼール・マンサルドだと、ピエールさんに、冗談を云われたことがありました。ピエールさんは、眼が近くて桜子酒《キルシュ》が好きでした。ピエールさんは、アジャン中学校の復習教師《レペチタール》だったとかで、とても、フランス語を、うまあく教えていらっしゃいました。奥さまは、のっけから、このピエールさんに、ジャン・コクトオのテレフォンを習っていらっしゃいました。ポアリエ・ホテルまでくれば、ここの坂の下に、いつも、タクシーがいるのを知っていたからです。私は、年をとった運転手の自動車をみつけて、ギョームのところがきを見せました。パリへ来て、初めて、私はたった一人で、自動車へ乗ったのです。もう、ここを離れてしまえば、私は、うまあく、ここへ戻っては来られないような不安で、胸のなかが、どきどきしていました。自動車は、橋を渡り、きれいな並木の道を、すくんすくんと、光った道に吸いつくような音をたてて、走っていました。パリの街は、すっかり春になっていました。雨で、うっとうしい空でしたが、マロニエは、黒い枝々から、青く芽吹き、通って行く人達も、雨なぞ、気にして歩いている様子もありません。パリって、どうして、雨具を好まないところなのでしょう。傘をさしているのは、おばあさんぐらいです。子供も、青年も、娘さんも、平気で、あたたかい雨に、濡れて歩いています。

メディシィス通りはやっとわかりました。私は、居酒屋《ビストロ》クレーロンという家の前で、自動車を降りて、トンネルのような、くねくねした狭い路地のなかを、番地を探して歩きました。道で遊んでいた男の子供に、ギョームのところがきをみせますと、子供は、きさくに、私を案内してくれました。ミドリ色のペンキのはげた、鉄の門をはいると、石道の凸凹した中庭のある、倉庫のような五階の建物の前へ出ました。何階に、ギョームがいるのかわかりませんので、中庭の水たまりに立ったまま、私がぼんやりしていますと、子供は、異国人の私の腕を取るようにして、アン、ドウ、トロア、キャトルと、四階の窓を指差し、両の手を、喇叭のようにして、ギョームを呼んでくれました。ギョームは、こんな子供達とも知りあいなのでしょう。窓から、あかい顔のギョームがのぞきました。思いがけなく、私が立っているので、すぐ、窓から、引っこんでゆき、下の出入口に降りて来ました。早口に何か、私に喋りかけてくれるのですが、私には、ギョームの云うことが少しもわかりません。ただ、ギョームが、私の来訪を厭がっていないことだけはよくわかるのです。ギョームは、私の肩を抱くようにして、暗い狭い梯子段を、押しあげてくれました。

四階の、ギョームの部屋には、痩せて、背の高い青年が一人いましたけれど、私を見ると、すぐ、ギョームと握手をして、部屋を出て行きました。その青年は、妙な事に、山高帽をかぶっていました。

雨は晴れて、石油色の空になり、たった一つの窓から、雀のさえずりが、そうぞうしくきこえました。日が長くなったせいか、夕方でしたが、まるで、夜明けのような、美しい明るい空です。

ギョームの部屋は、貧しい部屋でしたが、私のマンサルドよりは居心地もよく、ベッドの枕もとの壁には、年をとった女のひとの写真が、鋲ではりつけてありました。ギョームは、お母さんだと説明しました。狭い、長い部屋でしたが、割合、せいとんされていました。小さい古びた卓子に、五、六冊の本とランプが乗っていました。この部屋には、電気がありません。私は、ギョームと並んで、ベッドに腰をかけました。色々、ちぐはぐなことを喋りあいましたけれども、私は、少しも退屈しなかったし、ギョームも、私を、追いたてるようなことはしませんでした。二人は自然に、手をとりあっていました。そして、私は、自然に、本当に自然に、ギョームの、指のない方の手を、私の頬にくっつけてしまいました。ギョームは、私の肩を抱き、私をそのままベッドに寝かせました。ギョームは、私の胸の上におしかぶさるようにして、暫く、私の頬に、ギョームの頬を押しつけていました。ギョームの大きい胸幅が、少しずつ波打ってきて、仄々《ほのぼの》とした、革臭い異人種の匂いが、私の鼻をつきました。私は、眼をつぶって、しっかり、ギョームの手を握っていました。

時々、門の鉄格子の軋《きし》むような音がしました。ギョームは立って、扉に鍵をかけに行きました。何て、暖い夕方だったでしょう。私は、汗ばんでいたものですから、カシミヤのスーツの胸の釦《ボタン》を、二つともはずしました。鍵をかけて戻って来たギョームは、優しく、私のそばに寄り添って寝転びました。そして、私の右の手を取って、手の甲に、まるで、子供にするような、キッスの音をたてました。曽根さんのように、少しも乱暴でないギョームの優しさが、私は、とても嬉しかったのです。部屋の中は、少しずつ色が消えて行きます。一時間ぐらいも、私とギョームは、森閑として、手を握りあっていました。私はうっとりとしてしまいました。もう、モンマルトルへ帰る気もしません。帰っても、誰もいないのです。ただ、扉に閉じこめられたジローが、気にかかるだけです。でも、私は、いっぱい、残りごはんに、ミルクをかけて食べさせて来ました。

暫くして、ギョームが、私の耳もとで、何かささやきました。不安なことを求めているような声でしたので、私は、小さい声で、「ノン」と云いました。すると、ギョームは激しい力で私を抱きしめて、私の唇を、大きい唇で閉ざしました。

私は、息が苦しくなり、胸がしめつけられるようになり、これ以上のことは、私には、哀しいことのように思いました。ギョームは起きて、窓ぎわに行き、しばらく、ぼんやりと、暮れて行く空を見ていました。私は、ベッドに横になったまま、全身がずきずきするような、悩ましいしびれを感じていました。ギョームが、窓ぎわへ行ってしまったことすらも淋しくて、私は、ギョームを呼びました。もう、私の方から、何かを求めているような焦ら焦らしさです。ギョームは、ガラス戸を閉めて、また、私の方へ戻って来ました。

そして、私をあやすようにして、ギョームは鍵を開けて、扉の外に出て行ったのです。

暗い部屋へ、とりのこされた私は、汗びっしょりになっていましたので、上着をぬいで、窓を開けて涼みました。ギョームは何か、買物に行った様子です。

いっときして、ギョームは、手に買物をいっぱい持って戻って来ました。鍵をかけて、ギョームは、卓上のランプをとぼしました。鶏のパテを塗ったパンに、レモナード、お酒のコアントロウ。ボールにはいったイチゴや、無花果《いちじく》の砂糖煮、冷した豚肉《ジャンボン》。そんなものを、少しずつ買って来てくれたのです。私はベッドに腰をかけて、コアントロウを飲みました。椅子が一つしかないので、ベッドのそばへ、がたぴしした卓子を、軽々と、ギョームは運びました。二人とも、思い思いのことを喋りあいました。私はお酒に酔ったものですから、小さい声で、菜の花畑に入陽うすれという、唱歌をうたいました。私は唱歌が好きだったのです。ギョームは、とてもいい唄だと云ってくれました。

その夜、私はモンマルトルへ帰る気がしなくて、ギョームのところに泊ってしまいました。その夜は、とても、いいお月夜でした。どこかへ散歩に行きたくなったのですが、ギョームは、どこへも出る気がしないようです。

遅くまで、二人は起きていました。夜ふけて、撒水車が通る頃、ギョームは、ランプを、遠いところの床に置いて、私のコルセットをはずしてくれました。私は、ギョームを知るまでは、そうしたことは、何も知りませんでした。ギョームは、もう女のひとを知っている様子でした。何も知らない私を、優しく子供のように、ギョームはあつかっていました。

でも、ふっとした瞬間、ギョームは、私の肩に顔をうずめて、唸るような声で、「トレジョリイ」と叫びました。その声が、私は、日本へ戻ってからも、忘れることが出来ないのです。

翌朝、パリへ来てからの習慣で、私は朝早く眼を覚しました。軀が疲れていましたせいか、頭が重くて、私は、眼を覚したまま、ぼんやりしていました。ギョームは、壁をむいてこんこんと眠っています。驚くほど、逞ましい、大きい裸の肩でした。

床の上には、私のぬぎ捨てたものが散乱しているのです。私はそっと起きて、スリップを身につけました。どこかで、食用鳩が、くうくうと鳴いています。

私の起きた気配で、ギョームはくるりと、私の方へ向きなおり、白い歯で、ふっと笑い、両の手を、私の方へ差し出しました。何て、優しい人だと、私は、暫くギョームをみつめていました。ギョームの両手の中に、スリップのまま飛び込んで行くと、じゃりじゃりした、にんじん色の頭髪が、私に荒ら荒らしく血を呼びたててくれます。

ギョームは寝床の上でパジャマを着て、はだしのまま床におりると、レモナードをコップについで、自分の口にふくんで、私の唇に持って来ました。私は、息もつかずに、その泡を噴く泉に唇をつけました。

ギョームは、ソルボンヌの学生で、アルバイトに、運転手と、野菜運びの、仲士をしているのだそうです。

私は、ジローの事が気にかかりましたので、お昼前に、メトロで、ギョームに家まで送って貰いました。扉のところに、家主のおばあさんがいましたので、私はさりげなく、ギョームに別れようとしましたが、ギョームは、私のたしなみ深い気持ちはわかってはくれないのか、私を、おばあさんの見えるところで抱きしめて、別れのキッスをしてしまいました。

私は、走って、私のマンサルドにかけ上り、部屋へはいりました。ジローが飛びついてきました。私は、さっそく、昨日のミルクを皿にあけてやりました。

おばあさんは、御主人のいない留守に、女中の私が、ふしだらをしたのではないかと、怪しんでいるに違いありません。でも、本当に爽やかな朝でした。傾斜した窓をあけると、赤い煙突の屋根屋根の上に、白い春の雲が浮きたっていました。

私は、世の中が、すっかり変ってしまったような、愉しい気持ちでした。かたときも、ギョームのことを忘れることは出来ません。

「トレジョリイ」という声が、ちらちらと耳についています。ギョームはナントというところの生れで、お母さんと、小さい妹が一人いるのだそうです。その小さい妹の写真は、ちょうど私のように、痩《やせ》っぽちで、長い髪を二つに分けて編んでいました。私は、ギョームの古里の、ナントという土地が、フランスのどこにあるかも知りません。

扉の下に、曽根さんの名刺がはさんでありました。昨夜、ここへ、曽根さんが尋ねて来た様子なのです。名刺には、ペンで、明日の昼一時に、ラヴィニヤン街の、辻のところで待っていますと書いてありました。私は、もう、ギョーム以外には、誰にも興味がありません。鏡をのぞいて見ると、私の細い首筋には、ギョームのキッスマークがあざのようになって、あとがのこっていました。

曽根さんのような、乱暴なひとには、逢う気もしないのです。だが、それにしても、私は、五月に、日本へ戻って行く気もしない……曽根さんに頼って、パリに残るより、道もない気もして来ます。ギョームに、現在の私の気持ちをわかって貰うには、厄介な言葉の問題がございましたので、さしずめ、私は、曽根さんを利用するより方法もないのです。利用するという言葉は、腹黒い云いかたかも知れませんが、私は、兎《と》に角《かく》、日本へ帰りたくはないのです。

それかと云って、このまま、ギョームのところへ逃げて行くには、ギョームは、貧しい学生でした。しかも、日本人の私が、ギョームと結婚をしたところで、私は、きっと、そのうちに、ギョームと、別れるようになってしまうでしょう……。そのときのことを考えると、私は、いてもたってもいられなくなります。私は、ギョームが、本当に好きだから、ギョームに心配をかけたくはないのです。別れるにしましても、綺麗な別れを私は望んでいます。一生涯、ギョームとともに、暮すということは、これはもう、キセキのようなものでしょう……。

私は、思い切って、一時頃、ラヴィニヤン街へ、犬のジローを連れて出て行きました。階下の入口には、おばあさんも、キッキイも出ていて、花屋さんとお喋りをしていました。花屋は、箱車に、いっぱい晩春の花を飾っています。車の輪に、石ころをつっかいにして、花屋の爺さんは、キッキイに花を選ばせていました。紫のリラの花、黄いろいミモザ、桃、濃紫のビオレ、ケシ、スイートピー、匂いあらせいとうに、薔薇。パリの花は、なンて綺麗なのでしょう。

キッキイは、クリーム色をした、匂いあらせいとうの花を買っていました。

私は、キッキイのそばを通るとき、「ボンジュウル」と挨拶しましたが、キッキイは素気ない声で、「マドマゼール」と云いました。私は、私のすべてが変ってしまっているような気がしました。

ざわめきたつ、行人の群の中に、私はよるべない気持ちで、ジローと二人で歩いていました。久しぶりの散歩のせいか、ジローは、はずみきって、鎖を引っぱり、私の手がちぎれてしまうようないそぎ足でした。

珍しく、強烈な太陽です。眼が痛いくらいに、よく晴れ渡った空でした。駅へ出はいりする汽車の汽笛が響いています。白い円屋根のお寺の上を、飛行機が、トンボを散らしたように飛んでいました。

ラヴィニヤンの辻に来ると、曽根さんが、こっちへ歩いて来ました。向うのカフェの赤と青の天幕が、眼にしみるように鮮かでした。曽根さんは外套をぬいだ、身軽な服装で、馬鹿にぴかぴか光ってる感じでした。

「昨夜は、どこへ行ったの？」

曽根さんが尋ねました。

「月がよかったので、遅くまで、モンマルトルの賑やかなところを、歩いてみたンです」

「一人で？」

「ええ」

「一時頃、ちょっと、寄ってみたンですよ」

「きっと、私も、もう、寝てたでしょう？」

曽根さんは、妙な顔をしていました。私は、何て、嘘つきの名人になったのでしょう。一時頃は、ギョームの部屋で、私は、ギョームとお酒を飲んだり、ジャンボンをつまんだりして、愉しい夜を過していました。

あんまり、お天気がいいので、曽根さんは、モンスリーの公園にでも行ってみましょうと云って、私とジローを連れて、タクシーに乗せてくれました。

モンスリーの公園は、とても、静かな公園でした。公園の中の学生食堂で、私は、曽根さんに、お昼を御馳走になりました。それから、ひんやりとした池のほとりを、私達はゆっくり散歩しました。ちょうど、日本の公園のような感じです。——奥さまたちは、六月始めの汽船に乗るらしいと、曽根さんが教えてくれました。帰りたくなかったら、切符を買わないうちに、早く、奥さまに云っておいた方がいいけれども、残ったあとでの女一人の生活は、いったい、どうするのかと、曽根さんに聞かれて、私は、返事に困ってしまいました。日本人の、困っている人達がしているように、椎茸や、かんぴょうや、海苔《のり》を売って歩いてはいけないかしらと曽根さんに聞きますと、そんなことをしても、男でさえ暮しにくいのだから、困るのではないかと云うのです。それよりも、奥さまにお願いをして、旦那さまの身のまわりをみてあげるために、残った方がいいのではないかと、曽根さんが、知恵をかしてくれました。でも、奥さまは、きっと、そうしたことには、いいお返事はなさらないに違いありません。

水の匂いや、花や、若葉の匂いが、むせるように、晩春の公園の中にこもっていました。やがて私達は、モンスリー公園を出て、モンパルナスの駅の方へ、広い道を歩きました。

とても静かな、洗い清められた、広々とした道です。左側は、切り通しのようになり、石崖の上に、絵の具屋さんや、本屋さんが並んでいました。右側は、木柵がつづき、どこへ行くレールなのか、汽車の線路が、幾筋も光っていました。

モンパルナスから、ダンフェルオシロの、ライオンの銅像のある広場へ出ました。私は、ふっと、三越の入口にある、ライオンを思い出していました。とても似ているのです。このライオンは、ドイツを睨んでいるのだと、曽根さんが教えてくれました。

私達は、スフレーというカフェにはいって、レモナードを飲みました。レモナードを見ても、私は胸が痛いのです。店の前の、籐椅子へ腰をかけましたが、随分、四囲には、お客が混みあっていました。赤くふちどりした籐椅子と卓子《テーブル》が、店頭に並んで華かです。ジローは、隣りの客の連れている、白い小さい犬と、鼻をかぎあっていました。

私は、眼の前を、自動車《タクシー》が通るたび、ギョームが働きに出ているのではないかと思いました。かたときも、ギョームを忘れることが出来ません。曽根さんが、何か、私に話しかけてくれても、私は、時々、ぼんやりしていました。眠り足りない、青い顔をしていましたが、曽根さんは、「今日は、とても、きれいだ」と、私をほめてくれます。私は、今日は、お化粧をする気もしないので、クリームを塗って、口紅だけをうすく塗っていました。

「どうして、帰りたくないの？　みんな、日本人は、帰りたがっているンだがなア」

曽根さんが、カマをかけるように云いました。私は、にやにや笑っていました。ギョームのことを、曽根さんに、よっぽどで、話してしまおうかと思ったくらいです。ギョームと、かたときも別れていたくないのに、ギョームも、私も貧しくて、働かなければ生きてゆけないのですから、妙なとりあわせです。

今夜は、モンモランシイから、奥さま達がお帰りなので、ギョームのところへ行くわけにはゆきませんけれども、夜中にでも、私は、ギョームのところへ飛び出して行って、あの人の手で、コルセットをはずして貰いたいのです。切ない気持ちでした。曽根さんは、僕のアパルトマンへ来ないかと云ってくれましたけれども、私は、いつかの、サン・ラザールの宿屋の事を思い出して、曽根さんのところへは行く気がしませんでした。どうしたら、うまく、パリに残って、生活が出来るのか、私にはわからないのです。私は、もっと、一生懸命に、このことについては、考えなければならないと思いました。ギョームのために、私は、早くフランス語を覚えなければなりません。

六月のマルセイユ発の船は、解約することになり、奥さまは、パリ祭を見て、お帰りになることになりました。御一緒にお帰りになる、吉岡さんたちのお仕事が、少しのびたからだそうです。旦那さまは、そのころ、神経衰弱みたいになっていらっしゃいました。何かに、おびえたような暗い顔をしていらっしゃいました。奥さまも、少し、おやつれになり、前ほど、我ままではありませんでしたけれども、それでも、時々、焦ら焦らしていらっしゃるところがありました。

六月にはいった、ある晩のこと、奥さまは、吉岡さんと、ビュ・コロンビエというところに、映画を観にお出かけになり、旦那さまは、ケエ・ドルセイ街のホテルに、お一人で、御飯を食べにいらっしゃいました。私は、たった一度、ギョームの家に泊ったきり、そのあと、ほんのちょっと、ギョームと、家の前で立話をしたきり、ちっとも、ギョームにあう機会もありませんでした。

今宵《こよい》こそは、ギョームを訪ねようと、手早く支度をして、メトロで、メディシィス通りへ行きました。だけど、あいにくと、火曜日の夜だったものですから、ギョームは、中央市場に働きに出ていて留守でした。私は、ハンドバッグからメモを出して、それを引きやぶり、鉛筆で、私の名前を、大きくローマ字で書いて、扉の隙間に放りこんでおきました。私が、来たということがわかりさえすれば、ギョームは、また、いつかのように、自動車稼ぎに出た夜、きっと、私の家のところで、口笛を吹くに違いありません。その口笛の曲は、とてもいい曲でした。何ていう曲か知りませんけれども、優しくて、よく耳にとおる音色です。私は、すっかり悄気《しょげ》てしまいました。奥さまは、お芝居や映画にいらっしゃいますと、いつも、夜中でなければお帰りになりません。お帰りになると、シャワを浴びて、お夜食をおとりになり、それから、おやすみになるのです。パリのパンは、とても美味しいものでした。棒のように長いパンです。大きな、深い洗濯かごのようなのへ、パリのパン屋は、薪《まき》のように、パンを差しこんでいます。長いパンを薄く切って、パテやバタを塗って、浅草海苔でかきもちのようにくるんで、奥さまは召し上るのが好きでした。コーヒーは眠れないので、お夜食には、いつも、薄い緑茶をお飲みになりました。煙草は、ポオルモオルか、クラアベン。私は、黒猫のついた、赤いクラアベンの、二十本入りの平べったい空箱を、ためておくのが好きでした。切手入れにしたり、ギョームの写真を入れるのにしたり、ボタンや、ピン入れにするには、とても、美しい金属製の箱でした。

　私は、買物に出ると、モンマルトルの賑やかな通りで、安物屋のマガザンへはいるのが愉しみでした。十フランまでのものしか、このマガザンでは売っていません。お皿や、玩具や、ねりだまの首飾りや、一品料理や、コーヒーやアイスクリームを売っていました。私は、お小遣いをためて、この店で、気楽な買物をするのが好きでした。いつも、女のひとたちが、立って、おいしそうに、アイスクリームを食べていましたので、私もほしかったのですけれど、切符売場で、アイスクリームという言葉が通じなかったものですから、私は、旦那さまに、アイスクリームはなんて云えばいいのですか、と尋ねたことがございました。グラスと云えばいいのだと教わりました。次の日、私は、買物に出て、さっそく、このマガザンで、グラスと注文しました。すると、売子は、早口に、ヴァニラか、ショコラかと聞きました。私は、思いきって、「バニラ」と申しました。クリーム色の香りのいいアイスクリームを受取って、西洋人の女と同じように立って、そのアイスクリームをなめた時には、何て、パリは、面白いところだろうと思いました。ねっとりした、冷たい舌ざわりは、心に浸み透るようでした。

私は、ギョームのために、この店で、日本製の、絹のネクタイを一本買いました。コバルトの地色に、七福神の持っているような、実物の飛模様が、面白いと思いました。打出の小槌《こづち》や、みのや、笛や、琵琶《びわ》の飛模様が、赤や緑や、黄いろです。一フラン五十サンチームでした。ここでは、日本のおばあさんのために、私は、中指にはめる、縫物用の指輪を買いました。

私は、折角、ギョームのところへ、この、珍しいネクタイを持って行ったのですけれども、あいにくと留守だったので、がっかりしてしまいました。扉のそとに置いて戻るわけにもゆきませんので、このネクタイは持って帰りましたけれども、とうとう、このネクタイは、ギョームに手渡す折もありませんでした。

ギョームのところから戻って、私は、暫く、モンマルトルの、ムウラン・ルウジュの建物のあたりを、散歩しました。大きな、風車のネオンが動いていて、とても綺麗です。そのころ、カンカン踊りという、黒い靴下で踊るのが流行《はや》っていました。この建物には、踊り場もあるとみえて、沢山の人が、この建物へ吸われるように、はいって行っていました。西洋の女のひとを連れた、日本人も二組ばかり見ましたが、日本人は、私の顔を見ると、ギョッとしたようなそぶりで、さっさと、私の前を通りすぎて行きます。

夜明けのように明るくて、もう、九時近いというのに、まだ、ほのぼのと四囲は、乳色に明るいのです。私は、家の方へ、ゆっくり歩きました。初夏の風はまだ春のようにひやひやしていて、とても、歩くには、気持ちのいい夜でした。家の前の、アーチ型のマロニエは、こんもりと繁っています。私は、マロニエの葉をむしりました。天狗さまの扇のようなかたちです。香ばしい匂いと、葉脈の縞模様が、私には珍しい葉っぱでした。この白い宵の散歩を愉しむ、二人づれの人達が、家の前を時々通っています。四、五人づれの少年が、山高帽子をかぶって通って行くのを、私は珍しいと思いました。

家へ帰りますと、思いがけなく、お部屋に、旦那さまが、おひとりで、ソファに腰をかけていらっしゃいました。私はびっくりして、「お帰りなさいませ」と、御挨拶しますと、旦那さまは、くるりと、ふりむいて、緑茶の濃いのを淹《い》れてくれとおっしゃいました。パリは水が悪いところだそうで、お茶は濃くしないと、味がないと、よく、旦那さまがおっしゃっていました。私は、急いで、食堂の小さいクウジンで、お湯をわかしました。濃いお茶を淹れて持って行きますと、厚い本を読んでいらした旦那さまは、人なつっこい微笑で、「散歩かい」とおっしゃいました。

私は、メディシィス通りに行ったことは黙っていました。ただ、何となく、モンマルトルの賑やかな方へ、散歩に出たのだと嘘をつきました。万古《ばんこ》の小さい急須から、二杯目のお茶をついで、お飲みになりながら、私にも、ソファに腰かけるようにおっしゃいました。この時でなければ、私は、パリに残らしていただきたいお話は出来ないと思い、私は、ソファのはじに腰をかけて、七月の船で、奥さまは、本当にお帰りになるのかと、うかがってみました。

「今度は、本当だろう。たしか、二十日の船を予約した筈だよ」

と、何気なくおっしゃいました。そして、「帰りたいだろうね」と、おっしゃるのです。私は、首をふりました。何とかして、旦那さまのお身のまわりをして差しあげるために、パリに残ることは出来ないものでしょうかと、私は、勇気を出して、おうかがいしてみました。旦那さまは、意外な事を聞くものだといった眼つきで、「ほう、帰りたくないのかい？」って、眼鏡をおとりになり、私の方をごらんになりました。

「折角、パリに来たのですから、何か、勉強して帰りたいのです」

「何を勉強したいンだい？」

私は、本当に困ってしまいました。勉強するといっても、私は、何を勉強していいのだか、さっぱりわかりません。ふっと、思い出しましたのは、いつか、お風呂屋に行った時に、帽子学校のビラを貰ったことがありました。夜学で、帽子つくりを教える、街裏の小さい帽子屋さんの広告でした。私は、とっさに、「帽子をつくることを習いたいのです」と申しました。すると、旦那さまは、お笑いになって、「日本に帰って帽子屋を開業するのかい？」と、これは妙だという顔つきをしていらっしゃいます。私も、笑い出してしまいました。旦那さまは、いま、初めて、しみじみと私を見るようにして、そんなに、パリにいたいのなら、奥さんに頼んでみるといいねと、おっしゃいました。旦那さまからも、お口添えはして下さるそうですけれども、何しろ、奥さまは気まぐれな方ですから、旦那さまだけの御承諾では、安心が出来ないのでしょう。旦那さまは、こんなことも、おっしゃいました。帽子学校が主ではなくて、誰か好きな人でも出来たのではないかと、はにかみの表情で、おっしゃいました。私は、ここの、コンシェルジュのおばあさんが、ギョームの事を、告げ口をしたのではないかと思いました。私は、黙っていました。「曽根は、君に、何か云わなかったかい？」ああ、そんなことだったのかと、私は吻《ほ》っとして、「いいえ、何もおっしゃいません。私は、曽根さんは、あまり好きではありません」と申しました。

　旦那さまは、栗羊かんを出しなさいとおっしゃいました。オブセの栗ようかんの缶詰を出して来て、私は缶を切り、白い皿へ厚切りにして、旦那さまのところへ持って行きました。旦那さまは、まず、私に、一切、楊枝で突き差して、羊かんを取って下さいました。そして、羊かんを御自分でも召し上りながら、ピエールはどうだとおたずねになりました。私は、旦那さまが、私の事について、何か聞いていらっしゃることはたしかだと思いました。私は、ピエールさんとは、犬のこと以外はお話をしたことはないと申しました。犬のこと以外は話したことがないと云ったことがお気に召したとみえて、旦那さまは、初めて、しみじみと、私の郷里はどこだかとか、両親はあるかとか、兄弟は何人あるかとかおききになりました。私は、旦那さまの、こうしたお優しさが、とても好きなのです。私は、私生児で、父親も知らないで育ったことや、母は、昔亀清《かめせい》の女中をしていて、ジンウ炎で亡くなったことを話しました。ずっと、祖母の手で養育せられたのだと話しますと、旦那さまは、何気なく、私の手をお取りになり、「随分、苦労した人なンだね」とおっしゃいました。旦那さまの手は、絹のように柔かい手でした。

　私の指のえくぼを、一つ一つボタンのように御自分の指で押しながら、「残って、身のまわりのことをしてくれたら、有難いンだがね。だが、そうも、ゆかないかもしれないよ……」とも、おっしゃいました。私は、ギョームと別れるのはとても厭でした。切なくて、涙が出そうになりました。旦那さまは、驚いたように、濡れた私の眼をみつめていらっしゃいましたが、やがて、私を、子供のように抱きかかえて、私の顔を、旦那さまの胸に押しつけてしまいました。私は、じいっとして、旦那さまの洋服の固いボタンの上に、鼻の頭を押しつけられていました。嗅ぎなれたローションの匂いがしています。そして、やっぱり、西洋人にはない、あの魚臭い日本人の匂いがしていました。ほんのちょっとの間なのですけれども、私は、長い間、そうしていたような気がしました。私は、そうしている間に、いろんな事を、走馬燈のように考えていました。旦那さまは私をお離しになると、「君に、残って貰うようにするかね」と、おっしゃいました。私は、急に、生き生きした気持ちになり、ソファの革張りを摑みました。とても嬉しかったのです。一気に、ギョームの事を告白してしまいたいくらいでした。旦那さまが、卓上の煙草入れから、煙草をおとりになったので、私は、七宝のライターで、火をつけてさしあげようとしますと、旦那さまは、私の手を握って、「そンなことをしなくてもいいのだよ」とおっしゃいました。私は、昔、母が、よく、お客様に、煙草の火をつけて差しあげていたものですから、私も、そうすることがいい事なのだと思っていたのです。旦那さまは、ごじぶんで、ライターを取って、火をおつけになりました。そして、私の長い髪の毛をいじくりながら、旦那さまも、亀清という料理屋は、よく知っているとおっしゃいました。開け放した窓から、涼しい風が吹き、やっと、茄子《なす》色《いろ》に昏くなって来ました。

旦那さまは、こんなにいい夜は、アルジャントイユの方へでも、ドライヴをしようかねとおっしゃいました。私は、間もなく、支度をして、旦那さまのお供をして、街へ出て、綺麗なタクシーに乗りました。夜間演習でもあるのか、飛行機が、幾つも唸って夜空を飛んでいました。私は旦那さまのそばに腰をかけていました。運転手は若くて、ギョームの襟筋に似ています。私は、旦那さまが、ギョームだったら、どんなにいいだろうと思いました。自動車はいくつかの橋を渡り、郊外へ出て行きました。いつの間にか、旦那さまは、私の右の手をとって、まさぐっていらっしゃいました。私は固くなってしまって、少しも、窓の外を見てはいません。私は夕食も食べていないので、羊かんだけだったせいか、おなかがすいていました。同じパリにいながら、いまごろ、ギョームは、中央市場の野菜を運んでいるのだと思うと、何だか、申しわけのないような気がしていました。

「帰りたくないと、判然《はっき》り云うンだね」

旦那さまは、ぽつんと、そんなことをおっしゃって、私の肩をお抱き寄せになりました。私は、旦那さまの腕に抱かれて、暫く肩に凭《もた》れていました。アルジャントイユの街に来て、自動車を、暗い教会の前で降りて、私は、河の方へ、旦那さまと寄り添って歩きました。

とある花屋の前のガラス窓に、桃色のアジサイが花壺にさしてあるのが、とても、印象深く私の眼に残りました。溝の流れの音や、煮物の匂いや、家々の前庭の、若木のそよぎが、なんともいえない爽やかさです。お勤人の町のような、淋しい通りを、私達は歩きました。狭い町通りでした。どの家の窓にも、灯がともり、家のなかで、ささやきあっているような、平和な町です。

小さな、居酒屋に、旦那さまは、私を連れておはいりになりました。家の横に、狭い庭があって、その庭にも卓子が出て、燈火がついていました。私達は、家の庭に出て、夜露でしめっている木の椅子に腰をかけました。庭の卓子には誰もいません。私は、なつかしい飲みもののレモナードを注文して貰いました。

「Mon Dieu, mon dieu, la vie est la Simple et tranquille :」

旦那さまは、こんな歌を気持ちよさそうに、つぶやいていらっしゃいます。少しお酒を召し上って、いい気持ちそうでした。それは、なんて歌ですかと、お尋ねしましたら、お神様よ、神様よ、これこそ生命《いのち》。淋しくもまた、寂《しず》かなりといった意味のもので、私と、こんな郊外の居酒屋にいると、この文句が、自然に口をついて出て来るのだとおっしゃいました。誰の歌だか、思い出せないけれども、お前は、こんな気持ちを誘う女のひとだとおっしゃいました。私は、つまみものの小さいビスケットを食べながら、こんなところに、ギョームと二人で来たら、どんなにか愉しいだろうと思っていました。旦那さまは、奥さまのことについては、ひとことも、ぐちをおっしゃいません。云わば、自分勝手に、私を前にして、いろいろなことを、思い耽っていらっしゃる様子です。私から云えば、旦那さまは、ぜいたくな淋しがりやかもわかりません。お金がいっぱいあって、淋しいなんて……奥さまとの間が、うまくゆかないのならば、いっそ、奥さまを、早く、自由な軀にしてあげた方がいいのではないかと、私は思いました。とても、きゅうくつな、退屈な暮しを、旦那さまは、がまん強く続けていらっしゃるようで、私は、不思議でなりません。日本人の考えている、品のよさということが、なんて、つまらないことなンでしょう。私は、ほんのちょっとの間、旦那さまと、一緒にいただけで、唸りたいほど退屈してきました。ギョームだったら、きっと、もっと、沢山、私に話しかけてくれるでしょう。私達共通の、あの貧乏《ミゼール》な話を、ギョームは手真似で面白そうに話してくれるでしょう。人生のなかから、勇気を失った男ほど、魅力のないものはありません。私は、遠慮なく、ビスケットをみんな食べてしまいました。私は、汗が出るほど、おなかが空いていたのです。時々、下腹が、ぐうっと鳴りました。淋しいだの、寂かだの、私には、そんなことよりも、何としても、退屈で仕方がなかったのです。

帰りは、また、教会のところまで行き、待っていた自動車に乗りました。モンマルトルの家へ戻ったときは、十二時頃でしたでしょうか。奥さまは、帰ってはいらっしゃいません。扉のところで、まだ、何か、用事をいいつけそうになさいました旦那さまの声を、私は、わざと、聞えないふりをして、屋根裏《マンサルド》へ上りました。部屋へはいると、暫く、私の部屋のベルが鳴りましたけれども、私はかまわないで、カシミヤ服を脱ぎ、スリップのままどおんと、ベッドに飛びこみました。心から、「おお厭だわッ」と、私はつぶやきました。耳を澄していると、どこかで、あの、なつかしい口笛が、きこえるようなのです。私は、起きて、窓を開けてみましたが、もう、坂の街は森閑としていました。ジローは、ベッドの下で、気持ちよさそうに眠っています。私は、たまらなく、ギョームに逢いたい気持ちでした。

二時頃、奥さまは、お帰りになりました。私は、眠くて仕方がなかったのですけれども、やっと、元気を出して起き出して行き、シャワの支度をしました。奥さまは、まるで雪国から戻って来たような、寒々しい、まっさおい顔をして、ぐったり、ソファにかけていらっしゃいます。光った飾りのある靴や、毛皮の肩掛けは、タッピイの上に散らかり、奥さまは、いかにも、心身ともにお疲れになった御様子で、ぐったりしていらっしゃいます。いつものように、服のホックをはずして、おぬがせしました。レースの飾りのある、シャボンの泡のように軽い、鶯色のスリップ、鯨骨のはいっているコルセット、靴下、パンタロン、一つ一つはずして、裸にしてさしあげると、奥さまは、歩きたての子供のように、両手を広げて、浴室へはいっていらっしゃいます。頭から、シャワを浴びて、「もう、いいよ」っておっしゃると、私は、大判のタオルを持って行くのです。タオルを頭から、マントのようにお被りになって、革のサンダルのままソファへお掛けになると、私は、ていねいに、カイコのように透きとおっている、奥さまの軀の露を拭きとるのです。

　それから、裸のままでお夜食。私は、今夜は、馬鹿に、奥さまを、お可愛らしいと思いました。旦那さまの、あの退屈さが、ギョームを知った私には、なんとなくわかりかけて来ました。

　レモンを絞った、お水をぐっとお飲みになり、それから、ゆっくり、海苔巻のパンと、薄い緑茶。ふっと、奥さまは、光った眼を瞠《みは》り、「旦那さま、生きていらっしゃる？」とおたずねになりました。私は、ええ？　と問い返す眼を、奥さまにむけましたが、旦那さまは生きているかと、聞かれて、私は、とてもおかしくなり、眠いのがいっぺんにさめてしまいました。

「はい、たしかに、まだ、生きていらっしゃいます」

　今度は、奥さまが、驚いて、私をじいっと御覧になりました。

私は時々、ピエールさんにフランス語を習いました。奥さまのレッスンの日は、きまって、奥さまが頭痛だったり、外出の前だったりで、ピエールさんは、教えにいらしった時間を無駄にしなければなりません。ピエールさんは、その時間を利用して、とても親切に、私に、手帖までつくって来て教えてくれました。ピエールさんも大変貧しいのです。私は、割合早く、フランス語の会話をおぼえることが出来ました。いつか旦那さまに書いていただいた、神様よ、これこそ生命《いのち》、淋しくもまた……という詩なんか、すらすらおぼえて、書き取りもうまいと、ピエールさんにほめられるようになりました。私は、早くフランス語で、ギョームに恋文を書きたかったのです。

　ピエールさんのいらっしゃるのは、一週のうち、月水金の三日でしたが、ピエールさんは、そのあとの日は、ソルボンヌ大学に法律や刑法を習いに行っておいでなのだそうです。いつも、黒い服を着て、高いカラーをしていらっしゃいます。帽子は黒のつばひろです。まるで宣教師のようなおだやかな方です。――私は、ある日、買物に出ていて、坂道のところで、ピエールさんにおめにかかりました。ちょうど、奥さまと、旦那さまは、日本の新聞記者の方と、ロンシャンの競馬見物にいらっしゃってお留守でございました。私は、お留守番だったので、黒いエナメルの、買物袋をさげたままピエールさんと、メトロでサン・

ミッシェルへ出てみました。ピエールさんは、モンマルトル近くの、ヴィスコンチ街の屋根裏にお住いだそうです。

全く、ピエールさんのような、立派な方を、私は、見たことはありません。まるで、学校の先生のようにもおもえました。

二人は学生のように、歩きました。六月の、のんびりした、金曜日のお昼でした。セーヌ河の岸へ出て、橋を渡りました。私とピエールさんは、自然に、中央市場の方へ歩いていました。私は、ピエールさんに、ギョームのことを話してみようかと思いました。私の恋人は、ここの野菜運びの人夫をしているンですよと、打ちあけてしまいたくて仕方がありませんでした。でも、そんなことを打ちあけてしまえば、ピエールさんはびっくりしそうです。セバストポールの通りに出て、私達は、小さい旅館兼用の立ち飲みカフェにはいりました。お茶を飲んでいた人達が、私のことを、ジャポネか、シノアかといっているのが聞えました。私達は、軒先きの空いた椅子に腰をかけて、また、あの、私のなつかしい、レモナードを飲みました。ピエールさんは、奥さまのことを、とても好きな婦人だと云いました。発音も美しいし、物覚えもいい方だから、もう少し熱心ならば、どんなにすばらしく上達なさるだろうと云うのです。ルーマニヤ人の絵描きが、私達のそばに腰をかけて、街路のスケッチを始めだしました。誰一人のぞきこむものもありませんが、その絵描きは、貧しいかっこうをしていました。帽子もかぶらない、もさもさの灰色の髪、大きな段々になった鼻、眼は、透きとおった緑色。疲れた顔をしています。私の見たパリは、貧しい人の多い都会のように思えました。何処へ行っても、みんな、私達のお仲間ばかりのようで、楽な気持ちでした。ちょうど、私は、犬ころのように、パリの、地びたばかり見ているのかもしれません。奥さまや、旦那さまの遊びにいらっしゃる世界は、また、別世界のパリかも知れません。七月十四日のパリ祭をひかえて、田舎へ行っているジプシーの馬車も、りくぞくとして、街々の辻に戻って来ているようです。ぞろぞろと、私達の休んでいる前を、面白いジプシーの車が通って行きます。

ピエールさんは煙草をのみません。グルノーブルとかの大学にもいらっしゃったのだそうです。どうして、うちの奥さまを、お知りになったのですかと、ピエールさんに尋ねてみますと、新聞の職業案内欄を見たからだと云っていました。一番上のお兄さんが、ベルダンで戦死なすって、それから、家が、すっかり駄目になったのだそうです。ピエールさんは、暫く、パリ郊外の教会の仕事を手伝っていた事もあるのだそうです。そこで、若い娘さんと知りあい、その娘さんは、お嫁に行ってしまったのだそうです。その娘さんと別れたけれども、その娘さんは、とても、いいファンテージーや、エスプリを記念に残していってくれたと、ピエールさんの話でした。

私は、ギョームのために、いいエスプリや、ファンテージーを残せるかどうかはわかりませんけれども、ピエールさんの話を聞いていて、この国柄の恋愛を面白いものに思いました。ピエールさんは、別れた女のひとのことを少しも恨んでいません。むしろ、いい思い出を貰ったとよろこんでいるのです。

少しずつパリが愉しくなりました。私は、どこでも、一人歩きが出来るようになりましたが、いよいよ、仕事が忙《せ》わしくなり、ギョームを尋ねて行くひまもありませんでした。電報を二度ほど打ってみましたが、ギョームからは、何の返事もありません。七月にはいったある夜、私は、珍しく、お部屋にゆっくりしていらっしゃる奥さまに、パリへ残っていたいお願いをしてみました。私は、奥さまの足の爪を磨きながら、奥さまのお顔を見ないで、

「あのう、私は、もう少し、パリにいたいのです。学校へはいりたいのです。旦那さまのお世話でもさせていただいて、残らしていただくわけにはゆきませんでしょうか……」

と、私はおそるおそる申しました。すると、奥さまは、とても、冷たいお声で、「残るなンて駄目よ。お前は、私のために連れて来て貰ったンだから、そンな勝手は許せないわ。旦那さまも、お前なんか必要じゃないことよ」と、おっしゃるのです。旦那さまは、なに

か一言ぐらいは、おっしゃったのではないかと思っていましたが、奥さまの口ぶりでは、まだ、何もおっしゃっている様子はありません。私はがっかりしてしまいました。旦那さまのお世話にでも残れるのなら、居留届も出せますけれども、このまま家出してしまえば、私は、パリに隠れて住むより仕方がありません。

私のパスポートは、奥さまが持っていらっしゃるのです。

私は、もう一度、旦那さまに、お願いしてみようと思い、その翌朝、旦那さまを、お玄関に送り出した時、パリに残りたいけれど、奥さまに断わられたと話をしますと、旦那さまは、「それは、早く云い出したもンだね。出発のまぎわに、残るように出来るから、黙っていたらいいンだ」と、優しくおっしゃって下さいました。

旦那さまは、いつも、人目のないところで、私の肩を抱いたり、手を握ったりするのです。時には、キスされそうな、あぶない時もありましたが、私はギョームのために、こばみました。その点、旦那さまは、非常に紳士です。紳士ということは、勇気のない人だということでしょう。いつも、臆病で、私が、旦那さまと二人きりの時、高い笑い声をたてると、ぴたっと蓋をしたように、固くなっておしまいなのです。旦那さまは、奥さまにも私にも紳士なのでしょう……。

パリ祭の夜が来ました。

何て、賑やかなパリでしょう。夜の九時頃、奥さまと、旦那さまと、初めて誘いにいらっした吉岡さんと、新聞記者の方々とで、街へ出ていらっしゃいました。みんなは、若い新聞記者の方の持っていらっした、飴屋の持っているような、ガリガリと鳴る、木製の色塗り玩具を、一つずつ貰って、それを、子供のように、ガリガリ鳴らしながら、愉しそうに街へ出ていらっしゃいました。自動車は、オープンで、運転手は、新聞記者の方でした。私はみなさんを見送ってから、ジローに牛乳をたっぷりやって、奥さまの部屋で、シャワを浴びました。そして、奥さまのお化粧品をたっぷり使ってお化粧をしました。今夜こそ、パリ祭を、ギョームと見たいからです。窓の外は、まだ、夜明けのように明るくて、涼しい宵です。私は、まるでもう、恋に心がくらんでいました。奥さまの化粧棚の上にあった、鰐皮《わにがわ》のハンドバッグから、百フランのお札を、三枚抜きとってしまいました。桃色の百フランのお札が、束になってはいっているのですもの。私は、五枚ほど抜きとりましたが、心がとがめて、二枚ほど、またもとへ返しました。三枚の百フラン札をコルセットにはさみましたが、何だか、焼けつくように、肌が痛いので、私は、暫く、鏡をのぞいたまま、自分の泥棒の顔を眺めていました。私の顔は、化粧のせいか、年よりは老けてみえましたけれども、凄いほど綺麗でした。私の顔は悪魔のように笑いました。「いけないでしょうか？」「かまわないよ。大丈夫だよ。早く、ギョームの処へ行きなさい」「かくして、知られないで済むでしょうか？」「今日はパリ祭だよ。かまうことはないよ」鏡のなかの私の顔がささやいてくれます。私は、思いきって、唇紅を濃く塗って、この間、買って来た、安物マガザンの水色麻のワンピースを着ました。紺色リボンのステッチが、胸かざりについています。奥さまの愛用のゲランのミミという香水も、たっぷり裾までふりかけて、私は鍵をして外へ出ました。

坂の下の広場では、もう、紙吹雪が散らかり、プティ・タッピイをまわしながらの、踊りの輪が幾組もありました。爆竹がはじけ、露店のルーレットが、お客を呼んで、いせいのいい呼び込みが始まっています。

私はメトロで、メディシィス通りへ行き、水たまりのある、石だたみを飛ぶようにして、家の、中庭を走って、ギョームの部屋の階段を登りました。ギョームはまた留守なのです。私は、ぼんやりしてしまいました。もう、賑やかな街へ遊びに出ているのかも知れません。階段を降りて、暫く、石の段々に腰をかけていました。三十分もそうしていたでしょうか。アパルトマンの人達は、愉しそうに、前の石だたみの中庭を、歌いながら通って行きます。空は茄子色に暮れ、時々、淡い花火があがりました。楽隊の音色が、遠くなったり、近くなったりしています。私は仕方なく、門番のところへ行き、ギョームのことを聞いてみました。

「ギョームは、躯を悪くして、四、五日前に、ナントのお母さんのところへ戻って行ったよ」門番のおかみさんの返事です。私はがっかりしてしまいました。私というものは、結局は、ギョームにとっては異国人だったのでしょう。ピエールさんの彼女のように、いいエスプリも、いいファンテージーも、ギョームの胸に残すことは出来なかったのです。私は、なんだか、泣きたくなりました。やけになってしまいそうでした。ギョームは、どこが悪いのかわかりません。もう一度、戻って行って、門番のおかみさんに、ギョームは、いつ頃戻るかと聞いてみました。「さア、どのくらいだか知らない。一週間分の部屋代だけは貰ったけど、あとは知らないね」と、いうことです。

私は、一人で、あてどなく、祭の街のなかを歩きました。私にとって、この賑やかな祭の夜も、無意味なものでした。私は、すべてをあきらめて、奥さまと御一緒に、日本へ帰ろうと思いました。

ピエールさんの恋人の記念物だという、いいエスプリとは何なのでしょう……。いいファンテージーとは、何だったのでしょう……。私は、歩きながら辛くなって来ました。足が震え、肌が粟立《あわだ》つような淋しさでした。長いこと、ギョームにも逢いませんし、ギョームから、何一つ便りがないということは、私はもうギョームにとって必要な女ではないということなのでしょう……。

私は、いつか、ピエールさんと歩いた、セバストポールの通りへ出て、犇《ひし》めくような人通りにまぎれこみました。いつかのカフェは、三色の天幕を軒先きに張り出して、沢山の人達が、天幕の下の椅子に、笑いさざめいていました。空いた椅子は一つもありません。街路は、踊りの輪が、ゴムのように、のびたりちぢんだりしています。汚れたプティ・タッピイに膝をついたりしている、妙な踊りを、私はぼんやり眺めていました。高い建物の上から、時々、紙吹雪が散って来ました。私の後では、ドイツで、戦争が始まりそうだと話しあっている連れがありました。カフェでは、食い逃げをおそれて、みな、注文の前に、金を払わせられます。

隅の椅子の方に、眼のまわりに青いくまを描いた、おかっぱの女を連れた日本人の男が、私の眼にとまりました。その日本人は、さっきから私を見ていたようでもあります。私が、その男の顔を見ると、その男は、ぷいっと、そっぽをむいてしまいました。私をひそかに観察してしまった表情です。私は、そこを去り、仕方なく、セーヌの河ぶちに出て、河床の広い石だたみに降りて行ってみました。ここだけが、森閑として静かです。水の流れる音だけで、四囲はほの暗く、夜釣りをしている人が、ちらほらしていました。時々、抱きあうようにして歩いている、若い二人づれにも行きあいました。

水の上は光って、かんてんのようにかたまっていましたが、街の地底から押し出す濁水の音は、まるで、地鳴りのような音をたてて流れ出ていました。

河床の石杭に、煙草を吸いながら、腰かけている男に行きあいました。「一人か？」と、その男は、私に尋ねます。私は、返事もしませんでした。「匿名《プスードニム》で散歩ですか？」と、その男は冷かしました。酒の酔いでも醒ましているのでしょう。私が黙っているので、その男は、そのまま話しかけてはきませんでした。ちょうど、眼の前に、三人ばかり、夜釣りの人達がいましたので、私は、平気で、そこに立っていることが出来ました。時々、心細い色の花火が、夜空にあがっています。両国の花火の美しいのを知っている私は、パリの花火は貧弱なものだと思いました。

モンマルトルの家へ戻ったのは、十二時近くだったでしょうか……。私は、汗ばんで折目のついた三百フランの札を、また、もとのとおり、奥さまの鰐皮のハンドバッグに戻しておきました。

一時頃、旦那さまは、お一人でお帰りでした。私は、お茶を淹れて差しあげましたが、すっかり歩きつかれていましたので、とてもふきげんになっていました。旦那さまは、火のないシュミネの前の革のソファに腰かけて、ネクタイをはずしていらっしゃいます。

「祭は見たかい？」

「はい」

「何処まで行ったの？」

「この辺を歩いただけです」

「少し、ここへ腰かけて、話でもしてゆきなさい」

ネクタイを取り、上着をぬいだ旦那さまは、お茶を美味そうにお飲みになりながら、私が、ネクタイや上着を洋服ダンスに入れているのを、じいっと見ていらっしゃいました。

やがて、私は、まるで、お父さんにでも抱かれているような気持ちで、旦那さまに、抱かれていました。かすかに煙草の口臭の残った唇で、私の唇は封じられました。私は、ギョームの力の強さを思い出していました。悲しくもないのに、ギョームがなつかしくて、私は、泣いていました。

旦那さまは、時々、私の肩を軽く叩いて下さいました。奥さまとの間が、長い禁欲生活に近いお暮しだったのか、旦那さまは、女の軀にむかっては、まるで無気力だったことを、ずっと後になって、私は知りました。旦那さまは、本当に紳士でした。私は、のんびりとして、革椅子にかけていることが出来たのです。

奥さまと、旦那さまは、無意味な、御夫婦だったのでしょう。奥さまが、旦那さまと私のことを、どんな風にもお考えにならないのがわかったような気がいたしました。私と旦那さまが、時々、こうした出逢いをしたところで、旦那さまにとっても、私にとっても、落葉の吹きだまりのようなものでしかありません。旦那さまは、麻のハンカチで、私の涙を拭いて下さいます。まるで、一種の友情のようなものでした。私は、奥さまと、御一緒の船で帰ることにきめましたと申しますと、旦那さまは、自分も、年内までには日本へ帰るつもりだとおっしゃっていました。じいっとしていると、東停車場と、北停車場から、交互に、汽車の汽笛がこだまのようにひびいて来ました。

　下界はまだ、煮えたつような賑やかさです。旦那さまは、棚から、コアントロウの瓶を出して来て、二つのコップにおつぎになり、私にもすすめて下さいました。

　七月二十日、奥さまと私はいよいよパリを出発する日です。マルセイユには夜着きました。どうしたことか、マルセイユまで、旦那さまだけがお見送りでした。私達は、一行四人の船旅です。吉岡さんは、酒巻さんという、会社の重役の方と、御一緒の船室です。私は、前と同じように三等室。船は、箱根丸でした。

　出航は、翌日の九時。荷物の運び込みをしてくれる日本人は、いつかあった、前の人ではありませんでした。私は、船に泊り、奥さまや、お三人の方々は、マルセイユの街のホテルにお泊りになりました。

私の船室には、四人の女の同室者がありましたが、日本人は私だけで、船へ泊るのも、私と、フィリピンの老婦人だけでした。

翌朝、私が、食堂で、御飯をたべて、部屋へ戻ると、思いがけなく、旦那さまが、部屋の入口に立っていらっしゃいました。私に、封筒へはいったものを下すって、人目のないのを見て、私の額に接吻をして下さいました。そして、握手をなさると、さっと、三等室を出ていらっしゃいましたが、千円の、正金銀行の小切手が、一枚はいっていました。別に、手紙も何もはいっていません。——一等のキャビンへ行ってみますと、奥さまと、旦那さまは、遠く離れたまま、黙って腰をかけていらっしゃいます。あわてて私は、廊下へ出ましたが、奥さまは、私をお呼びになり、

「旦那さまが、お前にも、おなごりおしいって、おっしゃってるわ……」

と、笑いながらおっしゃいました。私は赤くなって、そこへ立っていました。二十一日のマルセイユは、とても、暑い日でした。波止場の石炭の山が、ぎらぎら光っています。もっと、他に、綺麗な波止場が、マルセイユにはあるのでしょうけれども、日本の船の停っているところは、とても汚ないところでした。私は、そっと、三等のデッキに降りて行きましたが、海風がとだえると、ちょっと、むっとするような、陽の反射です。

私は、昨日別れたばかりの、パリにいる仔犬のジローがなつかしくてたまりませんでし

た。もう、ギョームの事なんかは、忘れようと努力していましたが、淡いみどりの海原を見ていますと、ギョームのおもかげが、湧くように、眼に浮んで来ます。私はかえって、ギョームの方から、いいエスプリを、そして、美しいファンテージーを貰ったようなものでした。

九時の出航を知らせる銅鑼で、旦那さまは、他の乗客の、多くの見送りの人達と、波止場へ降りていらっしゃいました。白い麻のお洋服のせいか、顔色が黒く見えました。私は、ブリッジを降りていらっしゃる旦那さまの小柄な後姿を眺め、済まないような気がしました。私のそばに立っていらっしゃる奥さまは、今日は黒レースのお洋服で、珍しいことには、白いハンカチを眼にあてていらっしゃいました。

（絶筆）

（「中央公論」昭和二六年一月～七月）

付録

『漣波』あとがき

川端康成

林芙美子さんは四つの続きものを書きながら急死した。朝日新聞の「めし」と、主婦の友の「真珠母」と、そして中央公論の「漣波」と、婦人公論の「女家族」と、これらがみな作者の死によって中絶され、未完となった。文藝春秋別冊の「雷鳥」、中央公論文芸特集の「菊尾花」（新方丈記）、この二つは長いものではないらしいが、やはり作者の死の前に書かれて、書き終りはしなくて、未完となった。

ここにはその「漣波」と「女家族」と「菊尾花」とを集めて、中央公論社が芙美子さんの霊への手向けにもするという。

作者の死によって中絶され、未完となった作品——殊に芙美子さんのように働き盛りに急死した人の、つまり芸術の魔神に乗りうつられたのが死神につかれることでもあったような、あふれて噴き出すような働き盛りの、なまなましい未完の作品は、人生の運命が読む者に迫る感じもある。話を聞きながら道を歩いていると、突然その話し手が聞き手に倒れかかって来たようだ。話に聞きとれていた者は、倒れる話し手を受けとめて、はっと気がつくと、重く温いけれども、死んだ人を抱いている。こういうことも人生の習いであるが、今まで聞いていて聞き終らぬ話と、もう一言も言わぬ話し手と、その二つのつながりを思い、さらにそこに聞き手自身を置いて思うと、未完の作品の残るひびきは消えない。「女家族」の八回目を芙美子さんは六月二十七日の朝書き上げたという。その二十七日の午後、外出して夜半に帰って間もなく、二十八日の午前一時ごろ、芙美子さんは心臓麻痺で死んだ。

その八回目の終りに、熱海の安宿へ行ったるい子と秀子の姉妹「二人は、女の幸福について語りあった。るい子は言うのである。

『人間の幸福ってものは、船旅や、汽車旅のように、はっきりした進路はないと思うのよ……。ねえ、眼には見えない運命の空の下で、人間って、唐草模様を描いているみたいね……。』」

と、芙美子さんは書いた。

死の数日前、芙美子さんは婦人公論の「女流作家座談会」で言っている。

「……わたしはね、ときどきこの人（平林さんを見て）のところへフーと行きたくなるときあるけれど、未だに、ちっともゆかないの。ときどき友だちに会いたい話をすると、ああもう死期が近いねっていわれるの（笑声）。今年の秋は、わたしフランスに行って、アジアの憂鬱を題材にした小説を書きたいの、それをフランス語に訳して、向うで出版するつもり……。でも考えたら、こう心臓が悪くちゃ、タバコをすこし止めるようにしなくちゃ、飛行機の中でウーン（笑声）。どこで死ぬやら……。」

「漣波」はパリを舞台としている。芙美子さんがパリへ行ったのは昭和六年であった。

また方丈記の現代訳、あるいは芙美子さんの「理解した方丈記」が絶筆の一つとなったのも偶然ではなかったかもしれない。「私は鴨長明の思想が好きである。」と芙美子さんは言い、中央公論文芸特集にこの原稿を渡す時に手紙を添えて、「現代にいかにも似ていますし、いま、方丈記を読み溺れていますので、読みやすく、私流にかいしゃくして、書いてみました。」と言っている。芙美子さんの心底には日本風の無常もかねてから流れていた。そしてこの芙美子さんの「自由な方丈記」は、芙美子さん流の親しく話しかける言葉にこなれて、一つのいい訳であると思う。

青野季吉氏は芙美子さんについて、「作家にもいろいろあるが、林さんのように広い読者から肌をすり寄せるようにして愛される作家は、めったにないものだ。林さんの人柄にもよるのだろうが、痛めつけられてばかりいる庶民の生活感情の救いになるものが林さんの作品に温められていたからであろう。その救いの性質をかれこれ批判するよりも、そういうだれにも出来そうなことが容易に出来ない理由をとっくり考えてみる必要があろう。」と書いている。

そういう芙美子さんの特色、また芙美子さん自身でも、「観念を突き抜けて、形而上的なものを突き抜けて、私は単純に人間の心底をつかみたい気がしている。」と言い、「何気ないデタイユを生かして書くと言う事が、私の小説の根底だ。人生の何処にでも、人間は息をしていると言ったデタイユに私は興味がある。私と言う作家はそのような作家だ。」という特色も、未完の「女家族」や「漣波」に十分うかがえる。芙美子さんの近ごろの長編には「浮雲」、「冬の林檎」、「茶色の眼」、「あはれ、人妻」などがあるが、「女家族」もそれらにつらなる作品であろう。女の哀しみをこれほど書き歎《なげ》いた人も稀《まれ》であろう。「漣波」は芙美子さんの技巧の一面を極めている。

林芙美子文庫の「松葉牡丹」の「あとがき」に、芙美子さんは「このごろ、私は自分の小説に馬乗りになっている自分を感じる。生涯のうちのたった一度の馬乗りかもしれないが、此頃ほど、自分の体力を感じた事はない。」と珍らしいことを書いて、「創作に没頭したい。書く事以外に私の生活はない。十日ほど肺炎で寝ついたが、その間の休息は私には息がつまった。」しかしまた、「私は色んな職業に就いたが、小説を書くと言う事は骨身をけずり、自分の生身を食う事だと判った。生れて始めてと言っていい程の大病をして、これは私の肉体から発した病気ではなく、私の生身を小説に食わしたへばり方だと思った。」けれども、「指を食い、腕を食いながら、私は此次のものへかかってゆく。」

芙美子さんは死ぬ前の多くの作品とその急な死とによって、この言葉を一層真実としたかのようである。未完の小説もその生身の感がむしろ強い。

（『漣波』昭和二六年七月　中央公論社刊）

解説

今川英子

物質的に、私はぜいたくな旅行を一度もしたことはないけれど、旅はかなり豊富にしているし、その思い出は私の生涯を通じて富貴なものであった。——そのうち折があったら外国航路の荷物船にでも乗って、世界の小さい港や街をまわってみたいと、何時も空想して愉しんでいる。私は人に疲れ、世情に飽きてくると、旅行をおもいたつのだ。

（『私の紀行』「序」より　新潮文庫　一九三九・七）

終生、旅に憧れた林芙美子の海外体験は十回を数える。

①一九三〇（昭和五）年一月一日～二五日（二七歳）　台湾
台湾総督府の招きで講演旅行。生田花世、望月百合子、北村兼子、堀江かど江らと。

②一九三〇（昭和五）年八月中旬～九月二五日（二七歳）　満洲、中国
『放浪記』の印税で、ハルビン、長春、奉天、撫順、大連、青島、上海、南京、杭州、蘇州を巡遊。帰途、上海にて魯迅と会う。

③一九三一（昭和六）年一一月四日〜三二年（昭和七）六月一六日（二八歳）　パリ、ロンドン

下関から釜山、満洲鉄道、シベリア鉄道にてパリ。一月から二月にかけてロンドン滞在。

再びパリに戻り、マルセイユから榛名丸《はるなまる》にて六月帰国。上海にて魯迅と再会。

④一九三六（昭和一一）年一〇月〜一一月（三三歳）　満洲、中国

写生旅行中の夫・緑敏と合流。山海関、北京。北京大学などを訪れ、周作人とも会う。

⑤一九三七（昭和一二）年一二月〜三八（昭和一三）年一月（三四歳）　上海、南京

東京日日新聞（毎日新聞）の特派員として。「林芙美子女史南京一番乗り」と報道される。

⑥一九三八（昭和一三）年九月〜一〇月（三五歳）　上海、漢口

内閣情報部「ペン部隊」として従軍。朝日新聞社の特派員として「漢口一番乗り」。

⑦一九四〇（昭和一五）年一月五日〜二月三日（三七歳）　北満洲

⑧同一一月（三七歳）　朝鮮

小林秀雄、新居格《にいいたる》らと講演旅行。

⑨一九四一（昭和一六）年九月（三八歳）　満洲国境

朝日新聞社の委嘱で、大佛《おさらぎ》次郎、窪川（佐多）稲子、横山隆一らと慰問旅行。

⑩一九四二（昭和一七）年一〇月〜四三（昭和一八）年五月（三九歳）東南アジア陸軍報道部の徴用に応じ南方視察。シンガポール、マレーシア、インドネシア（ジャワ、スマトラ、ボルネオ、バリなど）、フィリピン、台湾、上海。

これらの体験を芙美子はその都度、紀行文や随筆の形で発表しており、さらにその土地を舞台にフィクション化して人間世界を描き、小説としても読者を愉しませてくれる。初めてのアジア体験は、台湾総督府からの招きでの講演旅行であった。「台湾風景——フォルモサ縦断記」（「改造」一九三〇・三）によると、「ビラビラの夏のドレス一枚」の「私」は、台湾を縦走し、知事や富豪、要人と会うが、さっさと自由行動をとり街の盛り場を歩く。芙美子が旅で最も優先して観察したのは、日々を堂々と生きる庶民の姿であった。偏見や先入観を排除し、味覚、嗅覚、皮膚感覚を含む自らの感性と見識でそれを捉えた。

一九三〇年八月、『放浪記』の印税のうち三〇〇〇円を「腹の上に巻き付けて」、ハルビンから奉天、大連、上海、杭州、蘇州を旅したときも、領事館の役人からの張学良への紹介を断り、ホテルで食事をとらず街に出て食す。商店街や貧民窟を歩き、キャバレーにも入る。旅順の二〇三高地へは行かず、寺院や陵は花があふれ静かなことに感動する。

一九三一年、北満洲進出をねらう関東軍が奉天で軍事行動を開始、九月に満洲事変が勃発、翌年三月には満洲国建国、五月には五・一五事件と、日本が戦争とファシズムへの道を歩みはじめたその真っただ中を、芙美子はたった一人、危険を承知で中国大陸を西へ向かった。一九三一年一一月四日、『放浪記』の印税を旅費に東京を出発した芙美子は、満洲鉄道、シベリア鉄道経由でフランスに向かい、一一月二三日、パリに到着した。翌年一月下旬からは一月ほどロンドンに滞在、再びパリに戻り、五月一二日リヨンを発ち、一三日マルセイユから榛名丸《はるなまる》に乗船、六月一五日神戸に入港した。この体験が「泉」「トランク」「漣波《さざなみ》」の背景にある。

「泉」は、芙美子の帰国体験と逆コースであるが、神西楢夫のモデルは大屋久寿雄《おおやくすお》か白井《しらい》晟一《せいいち》であろうか。パリで芙美子にフランシス・カルコやプロレタリア作家アンリ・プウライユを紹介した大屋は国外追放になり、ベルギーのアントワープにいた。また白井は香川《かがわ》重信《しげのぶ》とモスクワに渡り一年滞在、帰国後はマルクス主義運動にも関わりを持ったこともあった。この二人とパリで会っていたバーが「クーポック」で、「トランク」に出てくる。

「トランク」は満洲事変から三年後、三四歳の妻子のある丹野がハルビンからモスクワのR新聞社に栄転するところからはじまる。モスクワ周辺やシベリア鉄道の描写には芙美子が旅先で見聞したことが大いに生かされている。

「漣波」は、一七歳の「私」が、昭和一〇年秋に宮野内家の女中になり、パリに同行する話である。「私」はパリの下町に、好きになった男の住まいを訪ねる。「旦那さま」と関係が希薄な「奥さま」が、「吉岡」と訪れるパリ郊外のバルビゾンやミレーのアトリエ、「ホテル・シャルメッテ」は、芙美子が帰国前に白井晟一と訪れた場所で、一人で旅したと、『滞欧記』『憂愁日記』『巴里日記』には描かれている。パリ滞在から二〇年、再びパリを舞台に小説を連載する芙美子には、何が去来していたのか。絶筆となる。

一九三六年秋、初めて北京を訪れた芙美子は、壮大な紫禁城に、「歓喜するばかりに驚」く（「北京紀行」「改造」一九三七・二）が、やがて「反感をすら抱くようになり、こけおどしな、王道の碑のようなこの建物も、いたずらに草の生えるに帰したことはあたりまえだ」と思う。一方で「北京で食べた支那料理の美味しさは舌が気絶しそうだ」と喜ぶ。しかし各大学を訪れ、学者たちと交流するなかで、「各外国の大資本を投じた文化侵略を視て、如何にも不器用な日本を感じないでもない」。「白い割烹着を着て、北京や天津の駅頭へ出ることのみが、愛国とおもわれてはかなわない」と述べる。その婦人達は芸者であり、「幕切れ」の「私」はその芸者の中の一人である。

一九三七年七月、日中戦争（支那事変）勃発後は、政府は新聞、通信、雑誌などの報道機関へ協力を要請、ジャーナリズムはそれに応え戦争報道に力を入れた。芙美子は一二月、東京日日新聞（毎日新聞）の従軍特派員として上海、南京に赴き、南京陥落の際には女性作家の「一番乗り」として南京光華門に立った。これを契機に芙美子は戦争報道に取り込まれていく。国内の「銃後の守り」の女たちは、戦場での夫や息子や恋人の様子が女の目で語られていくことに、男性作家以上に信頼を寄せた。この時の体験をモデルに書いた「黄鶴」について、芙美子は次のように述べている。

私に転廻の気持を強くおこさせたものは、今度の戦争が強く原因しておりますけれど、私は先日南京まで行き、つぶさに戦場の跡をみて何だか人生感がかわった気持ちになりました。暫くは口も利けないほど呆んやりしておりましたが、とにかく、巻頭の「黄鶴」と云う作品を書いてみました。十年も経ったならば、もっと違う、長い小説を書ける気持をもっておりますが、何だか、無茶苦茶に黄鶴のようなものを現在書いてみたかったのです。セーブして書く気持は辛いのですが、それでも書いてのこしておきたい作家的な気持を何とすることも出来ません。

（『氷河』竹村書房「あとがき」より　一九三八・三）

南京陥落の翌年八月、内閣情報部は漢口《かんこう》攻略にあたり従軍作家を組織した。「ペン部隊」である。芙美子は久米正雄《くめまさお》を団長とする陸軍班に決まり、九月一一日、東京を発った。その前々日は、九鬼周造《くきしゅうぞう》たちと会食の約束があったが参加できず、その詫び状には「此まゝじっとしていたい」と綴っている。上海以降は単独行動をとり、南京からは稲葉部隊に従軍、揚子江を遡《さかのぼ》り朝日新聞報道部のトラックに同乗して一〇月二五日、漢口一番乗りを果たした。これを朝日新聞が華やかに報道。結果的に男性従軍者をも出し抜いたことに、久米正雄は激怒したと伝えられているが、かつて南京陥落を目の当たりにして、凄惨な戦場を知っている芙美子は、早急の報道を第一に考えていたとみることもできよう。稲葉部隊は編成地が熊本であったことから、小倉、鹿児島、熊本、大阪と報告講演会を行い、一二月には『戦線』（朝日新聞社）、翌年一月には『北岸部隊』（中央公論社）を刊行した。前者の「後書」には、「『私』は別の人のように、ラジオだの、雑文だのにししとしているようですが、私の少しもあずかり知らぬ世界で、別の『私』が、私の言わないことまで、喋りまくっている……（略）私は戻って来て、この『戦線』と『北岸部隊』を書いた以外は何も書きません」と、記している。

翌年（一九四〇年）一月から二月にかけて四度目の満洲に出かける。季節は冬。極寒の牡丹江や松花江の開拓村を訪れ、青少年義勇隊の零下一七度での生活に「若い寮母と、しっかりした医者と、数箇の井戸、この三つのものがどうしても欲しい」と訴えている（「満洲――冬の満洲気候」『随筆』所収　秩父書房　一九四一・二）。この時の体験は、同年一月から「婦人公論」に連載した『十年間』に描かれた。単行本の前書きに「小説の最期は満洲宣伝みたいになっているけれども私は別になにものにもおもねったわけではない。満洲が好きだから、二人の若い人を苦悩の道から離して、はるばる満洲に行かしてみた」とある。「女性が職業に負けるのはどうしてなのか、また勝ってゆくのはどのような道があるのか克明に書いてみたかった。だけど、何とめんめんと多くの職業婦人がその生活の中で深い溜息をついて来た事であろうか」。ここには「運命」での二六歳の職業婦人・光子や、漢口で事業を試みようとする眞子がいる。満洲での政府の施策への不安と疑問よりは、むしろ女性を含む青年達の自己実現の場として捉えられている。この時期は多くの作家が満洲を訪れ、夢溢れる希望の新天地としてルポルタージュを書いた。そして開拓民をはじめとした人々が続々と移住し、一九四〇年には約八六万人、五年後の一九四五年には約一五五万人の日本人居留民がいたと言われる。

「幕切れ」の「私」は、一二年前、一五歳のときに満洲のスイフンガに売られ芸者になった。初めてのその時に、迎えに来た運転手の若い兵隊と結ばれ、以来、唇だけは他の男に許した事はない。「清潔にここだけが私とあの兵隊の思い出の場所」として守っている。「軀じゅうがぞうっとしてくるのよ（略）ごう、ごう、ごうって海鳴りのしている寒い海水のなかへ、どぶんと軀を沈めてゆくような」、軀を売るときの厭な気持ちは、戦後、日本に戻って街に立ってからも続くが、あとは日常の繰り返しである。運命に抗わず生きていこうとする「私」が、末尾、求婚された男と別れた朝、金をもらいそびれたことに、「私」の心のほてりが伝わる。その合わせ鏡のような男を描いた短篇が「雨」であろうか。助かりたい一心で病気を装い病院に入るが、そこに運ばれてくる負傷兵たちに「地獄の世界」をみる。妻を想い何とか必死に帰還するが待ち受けていたのは思いもよらないことだった。誰もこれ以上不幸を背負わないよう、男は雨の名古屋で行き暮れる。
「雨」について、芙美子は次のように述べている。

> 昭和二十年の十月に私は東京へ戻って来た。そして始めて雨をかいて新潮に発表した。名古屋へ旅をして、雨の降る駅頭に、始めてみすぼらしい復員兵の姿を見て、私はそうした人々の代弁者となって、何か書かなければと言う思いにかられた。（略）何のモデルもないものだけれども、私の心の中には、常に泥土にまみれて、かつての戦場の露と消えた兵隊に対しての思いが消える事なく明滅しているのだ。戦場の墓表（ママ）と化した若い生命に対して、私はその人々の息を私の筆で吐き出してみたい願いのみである。
>
> （『晩菊　林芙美子文庫』「あとがき」一九四九・三　新潮社）

一九四〇年七月、政府は「大東亜共栄圏」構想を打ち出し、九月には「北部仏印」に進駐して「南進」計画を遂行していった。それは西欧帝国主義からのアジアの解放という「大義」により合法化され、「文化工作」として作家や研究者、教育者、ジャーナリストなどが徴用された。芙美子は一九四二年一〇月から翌年五月まで、陸軍報道部の徴用に応じて南方を視察する。この間、ジャワ島やボルネオ島など精力的に巡回し、講演や座談会をこなしている。またスラバヤのトラワス村の村長宅に寄寓して農村生活を経験する。そこには戦禍でありながら自然と融合して、悠々と豊かに暮らす人々の姿があった。半年余りの視察であったが、寄稿は滞り、帰国後は創作意欲も急激に衰え、出版界の動向とも相まって敗戦までほとんど執筆していない。この東南アジア体験の総決算が晩年の傑作『浮雲』であった。急逝する一九五一年六月の二ヶ月前に連載を終え、直ちに単行本化された。「あとがき」には、「誰の眼にも見逃されている、空間を流れている、人間の運命を書きたかったのだ」とある。

亡くなる数日前の「女流作家座談会」で、「今年の秋は、わたしフランスに行って、アジアの憂鬱を題材にした小説を書きたいの」と述べているが、その「アジアの憂鬱」とは何だったのか。結果的に自らも加担したアジアの植民地化の歴史の向こうに、人間の「生きのもどかしさ」（『浮雲』「あとがき」より）をさらに深く追い求めようとしたのかもしれない。

急逝の直前、ＮＨＫラジオの「林芙美子さんを囲んで」に出演し、「私はやっぱり庶民的な作家で終わりたい」と語った芙美子は、昭和の怒濤の時代、大陸に渡った普通の女や男たちの人生を力強く肯定して描いたのである。

（いまがわ・ひでこ　北九州市立文学館館長）

底本

『林芙美子全集』全二三巻（昭和二六〜二八年　新潮社刊）

編集付記

一、本書は著者の小説のうち、アジア、ヨーロッパなど「大陸」が描かれた作品を独自に選んだものである。中公文庫オリジナル。

一、読みやすさを配慮し、新漢字を使用し、新仮名づかいにあらためた。明らかな誤植と思われるものは訂正し、難読と思われる語にはルビをふった。一部の漢字は現代的な表記に改めた。

一、本文中には今日の人権意識に照らして不適切と思われる表現が見受けられるが、著者がすでに故人であること、執筆当時の時代的背景と作品の文化的価値に鑑みて、底本のままとした。

中公文庫

トランク
——林《はやし》芙《ふ》美《み》子《こ》大陸《たいりく》小説《しょうせつ》集《しゅう》

2023年 8 月25日　初版発行

著　者　林《はやし》 芙《ふ》美《み》子《こ》

発行者　安 部 順 一

発行所　中央公論新社
〒100-8152　東京都千代田区大手町 1-7-1
電話　販売 03-5299-1730　編集 03-5299-1890
URL https://www.chuko.co.jp/

ＤＴＰ　嵐下英治
印　刷　三晃印刷
製　本　小泉製本

Published by CHUOKORON-SHINSHA, INC.
Printed in Japan　ISBN978-4-12-207406-4 C1193

中公文庫既刊より

各書目の下段の数字はISBNコードです。978-4-12が省略してあります。

は-54-4
愉快なる地図 台湾・樺太・パリへ
林 芙美子

旅だけがたましいのいこいの場所——台湾、満洲、欧州など、肩の張らない三等列車一人旅を最上とする著者の若き日の旅。文庫オリジナル。〈解説〉川本三郎

207200-8

は-54-5
掌の読書会 柚木麻子と読む 林芙美子
林 芙美子
柚木麻子 編

「おフミさん」のふてぶてしさに何度も元気づけられた——作家・柚木麻子が、数多く残された短篇・エッセイから一二篇を選び、魅力を語る。〈解説〉今川英子

207367-8

う-3-7
生きて行く私
宇野 千代

〝私は自分でも意識せずに、自分の生きたいと思うように生きて来た〟ひたむきに恋をし、ひたすらに前を見つめて歩んだ歳月を率直に綴った鮮烈な自伝。

201867-9

う-3-18
九十歳、イキのいい毎日
宇野 千代

陽気は美徳、陰気は悪徳を信条に九十八歳の天寿を全うした著者。最晩年のイキのいい毎日を綴った名随筆を精選。「私の文章作法」「私の発明料理」収録。

207336-4

あ-84-1
女体について 晩 菊
安野モヨコ 選・画
太宰治/岡本かの子/森茉莉 他

はたかれる頰、蚤が戯れる乳房、老人を踏む足、不老の童女……文豪たちが「女体」を讃える珠玉の短篇に、安野モヨコが挿画で命を吹きこんだ贅沢な一冊。

206243-6

あ-84-2
女心について 耳《みみ》瓔《よう》珞《らく》
安野モヨコ 選・画
芥川龍之介/有吉佐和子/円地文子 他

わからないなら、触れてみる? 女の胸をかき乱す、淋しさ、愛欲、諦め、悦び——。安野モヨコが愛した、女心のひだを味わう短篇集シリーズ第二弾。

206308-2

あ-84-3
背徳について 黒い炎
安野モヨコ 選・画
幸田文/久生十蘭/永井荷風 他

全員淫らで、人でなし。不倫、乱倫、子殺し……濃密に咲き乱れる、人間たちの〝裏の顔〟。安野モヨコの挿絵とともに、永井荷風や幸田文たちの名短篇が蘇る。

206534-5